Amrûn

Alexander Cimzar

Heute ist es schon zu spät

Jürgen Eglseer, Traunstein

Überarbeitete Neuausgabe

ISBN TB – 978-3-95869-356-2
Print in the EU

Besuchen Sie unsere Webseite:
amrun-verlag.de

Bibliografische Information der Deutschen Nationalbibliothek:
Die Deutsche Nationalbibliothek verzeichnet diese Publikation
in der Deutschen Nationalbibliografie; detaillierte bibliografische
Daten sind im Internet unter http://dnb.d-nb.de abrufbar
v1/24

FÜR PATRIZIA UND GÜNTHER

Ich habe Euch so viel zu verdanken.

PROLOG

Roland lag in der baumlosen, trockenen Grasebene zwischen Frankfurt und Straßburg auf dem Bauch und hatte sein Kinn auf beide Hände gestützt. Er beobachtete einen Skorpion und wunderte sich, dass dieses Tier hier heimisch geworden war.

In seinen Scheren hielt es eine große Wanderheuschrecke. Die kleinen Beißwerkzeuge gruben sich in die grüne Stirnplatte des Insekts, dessen zarte Flügel nur mehr schwach zuckten. Als der Skorpion sich schon bis zu dem Hals vorgearbeitet hatte, spürte Roland die schwere Hand des Großvaters auf der Schulter.

»Zeit für das Abendessen, mein Junge«, sagte Fin mit einer einladenden Geste.

Es gab Bohnen aus der Dose, dazu Grillen und Mehlwürmer. Fin hatte ein kleines Lagerfeuer aus verrottetem Holz entzündet.

»Als ich in deinem Alter war, stand hier überall Wald. Wir schreiben heute … was, 2075? Vor 50 Jahren war hier noch alles grün«, sagte Fin bedauernd und blickte dabei in das Feuer, als könnte er jene Bäume noch vor sich sehen.

Sie hatten ihr Lager am Fuß eines kleinen Bergmassivs aufgeschlagen, das etwa zweihundert Meter hinter ihnen in einer Steilklippe abbrach. Den ganzen Tag waren sie gewandert, hatten Tiere beobachtet und sich über dies und das unterhalten. Einmal im Jahr, meist in den Herbstferien, bestand sein Großvater auf diesen Wochenendausflug. War Roland in der Vergangenheit immer begeistert davon gewesen, wusste er inzwischen, nachdem er zwölf geworden war, viele Orte, wo er lieber gewesen wäre.

Er aktivierte die VR-Funktion seiner Brille, um kurz nachzusehen, was seine Freunde zu dem neuen Spiel sagten, das an dem Wochenende veröffentlicht wurde. Doch bevor die Software geladen war, überlegte er es sich anders und machte sie wieder aus. Sein Großvater würde es womöglich merken, wenn er ins Netz einstieg. Und das würde ihn kränken. Roland hatte ihm versprochen, an diesem Wochenende in der realen Welt zu bleiben.

»Vielleicht ist es das letzte Mal, dass du mit Opa Fin einen Ausflug machen kannst«, hatte seine Mutter vor ein paar Wochen durch seine Zimmertür geschrien, die er kurz davor zugeknallt hatte. Diese Karte spielte sie gerne aus.

Er musterte seinen Großvater, der müde in das Feuer starrte und dabei schwer atmete. Roland war froh, dass er nachgegeben hatte. Denn seine Mutter hatte recht: Sein Opa *war* alt. Vielleicht würde es wirklich das letzte Mal sein. Es schmerzte ihn, wenn er an eine Welt ohne Fin dachte.

»Und damals habt ihr Rindfleisch gefuttert wie wir heute Mehlwürmer?«, fragte er, um auf andere Gedanken zu kommen und wischte sich mit dem Handrücken über den Mund. Der Eintopf war köstlich. Zuerst reagierte Fin nicht, sodass Roland meinte, sein Großvater habe ihn nicht gehört. Das kam öfter vor. Aber dann antwortete er doch.

»Oh ja. Jaja. Doch … Nun, vielleicht nicht wie Mehlwürmer. Aber wie Heuschrecken.«

»Hm. So gut finde ich Fleisch gar nicht.«

Er dachte an Weihnachten und die anderen Festtage, an denen sie Fleisch aßen. Bevor sich seine Eltern getrennt hatten und Rolands Vater weggezogen war, hatten sie es sich öfter leisten können. Aber es fehlte ihm im Grunde genommen gar nicht.

»Ansichtssache«, antwortete sein Opa, leckte sich unbewusst über die Lippen und fuhr sich mit der Hand über das müde Gesicht. Die Nase seines Großvaters war schief. Als wäre sie vor langer Zeit einmal gebrochen und nicht mehr richtig zusammengewachsen. Und entlang seines Kiefers spannte sich eine fast verblasste Narbe. Wenn man genauer hinsah, erkannte man sie. Sie musste einmal ziemlich groß gewesen sein. Seit Jahren fragte sich Roland, woher diese Narben stammten. Aber sein Opa hatte nie davon erzählt.

Noch immer starrte er in das Feuer. War halb dort, in dieser alten Welt, und halb hier. Im Heute. Roland meinte in seinen Augen einen feuchten Schimmer zu erkennen, so wie es oft passierte, wenn er über *damals* sprach.

Sie hatten gerade fertig gegessen, als ein langes Donnergrollen am Horizont zu hören war.

Sie sahen erschrocken auf. Warteten. Lauschten. Roland spürte, wie sein Herzschlag schneller wurde. Aber da war nichts mehr. Nur das rhythmische Zirpen einiger Grillen und das Aufleuchten von ein paar Glühwürmchen hangaufwärts. Beide sanken zurück und atmeten auf. Doch ihre Erleichterung verschwand, als ein neues Geräusch anhob.

Es war ein dumpfes, kaum wahrnehmbares Surren, das rasch zu einem lauten Rauschen anwuchs. Der plötzlich aufkommende Wind erfasste sie wie eine Welle und schoss ihnen Staub ins Gesicht. Er nahm rasant zu. Zerrte erst nur an ihren Kleidern, peitschte aber bald die Flammen des Feuers zu Boden und drückte Rolands Haare platt. Sie sprangen auf, beide wussten, was sie jetzt zu tun hatten.

Sein Opa schnappte Kochgeschirr, leerte es aus und warf es schmutzig in den Rucksack. Roland scharrte, so wie sie es geübt hatten, mit dem Fuß notdürftig Sand über das Feuer. Dann rollte er hastig die beiden Isomatten und die Schlafsäcke zusammen.

Verschwommen sah er noch, wie sein Großvater sich zu ihm umdrehte und ihm etwas zurief. Dann wurde er vom wirbelnden, grauen Staub, wie alles ringsum, verschluckt. Er versuchte etwas zu erkennen, aber nach zwei Metern verschwand die Umgebung im Staub.

Die Brille! Hastig suchte er nach der großen Schutzbrille, die er bei diesen Ausflügen immer um den Hals tragen musste und die sogar über seine VR-Gläser passte, und zog sie über. Doch es war zu spät.

Das Brennen in seinen Augen zwang ihn in die Knie. Er spürte dicke Tränen, die über die Wimpern perlten und sich zwischen Brille und Wangenknochen sammelten, während das Rauschen des Unwetters zu einem Dröhnen anwuchs, das in den Ohren schmerzte. Er hörte die ferne Stimme seines Großvaters, konnte aber nichts erwidern. Ihm blieb keine Zeit. Er musste sich beeilen. Doch er war so gut wie blind.

»Hilfe!«, schrie er verzweifelt. Da zerrte etwas an seinem Hosenbund, das beißende Prasseln des Sandes auf seiner Haut hörte auf.

Jemand nahm ihm die Schutzbrille ab und warmes, sanftes Wasser plätscherte über sein Gesicht. Automatisch legte er den Kopf in den Nacken. Die Schmerzen ließen nach, allmählich klärte sich seine Sicht. Ihm wurde eine Flasche in die Hand gedrückt und er spülte seine Augen so lange selbst aus, bis er wieder etwas besser sehen konnte.

»...müssen hier weg!«, schrie sein Großvater, der ihn in das Zelt gezogen haben musste. Fin hatte inzwischen eine durchsichtige Plastikbrille aufgesetzt und sich ein T-Shirt vor Mund und Nase gebunden. Ein Knicklicht am Zeltboden hüllte sie in künstliches, rotes Licht.

»So schlimm war es noch nie!«, schrie Roland zurück, während draußen der Sturm tobte und an der Zeltwand zerrte.

»Schon gar nicht so weit nördlich. Ich weiß nicht, was los ist!«, antwortete Fin und fluchte.

»Egal jetzt«, fügte er dann hinzu und schüttelte den Kopf. Roland musste es von seinen Lippen ablesen, so laut war es mittlerweile. In diesem Moment wurde eine Ecke des Zeltes mit einem Schnalzen hochgehoben. Roland stürzte, das Knicklicht flog durch die Luft. Es wurde ganz dunkel. Einer der Heringe musste aus der Verankerung gerissen worden sein.

Das Zelt gehörte zu der besten Ausrüstung, die zu kriegen war. Das war eine der Grundvoraussetzungen, die seine Mutter für die großväterlichen Expeditionen gestellt hatte: kein Abenteuer ohne das richtige Equipment. Aber das beste Zelt und die sichersten Heringe halfen nichts, wenn man nicht die Kraft hatte, sie ordentlich einzuschlagen. Und die hatte sein sturer Opa scheinbar nicht mehr, obwohl er das niemals zugegeben hätte. Als sie eine scharfe Böe erfasste, spürten sie, wie ein noch größerer Teil des Zeltes hochgezogen wurde und sich über das Dach stülpte. Wenn noch mehr Heringe nachgaben, würden sie mitsamt ihrem Zelt davonfliegen. Roland musste an die Kante der Steilwand denken, von der er am Nachmittag gepinkelt hatte. Sie waren vielleicht hundert, zweihundert Meter von diesem Abgrund entfernt. Krampfhaft überlegte er, in welcher Richtung er lag und ob der Orkan sie dorthin treiben würde. Aber es war zwecklos. Er hatte keinerlei Orientierung. Zudem war es jetzt stockfinster, der Sturm brüllte zornig und dröhnte in Rolands Ohren.

Blind und taub klammerte er sich verzweifelt an seinen Opa, der seine Arme um ihn schloss und ihn fest an seine Brust drückte.

Das Toben des Unwetters ließ endlich ein wenig nach und die Böen peitschten weniger heftig gegen die Außenwand, bis es schließlich zu einem milderen Flattern wurde. Aber es war nicht das Abklingen des Sturms, das Roland beruhigte. Da war noch etwas anderes. Leise, geflüsterte Worte, als würden sie aus seiner Erinnerung zu ihm aufsteigen. Erst viel später sollte ihm bewusst werden, dass es das tiefe, tröstende Murmeln seines Großvaters war, der ihn fest gepackt hatte und ihn zärtlich hin und her schaukelte, wie ein Kind in der Wiege.

Nachdem er sich vom ersten Schock erholt hatte, wurde Roland von einer schweren Müdigkeit erfasst, die ihn an den Rand einer Ohnmacht brachte.

Das Erste, an das er sich später wieder erinnern sollte, war der Atem seines Großvaters, der irgendwie immer nach Kaffee und Zimt roch. »Aufwachen, mein Junge. So wach doch auf«, sagte Fin. Jetzt ganz und gar nicht mehr ruhig und tröstend.

Es war kalt geworden und Roland lag eingerollt auf dem wasserdichten Boden, als er das volle Bewusstsein wiedererlangte. Draußen trommelte schwerer Regen auf die Zeltwand. Er stellte mit Schrecken fest, dass der Boden unter der Plane weich geworden war und gluckste, wenn man sich bewegte. Als es blitzte, fuhr er auf und stieß gegen seinen Großvater, der noch immer auf ihn einredete. Die Seitenwände bogen sich schwer nach innen. Draußen musste das Wasser schon mindestens zwei Handbreit hoch stehen.

»Endlich bist du wach. Hör zu, mein Junge. Hör mir jetzt genau zu.«

»Nein Opa, begreifst du denn nicht?! Es schüttet in Strömen«, schrie Roland.

Er schien ihn nicht zu verstehen. Also kroch Roland zum Eingang und öffnete den Reißverschluss. Sein Opa rief noch »Halt!«. Aber es war zu spät.

Eiskaltes Wasser strömte herein. Es raubte Roland den Atem, als es seine Knie und die Unterschenkel umspülte, ihm ins Gesicht spritzte und seine Finger sofort klamm werden ließ. Dann wurde er herumgerissen.

Fin nahm sein Gesicht in beide Hände und sprach ruhig, aber so laut, dass es nicht zu überhören war: »Wir haben nicht viel Zeit. Der ausgetrocknete Boden nimmt das Wasser nicht mehr auf. Es geht jetzt um alles, mein Junge. Hörst du?«

Trotz der Dunkelheit war zu erkennen, dass seinem Mund kleine, weiße Wölkchen entströmten. Roland spürte eine Gänsehaut am ganzen Körper. Die Temperatur musste innerhalb von Minuten um mehrere Grad gefallen sein.

»Ich will hier weg«, sagte er unvermittelt.

»Ich weiß. Deswegen ist es umso wichtiger, dass du mir jetzt genau zuhörst.«

Zitternd folgte er Fin kurz darauf ins Freie. Er hatte seine Schutzbrille über der VR-Brille aufgesetzt, die auch seine Fehlsichtigkeit korrigierte.

Der Orkan empfing sie laut tobend und mit eisigem, nassem Atem. Der Regen schien nicht nur von oben zu kommen. Von allen Seiten schossen Roland Wassermassen entgegen, als stünde er in einer gigantischen Autowaschanlage.

Er sank fast bis zu den Knien im Schlamm ein, bevor Fin seine Hand umklammerte und ihn hochzog. Sie hatten besprochen, so schnell wie möglich Richtung Osten zu laufen. Den Hang hinauf in den Norden würden sie es bei diesem Regen nicht schaffen. Im Süden lag die Steilklippe. Aber bevor sich Roland orientieren konnte, wurde er weitergezogen.

Sein Großvater stapfte fest und rasch durch den Regensturm und zog ihn unerbittlich hinter sich her. Überall war Wasser. In seinem Kragen, auf seinem Gesicht, in seiner Hose und zwischen seinen Zehen. Seine Bewegungen wurden steif vor Kälte und gleichzeitig raubte ihm das Wasser immer wieder die Sicht. Irgendetwas unter ihm gab nach und er stolperte. Roland spürte einen stechenden Schmerz in seinem Knie, sodass er laut aufschreien musste. Es dauerte keine Sekunde, da wurde er hochgerissen. Wie eine schwere Einkaufstüte drückte Fin ihn gegen seine Brust. Einen Arm hatte er unter seine Beine geschoben, mit dem anderen hielt er seinen Rücken fest. Instinktiv umschlang Roland seinen Nacken. Er hatte nicht geahnt, dass solche Kräfte in seinem Opa steckten. Doch darüber konnte er jetzt nicht weiter nachdenken. Der Wind war mittlerweile so stark geworden, dass sie immer wieder stehen bleiben mussten. Manchmal taumelten sie, für Sekundenbruchteile wirkte es, als würde Fin stürzen. Aber jedes Mal wartete er die Böe ab und stapfte dann entschlossen weiter.

Rolands Knie schmerzte nicht mehr, er wusste jedoch, dass er von selbst nicht mehr laufen konnte. Also nahm er seinen ganzen Mut zusammen und versuchte sich zu orientieren, um wenigstens dadurch eine Hilfe zu sein. Aber ein Blick über die Schulter ließ ihn erstarren. Dort, wo sie ihr Lager aufgeschlagen hatten, war gerade noch im Licht zuckender Blitze zu erkennen, wie die Leinen des Zelts durch die Luft peitschten. Sie zerschnitten das Wasser und im nächsten Moment wurde ihre Unterkunft wild flatternd in die Luft gerissen. Eine Sekunde hing das Zelt an seinem letzten Hering, ehe er nachgab, die Plane meterhoch davon gewirbelt und von der Dunkelheit verschluckt wurde. Roland wollte seinen Opa darauf hinweisen. Er rief und tippte ihm dabei hektisch auf die Schulter. Aber Fin reagierte nicht.

Roland folgte dem Blick seines Großvaters hangaufwärts in die Finsternis. Zuerst war nichts zu erkennen, aber dann zuckte ein breiter Blitz irgendwo am Horizont und er bemerkte, wie sich zwischen den Bergen etwas veränderte. Da verschoben sich Landmassen, so groß wie Fußballfelder. Braun und grau und schwarz türmten sie sich auf und drückten sich aus einer Schlucht heraus. Noch ehe sein Verstand die Bilder richtig einordnen konnte, schrie sein Opa: »Sturzflut!« und begann zu rennen. Ein erneuter Blitz zeigte Roland, dass die Masse nicht blieb, wo sie war. Sie bewegte sich.

Die Sturzflut wurde von der Dunkelheit der Nacht verschluckt, wenn nicht gerade ein Blitz die Umgebung erleuchtete. Aber Roland hörte sie. Er hörte das Rauschen des Wassers, das immer näher kam und alles mit sich riss, bevor ein neuer, gewaltiger Blitz den Himmel teilte.

Zwischen zwei Gipfeln brach die schwarze, meterhohe Lawine donnernd in das Tal. Sie riss Baumstämme, Schlamm, Geröll und ganze Felsbrocken mit sich und kam direkt auf sie zugewalzt. Roland schloss die Augen.

ERSTES BUCH

Heute

Roland stand in der Küche und dachte darüber nach, wann das alles angefangen hatte. Wahrscheinlich schon vor drei Jahren, als ihn sein Opa auf einen illegalen Camping-Trip in ein Natur-Sperrgebiet mitgenommen hatte. Die Sturzflut, von der sie überrascht worden waren, hatte sie damals beinahe umgebracht. Aber sie hatten überlebt. Irgendwie.

Seine Mutter hatte damals einen Mordskrach gemacht, weil sein Großvater mit ihm in eines der neuen Hochrisikogebiete gefahren war. Und rückblickend hatte sie wohl recht damit gehabt.

Am Ende hat sie sich dann doch beruhigt und Fin schließlich sogar dazu überredet, zu ihnen zu ziehen. Roland sollte erst später verstehen, warum sie so reagiert hatte und regelrecht darauf bestand, dass sie zusammenwohnen sollten.

Sein Großvater hatte zuerst abgelehnt und gemeint, er würde alleine ganz gut zurechtkommen.

»Dann kannst du öfter auf Roland aufpassen. Und du würdest mir damit sehr helfen«, hatte seine Mutter gesagt. Sie hatte gerade ihre Stelle bei *Ärzte ohne Grenzen* angenommen, und würde dadurch viele Wochen pro Jahr im Ausland verbringen. Sein Großvater hatte sich ein paar Tage Bedenkzeit erbeten, aber dann, noch lange vor dem Frühling, war er schließlich doch bei ihnen eingezogen.

»Opa … Opa?!«, rief Roland, erhielt jedoch keine Antwort.

In der smarten Küchenwand hinter der Spüle lief die Übertragung einer Polit-Diskussion. Roland wischte darüber, um die Sendung auszuschalten, aber das Gerät reagierte nicht. Wieder einmal. Die smarten Oberflächen, die in die Möbel und Wände verbaut wurden, waren praktisch. Doch mit der Zeit wurden sie fehleranfällig. Und ihre Küche war fast älter als er selbst.

Schließlich wurde er nach einem Passwort gefragt. Nachdem er zwei falsche Kombinationen eingegeben hatte, gab er auf. Er musste der Diskussion wohl bis zum Ende folgen. Ein Politiker, man erkannte am Abzeichen auf seinem Revers, dass er zur Regierungspartei gehörte, gestikulierte wild: »...Es wird nicht nur mehr Sicherheit bringen, sondern auch Wohlstand!«

Ein Oppositioneller mit griechischem Akzent antwortete: »Sie sind ja wahnsinnig! Menschenverachtend wahnsinnig!«

Roland probierte weitere Passwörter aus. Keines stimmte. Der Fall war klar: Sein Großvater hatte wieder einmal absichtlich den Bildschirm gesperrt, um ihn zu zwingen, sich mit Politik auseinanderzusetzen.

In der Diskussion sagte jetzt ein zweiter Vertreter der Regierung: »Bei dem Projekt handelt es sich um die größte infrastrukturelle Maßnahme in der Geschichte des Kontinents. 2.900 Kilometer Länge. Durch die Kooperation mit der Schweiz und Österreich können wir große Teile im Bereich der Alpen einsparen ...«

»Das ist verfassungswidrig! Diese Mauer ist verfassungswidrig«, konterte eine Politikerin der Gegenseite. »Bevor Sie die hochziehen, bauen Sie doch zuerst die Dammmauern und Deiche in der Nordsee weiter aus. Das halbe Land ersäuft, inklusive Hamburg und Umgebung.«

Aber das Regierungsmitglied ließ sich nicht beirren,

faltete die Hände und sprach mit einem Haifischlächeln weiter: »Nein, ist sie nicht. Und genau das ist der Punkt. Diese Mauer wird unsere Verfassung schützen, wie Ihre Partei in der Vergangenheit es hätte tun sollen. Und da haben Sie versagt. Das muss einmal deutlich gesagt werden. Und jetzt stellen Sie sich vor, was das Projekt für unsere Sicherheit bedeutet. Nicht nur, dass uns innereuropäische Migranten aus Spanien und Griechenland nicht mehr länger überrollen können, auch die afrikanischen Invasoren bleiben endgültig draußen …«

Die Oppositionspolitikerin schüttelte bloß den Kopf. Der Mann mit dem griechischen Akzent hingegen räusperte sich kurz und begann schließlich zu schreien.

»Stellen Sie sich vor, Sie würden aus Spanien kommen. Stellen Sie sich vor, Ihr Zuhause wäre eine Wüste ohne Wasser und ohne Lebensgrundlage! Würden Sie nicht flüchten?!«

Der Moderator versuchte schlichtend einzugreifen, aber der Regierungssprecher redete unbeirrt weiter: »Das Boot ist nun einmal voll. Sie tun noch immer so, als hätten wir das Jahr 2030. Sie leben in der Vergangenheit! In manchen Städten wohnen heute bis zu viermal mehr Menschen als vor fünfzig Jahren. Und da handelt es sich nicht um Deutsche! Und was das Projekt für die Energieversorgung erst bedeutet, ist einmalig. Die gesamte Oberfläche soll mit bruchfesten Photovoltaikpaneelen ausgestattet werden. Das ist die endgültige Wende in der Energiekrise! Wieder Strom für alle und zu jeder Zeit. Unbegrenzt. Wie schon vor dem Ausstieg aus Kohle und Öl!«

»Aber wie soll denn das finanzierbar sein?«, kreischte der Grieche. Die Szene drohte zu eskalieren.

Der Moderator musste einschreiten: »Sie haben die

Sicherheitslage angesprochen. Kommen wir zu diesem Punkt. Was sagen Sie zu den jüngsten Aktionen der SA:-DE-Bewegung. Was sagen sie zu den Dokumenten und Videos, die die Regierung schwer belasten?«

Eine Sekunde lang entglitten dem Regierungspolitiker die Gesichtsmuskeln. Sogar seine Gegner waren verstummt. Zähneknirschend murmelte er: »Es war vereinbart, dieses Thema nicht …« Er hielt inne, rückte sein Krawatte zurecht und hatte plötzlich seine Fassung wiedererlangt: »Hören Sie. Früher hätte man die Machenschaften des terroristischen SA:DE-Kartells als *Fake News* bezeichnet. Sie erinnern sich. Heute kann ich nur sagen, dass es sich um gezielte politische Propaganda handelt, die … die Hass und Uneinigkeit schürt.«

Doch der Moderator ließ nicht locker. »Aber das veröffentlichte Material lässt darauf schließen, dass es schwere Fälle von Korruption im Bundestag gibt, ja es enthält sogar ernst zu nehmende Vorwürfe, dass die Bevölkerung sowohl von der Opposition als auch vonseiten der Regierung bewusst belogen wird. Es enthält sogar Beweise, dass Ihre Regierung selbst mit Attentaten in Verbindung gebracht werden kann. Mit dem mysteriösen Tod von Oppositionellen und struktureller Polizeigewalt gegen die eigene Bevölkerung. Und weiters ist …«

Die Übertragung riss plötzlich ab. Einige Sekunden blieb der Bildschirm schwarz. Dann folgte ein Werbeblock.

Roland runzelte die Stirn, zuckte mit den Achseln und rief noch einmal nach seinem Großvater. Nachdem er noch immer keine Antwort bekommen hatte, machte er sich auf die Suche nach ihm. Die Reihenhaushälfte, die er mit seiner Mutter und seit ein paar Monaten nun auch mit Fin bewohnte, war nicht groß. Aber immerhin waren es fast 77 Quadratmeter und damit hatte jeder von ihnen mehr Wohnfläche zur Verfügung als 80 Prozent der Menschen im ganzen Land. Und dadurch, dass sie auf zwei Stockwerke, einen Keller und einen schmalen Rasenstreifen aufgeteilt war, gab es eine ganze Menge Möglichkeiten, wo er sich aufhalten konnte.

Roland fand ihn schließlich im Garten, wo er die Äste des alten Kirschbaums stutzte. Er stand, nur in Hausschuhen und Bademantel, auf der obersten Sprosse einer Stehleiter und schnitt mit einer elektrischen Stichsäge Zweige und Wildwuchs zurück. Roland fragte sich wieder einmal, wer hier auf wen aufpasste.

»Opa, was machst du denn da?«

»Ich gieße die Geranien«, antwortete Fin grimmig. »Wonach sieht es denn aus? Das Ding gehört zurückgeschnitten, sonst wächst es mir bald ins Schlafzimmerfenster hinein.«

»Lass das doch eine der Drohnen machen.«

»Auf die ist kein Verlass mehr. Die Technik ist auch nicht mehr das, was sie mal war. Genauso wie der Rasenmäher. Liegt nur faul auf seiner Ladestation, arbeitet die halbe Zeit nicht, und wenn, dann schlampig. Als Nächstes gründen die Dinger noch eine Gewerkschaft!«, schimpfte er und fuchtelte mit der Stichsäge gefährlich durch die Luft.

»Das hast du doch schon im Frühling irgendwann, ich glaube im Februar erledigt«, gab Roland zurück und griff nach dem Bein seines Großvaters, der drohte, ins Wanken zu geraten.

»Hab' ich das …? Im Feb…?« Er verstummte und dachte kurz nach. »Früher hatten wir den Frühling im April! Nicht im Februar. Außerdem reicht das nicht. Das Biest wächst wie verrückt. Das liegt sicher daran, dass im Nachbarort früher ein Atomkraftwerk gestanden hat. Das sage ich dir!«, erklärte er verbissen. Er stieß ein triumphierendes »Ha!« aus, als er den hartnäckigen Ast endlich gekappt hatte. Beinahe verlor er das Gleichgewicht, als sich das Holz vom Rest des Baums löste. Roland musste die Leiter fixieren.

»Jetzt komm aber bitte runter!«, befahl er seinem Großvater, der, im ersten Moment ein wenig erschrocken, mit einer beschwichtigenden Geste herunterstieg. Er bewegte sich sehr langsam. Jeder Tritt wurde umsichtig geplant und gezielt durchgeführt. Er war alt und konnte sich einen Fehltritt nicht leisten, wie er immer behauptete.

»Schon gut, schon gut«, murmelte er und kam etwas außer Atem und schwitzend am Boden an. Roland zog ihm erleichtert die Stichsäge aus der Hand. »Du hast wieder das Wasser laufen lassen.«

»Hab' ich das?«, antwortete er. »Es könnte aber genauso gut deine Mutter gewesen sein, Roland.«

»Die ist in Neapel, das weißt du doch.«

»Jaja, natürlich«, murmelte sein Großvater beschwichtigend und sah sich um. Er suchte nach einer Möglichkeit, das Thema zu wechseln. »Ist wohl besser, wenn wir reingehen. Ein Wetter zieht auf.«

Es herrschte strahlender Sonnenschein.

»Und hör auf, mir die Politiksendungen aufzuzwingen. Das nervt!«

»Ein bisschen Bildung schadet dir nicht, Junge«, gab er zurück und runzelte die Stirn. »Wo ist denn meine …?«, fragte er, tastete nach seiner Brusttasche und sah sich wieder um.

»Du hast sie auf dem Kopf«, warf Roland ein und schob Opa Fin Richtung Hauseingang. Dieser nickte und zog die Brille, die er gesucht hatte, von der Stirn auf die Nase. Bevor er durch die Terrassentür ging, trat er nach dem leise vorbeisurrenden Rasenmäher-Roboter, der automatisch zurücksetzte. »Blödes Ding, du!«

Mittlerweile kam es immer öfter vor, dass ihm etwas unauffindbar verloren ging, er vergaß abzuschließen, den Wasserhahn nicht abdrehte oder nach dem Toilettengang nicht hinunterspülte.

Mindestens zwei Mal pro Woche fielen Roland solche Sachen inzwischen auf. Im Winter hatte ihm seine Mutter verraten, dass sein Großvater in Wahrheit deswegen zu ihnen gezogen war, weil man kurz nach dem Vorfall mit der Sturzflut beginnende Demenz bei ihm festgestellt hatte. Sie hatte Roland erklärt, was das bedeutete, allerdings wollte er es nicht recht einsehen. Sein Großvater schlug ihn nach wie vor im Schach. Er war einer der klügsten Menschen, die er kannte, und hatte zu jedem Thema etwas zu sagen. Roland konnte sich einfach nicht vorstellen, dass die Geisteskraft seines Opas nachließ. Oder besser: Er wollte es nicht.

»Komm, ich mach mir einen Tee. Magst du auch einen?«, fragte Roland, während sie durch die Verandatür ins Haus traten.

»Tee? Um Himmelswillen bloß nicht. Willst du mich vergiften? Mach mir einen Kaffee. Schwarz wie die Nacht. Sei so nett. Das Zeug ist zwar völlig künstlich und hat mit echtem Kaffee nichts mehr zu tun, aber immer noch besser als dein, äh … Tee.«

»Du hast doch sicher wieder viel zu wenig getrunken«,

wendete Roland ein.

»Sag mal, hast du keine Hausaufgaben zu erledigen oder so was?«, erwiderte der Großvater und ließ sich im Wohnzimmer in seinen Sessel sinken. Damit brachte er Roland zum Schweigen, der in die Küche lief und Wasser in den Kocher füllte, während Fin der Sprachsteuerung des Hauses Befehle erteilte. Er würde trotzdem Tee machen. Und sein Großvater würde ihn, nicht ohne zu schimpfen, dann doch trinken.

»Computer, spiel meine Musik.«

An der ihm gegenüberliegenden, weißen Wand erschien eine Aufnahme eines Konzerts aus den frühen Zweitausendern. Fin lehnte sich zufrieden zurück.

»Das war noch Musik«, murmelte er, als Roland den Tee servierte, sich auf die Couch fläzte und ein Tablet auf seinen Schoß zog. Er wollte sein Lieblingsspiel spielen, und dafür brauchte er ein Display, das er mit den Fingern steuern konnte. Als er es aktivierte, erschien ein Clip aus einer Dokumentation. Man konnte ihn nicht vorzeitig wegklicken, ohne das korrekte Passwort einzugeben.

»Ach Opa! Schon wieder?«

»Ich sag doch: Ein bisschen Bildung schadet dir nicht, Junge!« Er lächelte schelmisch.

Roland verdrehte die Augen, musste aber gleichzeitig auch über seine Art schmunzeln. Auf dem Bildschirm erschien ein Mann in einem abgedunkelten Raum. Hinter ihm lag eine interaktive Karte der Nordhalbkugel mit Europa im Zentrum, auf der Windströme und Temperaturanzeigen zu sehen waren. Der Moderator sprach mit einer eindringlichen, aber angenehmen Stimme: »Durch das Abschmelzen des Grönlandeises hat sich der Salzgehalt im Nordatlantik verändert. Das brachte den Golfstrom, der in den Jahrtausenden zuvor warmes Wasser aus dem Süden in den Norden transportierte und so Europa sein mildes, angenehmes Klima schenkte, allmählich zum Erliegen. Dadurch ist es im Nordatlantik immer kälter geworden, während es im Süden immer wärmer wurde. Dies verursacht einen Unterdruck und warme Luft wird aus dem afrikanischen Süden nach Europa gezogen. In Mitteleuropa haben wir heute wesentlich höhere Temperaturen als vor hundert Jahren. In Nordeuropa aber ist es umgekehrt. In großen Teilen Skandinaviens und im ehemaligen Großbritannien kommen die heißen Luftströme nicht an, und deswegen ist es hier wiederum wesentlich kälter als vor hundert Jahren. Waren abgesehen von den Hochgebirgslagen vor siebzig Jahren noch nahezu 90 Prozent Europas bewohnbar, sind es heute kaum mehr als 60 Prozent. Der Platz wird also enger. Die Bevölkerung ist aber massiv gewachsen. Das liegt vor allem an den Millionen Geflüchteten, die aus Nordafrika nach Südeuropa drängen, da große Landstriche nördlich der Sahara von permanenter Trockenheit und Spitzentemperaturen jenseits der 50 Grad Celsius betroffen sind. Dort kann niemand mehr leben. Gleichzeitig versuchen die Menschen aus Südeuropa in den mittleren Norden, das Gebiet in dessen Zentrum Deutschland liegt, zu fliehen, um der Hitze zu entgehen. Und viele Nordeuropäer versuchen der neuen Kälte zu entkommen, indem sie nach Süden flüchten, also ebenfalls in deutsches Gebiet.«

Endlich war der Clip vorbei und das Spiel konnte starten. Während das Video gelaufen war, hatte Roland seinen Großvater beobachtet. Dieser wirkte plötzlich, nachdem er sich gesetzt hatte, ziemlich erschöpft. Und als er an seinem Tee nippte, verzog er das Gesicht, als würde ihm körperlich etwas wehtun.

»Was denn?«, fragte Roland ein wenig besorgt. Er hatte sein Spiel augenblicklich vergessen.

»Nichts. Es ist nur … Der Tee …«, antwortete sein Großvater und schmatzte abschätzig.

»Mm«, schnaufte Roland, atmete erleichtert aus und schüttelte den Kopf.

»Ich hab' ihn genau so gemacht, wie Mama immer.«

»Nein, das ist es nicht, es …«

»Wann kommt sie eigentlich zurück?«, wurde er von Roland unterbrochen.

»Ende nächsten Monats endet ihr Einsatz in Neapel.« Sein Großvater nippte noch einmal an der Tasse und schüttelte den Kopf mit einem Schlürfen. »Mm, es ist einfach nicht dasselbe.«

»Es ist der gleiche wie immer. Deine Lieblingssorte«, antwortete Roland und widmete sich wieder seinem Spiel.

»Nein, es ist nicht der Tee selbst. Obwohl, Kaffee wäre mir natürlich lieber gewesen. Aber es ist … das Wasser … es schmeckt nicht. Mit einem Schuss Rum vielleicht. Meinetwegen. Aber so … es schmeckt einfach nicht«, murrte er und sah sich seine Tasse an, die Roland in seiner Kindergartenzeit gemacht und mit den Lettern »Opa Fin« verziert hatte.

»Es schmeckt nicht? Wie soll Wasser denn schmecken?«, antwortete er abwesend.

»Anders …«, erklärte Fin und schloss die Augen.

»Anders?«, wiederholte Roland die Worte seines Großvaters, ohne von seinem Spiel aufzublicken oder darauf einzugehen, wie er es gemeint haben könnte. Später würde er sich vorwerfen, zu selten mit seinem Großvater wirklich *gesprochen*, anstatt bloß geistesabwesend irgendwas gesagt zu haben.

»Früher … da hatte das Wasser nicht diesen … Bleigeschmack.«

Mist. Gestorben. Er pausierte und wandte sich seinem Opa zu.

»Du findest, es schmeckt nach Blei? Ist doch Blödsinn. Das geht durch drei Filter, bevor es überhaupt aus der Leitung kommt. Und noch ein Filter ist im Wasserkocher eingebaut.«

»Ich sage ja nicht, dass Blei drin ist. Aber es schmeckt irgendwie danach. Besser kann ich es nicht sagen. Immer diese Filter. Überall bauen sie die Filter ein und setzen dem Wasser dies und dem Brot das hinzu. Spurenelemente und Vitamine und weiß der Kuckuck noch was. Und von der neuesten Salatgurke bekommt man Superkräfte, oder wie? Es schmeckt einfach nicht so, wie es soll.«

»Na gut und wie soll es schmecken?«, fragte Roland. Er wollte das Spiel wieder aufnehmen, ließ es dann aber bleiben. Er beobachtete lieber seinen Großvater, der jetzt in seinem Sessel halb liegend und mit inzwischen geschlossenen Augen wild gestikulierte.

»Na, nach Wasser eben … Weißt du … Bevor es so … bleiartig schmeckte, gab es eine Zeit, da schmeckte es … na gut, da schmeckte es nach Fisch. Davor schmeckte es nach fauler Minze. Und davor nach Chlor. Aber als ich so alt war wie du, da schmeckte es wie … wie ein Hauch von Nichts. Es schmeckte frisch und kühl. Und lebendig. Schmeckte nach ein wenig Kalk und so wie ich mir den Geschmack von Mineralien vorstelle. Es schmeckte so … lebendig … Das war, als das Wasser noch nicht privatisiert und von Konzernen verkauft, sondern vom Staat jedem quasi kostenlos geliefert wurde. Wir haben in dem Zeug gebadet. Kannst du dir das vorstellen? In Trinkwasser! Versuch heute mal einen Schluck aus einem Freibad zu nehmen. Na dann, Prost Mahlzeit, da brauchst du keine Darmspiegelung mehr, das sag ich dir.«

Roland lachte, schüttelte den Kopf über den Witz und widmete sich wieder seinem Tablet. Das schien Großvater Fin aber nicht zu stören. Er schimpfte weiter vor sich hin, bis das Telefon läutete. Also schob er den knopfgroßen Kopfhörer, den er in seiner Brusttasche trug, in sein Ohr.

»Wer ist da?«, fragte er unwirsch. Es klang, als verlangte er nach einer Rechtfertigung dafür, dass er in seinen Ausführungen unterbrochen worden war. Als er aber verdächtig lange nichts mehr sagte, sah Roland wieder auf.

Fin saß plötzlich aufrecht und blickte durch Roland hindurch, als würde er einen Geist sehen. Seine Haut war von einem Moment auf den anderen blass und seine Augen leer geworden. Sein Kinn zitterte ein wenig, ehe er schluckte, zweimal blinzelte und sich über das Gesicht wischte. Etwas Schreckliches musste passiert sein.

»Ja. Danke«, sagte Fin kraftlos und legte auf. Dann wendete er sich an den Fernseher. »Computer, Nachrichten.«

An der Wand erschien ein Bericht von einem Boxkampf.

»Weiter.«

Es erschien ein Bericht über Aktienkurse.

»Weiter.«

Zwei Politiker, die sich in einem Studio mit einem Moderator stritten.

»Weiter.«

Endlich kam ein Sender, der zeigte, wonach der Großvater suchte. Zu sehen war eine junge Nachrichtensprecherin. Am Bildschirm hinter ihr liefen Szenen, die man früher nur aus Katastrophenfilmen kannte. Ein Regensturm tobte über einer Küstenstadt, die am Bildrand als Neapel ausgewiesen wurde. Gischtendes, sandgetrübtes Wasser wurde vom Wind in meterhohen Wellen durch die schmutzige Stadt gedrückt und riss alles mit sich, was nicht niet- und nagelfest war. Straßenschilder, Mülltonnen, Fahrräder und Roller, Kleidungsstücke, Zeltplanen und Hausrat.

Die Nachrichtensprecherin, sie trug ein rotes Kostüm und viel zu viel Make-up, sah gefasst in die Kamera: »… wurden bisher unbestätigten Meldungen zufolge 217 Todesopfer genannt, wobei eine starke Korrektur nach oben zu erwarten ist. Meine Damen und Herren …«

»Ist das da, wo Mama arbeitet?«, fragte Roland, obwohl er die Antwort kannte. Sein Großvater nickte bloß. Tränen standen in seinen Augen.

»… nachdem die Dammmauer vor der Bucht gebrochen ist, dringen Millionen Liter Meerwasser unkontrolliert in die Flüchtlingsstadt Neapel, und werden vom orkanartigen Wind in großen Wellen durch die Straßen und in die Häuser gedrückt. Die Stadt beherbergte zuletzt rund 240.000 Menschen. In dem Stadtteil, der von der Überflutung betroffen ist, und der mittlerweile fast einen Meter unter dem Meeresspiegel liegt, leben 69.000 Personen. Darunter auch zahlreiche Hilfskräfte, Mitarbeiterinnen von NGOs und ehrenamtlich tätige Menschen. Kritik wird vor allem von Hilfsorganisationen laut, die den Zustand der Dammmauer in den vergangenen Jahren immer wieder bemängelten.«

»Ich verstehe nicht …«, sagte Roland.

Sein Großvater griff nach ihm, packte sein Knie und hielt es fest. Aufnahmen aus der Luft wurden eingespielt, die das volle Ausmaß der Zerstörung zeigten.

»Seit der Großteil der ursprünglichen Bewohner in den 2050ern die Stadt verlassen hat und sie zunehmend zu einem Auffanglager für Flüchtlinge umfunktioniert wurde, sei nichts mehr an der Dammanlage, die den steigenden Meeresspiegel abgehalten hat, gemacht worden, so Lars Thorn von Global3000. Der Dammbruch erfolgte während einer schweren Sturmflut, wodurch die Kanalisation bereits von den Regenmassen überlastet war und zusätzlich Wasser in die Stadt dringen konnte. Wellen mit einer Höhe von bis zu sechs Metern rollten durch die Innenstadt und rissen alles mit sich, berichtet ein Augenzeuge.«

Roland schüttelte den Kopf und rief seine Mutter an. Mailbox.

»Was haben sie dir gesagt?«, fragte er Fin, der sich räusperte.

»Nichts. Sie haben keinen Kontakt zu ihr. Es gibt kaum Rettungspersonal vor Ort. Außer das, das ohnehin schon dort arbeitet. In den Lagern. Sie haben gesagt … sie rufen wieder an.«

Roland wurde schlecht. Die Nachrichtensprecherin schloss ihren Bericht ab.

»… wird ein Terrorakt allerdings auch nicht ausgeschlossen. Die illegale Organisation ›Europäische Identitätsbewahrer‹ ist mit ähnlichen Aktionen gegen Klimaflüchtlinge in den vergangenen Jahren aufgefallen. Ein

Bekennervideo fehlt allerdings bislang. Jetzt aber zum Wetter«, sagte die Sprecherin und lächelte: »Tim, was gibt es Neues?«

Die Kamera wechselte ins Wetterstudio. Ein dünner Mann mit altmodischer Fliege und hellen Jeans erschien. Er lächelte ebenfalls.

»Danke, Mandy. Morgen steht uns ein milder Sommertag ins Haus, mit Höchstwerten von 29 Grad in Berlin und 32,5 Grad in München. Aber der Reihe nach. Morgens wird …«

»Nein«, murmelte Roland entsetzt. Fin sprach kein Wort.

Nach längerem Schweigen sagte er endlich: »Geduld Junge … Du hast es doch gehört. Nur ein Teil der Stadt wurde … Ich meine …«

Roland spürte, dass das nur Ausreden waren, die ihn beruhigen sollten. Sein Opa glaubte selbst nicht, was er da sagte. Ganz plötzlich wurde Roland furchtbar zornig. Er trat mit dem Fuß so heftig gegen die Couchlehne, dass es knackte. Dann sprang er auf und schleuderte das Tablet zwischen die Zierkissen.

»Warum hat sie bei *Ärzte ohne Grenzen* überhaupt erst angefangen? Verdammt noch mal!«, schrie er und stürmte in die Küche. Er schlug mit der Faust auf die Arbeitsfläche neben der Spüle, dass sie kurz flimmerte. Sein Großvater rief irgendetwas. Aber er hörte nicht auf ihn. Stattdessen sah er auf die Familienfotos. Es waren mehrere dutzend, die auf der smarten Oberfläche des breiten Kühlschranks in einer sich langsam wandelnden Collage ineinanderflossen, verblassten und von neuen ersetzt wurden. Da waren

Bilder von Ausflügen. Bilder von gemeinsamen Abendessen. Seine Mutter, sein Großvater und er, wie sie in einer Achterbahn saßen. Eine Aufnahme aus dem Urlaub. Seine Mutter in Kindertagen, inmitten einer Schneelandschaft spielend. Es war das einzige Foto, auf dem Schnee zu sehen war.

Er betrachtete ein Bild, das sie alle drei beim Wandern zeigte. Als es verblasste, erschien ein neues, ein aktuelles Foto. Seine Mutter hatte es erst vergangene Woche von ihrem Arbeitsplatz aus hochgeladen. Sie hielt Zeige- und Mittelfinger zum Victoryzeichen gestreckt in die Kamera, hatte ihren Arztkittel an und eine Gesichtsmaske auf und stand inmitten von afrikanischen und inneritalienischen Flüchtlingen an einer Kaimauer. Im Hintergrund war das Meer zu sehen. Sie befand sich auf diesem Bild genau da, wo jetzt alles überschwemmt war.

Bilder davon, wie schmutziges Meerwasser seine Mutter unter sich begrub, stiegen in ihm auf. Bilder von ihr, wie sie vor Angst schrie, wie sie um ihr Leben rannte. Wie sie auf einem Stück Treibholz vom zurückweichenden Wasser hinaus aufs Meer gezogen; wie sie unter einem zusammenstürzenden Gebäude verschüttet wurde.

Verzweifelt schüttelte er den Kopf und sah Tränen, die aus seinen Augen auf die Arbeitsplatte tropften. Er hatte einen Frosch im Hals, als er ins Wohnzimmer trat, wo sein Großvater wieder die neuesten Nachrichten sah. Er schaltete den Fernseher aus, als er ihn bemerkte.

»Inzwischen gehen sie von einem gezielten Anschlag aus. Es wurde ein Loch in die Dammmauer gesprengt … Gleichzeitig sind an drei weiteren Orten in der Stadt Bomben hochgegangen. Eine Massenpanik hat eingesetzt.

In ganz Neapel herrscht Chaos«, erklärte er Roland, während er umständlich aufstand und ihn mit zitternden Händen in den Arm nahm.

Roland erwiderte die Umarmung nicht. Steif vor Schreck stand er mit hängenden Schultern da und starrte einige Sekunden an die Wand.

»Hilfe«, flüsterte er schließlich.

»Hm?«, fragte sein Großvater. Roland löste sich von ihm und trat einen Schritt zurück, um ihm ins Gesicht zu sehen. Er merkte, wie ihm Tränen die Sicht nahmen.

»Es gibt doch niemanden, der sich um sie kümmern wird. Die Menschen dort sind sich selbst überlassen. Italien hat die Region längst aufgegeben, hast du selbst gesagt!« Bei den letzten Worten überschlug sich seine Stimme und ein kurzer Heulkrampf schüttelte ihn. Er sank auf der Küchenschwelle nieder, ehe sein Großvater sich zu ihm hockte und ihn erneut in die Arme nahm.

»Mama!«, schluchzte Roland.

Schweigend klopfte ihm Fin den Rücken und streichelte über seinen Kopf. Roland fühlte sich für einen Moment wieder wie ein kleines Kind. Er wusste, dass es in der Region, in der die Katastrophe passiert war, keine staatlichen Institutionen mehr gab. Keine Polizei, keine Armee, die Hilfe leisten konnte. Und bis erste Rettungskräfte der freiwilligen Hilfsorganisationen eintrafen, würden Tage vergehen. Hilfe aus Nordeuropa würde wahrscheinlich sogar erst nach Wochen kommen. So lange konnte Roland nicht warten.

Einen Moment lang schämte er sich dafür, zu weinen. Aber dann wurde ihm bewusst, dass er das in Gegenwart seines Opas nicht musste. Er verstand ihn.

»Nein!«, krächzte er und wollte es nicht hinnehmen. »Nein, nein, nein!«

Das alles durfte nicht wahr sein. Gerade hatte er doch noch mit seinem Opa Tee getrunken, die Welt war in Ordnung und seine größte Sorge war der Punktestand bei dem Computerspiel gewesen.

Fins warme Hände, ja allein schon seine Anwesenheit hatten schließlich Trost gespendet und endlich, nach quälenden Minuten der Verzweiflung wurde es Roland ein wenig leichter ums Herz. Erschöpft atmete er aus, wischte sich mit dem Unterarm die Tränen und den Rotz aus dem Gesicht. Etwas gefasster sagte er:

»Opa, wir müssen sie da rausholen. Bitte!«

Fin machte nur »Schhh«, und tätschelte seinen Hinterkopf. Da drückte sich Roland erneut von ihm weg, sah ihn ernst an und sagte bestimmt: »Opa, ich hole sie da raus. Mit dir oder ohne dich!«

Sein Großvater sah ihn lange an. Dann nickte er.

Und zu Rolands Überraschung antwortete er, während er zum Kühlschrank mit den Familienbildern blickte: »Ja. Wir beide holen sie da raus.«

Damals

Zornig stieß Fin die Haupteingangstür seiner Schule auf, rückte seine Jacke zurecht und eilte über die Straße. Ein feiner, sauer schmeckender Nieselregen benetzte sein Gesicht, als er an der Bushaltestelle anlangte. Er hatte überlegt, ob er bis zur nächsten Station laufen sollte. Andererseits, was sollte schon passieren?

Da stand er nun. War abgehauen und schaute sich das Schulgebäude samt Turnsaaltrakt an, während er auf den Bus wartete. Sollten sie ihn doch erwischen. Was machte es schon? Das war seine Form des Protests. Als Zugabe griff er nach der Zigarettenpackung, die er sich vergangene Woche für eine Party gekauft hatte. Er würde hier stehen, sich dieses Gefängnis von außen anschauen und eine rauchen. Drauf geschissen. Um nicht weiter durch den Mund atmen zu müssen, pulte er das Toilettenpapier, mit dem er sein Nasenbluten gestoppt hatte, heraus und schnippte die vollgesaugten Pfropfen in den Mülleimer an der Haltestelle.

»Arschlöcher«, flüsterte er und schüttelte den Kopf. Er konnte von hier bloß das Licht durch die hohen Fenster des Turnsaalgebäudes sehen, aus dem er geflüchtet war. Und das war auch gut so. »Eure Fressen können mir gestohlen bleiben«, murmelte er gereizt und versuchte nicht weiter an die Klassenkameraden zu denken. Es gelang ihm nicht.

Da öffnete sich die Eingangstür der Schule und er zuckte unwillkürlich zusammen. Unschlüssig überlegte er, wegzurennen. Aber es war kein Lehrer, der heraustrat. Auch keiner seiner Kollegen. Es war eine Schülerin, die er nicht kannte. Sie ließ die Tür hinter sich zufallen, kehrte der Schule den Rücken und kam auf die Bushaltestelle zu.

Irgendwie hatte er das Verlangen, sie anzusprechen. Warum, wusste er selbst nicht. Sie sah seinen forschenden Blick, der ihn verriet, und kam ihm zuvor.

»Das bringt dich um«, sagte sie, als sie auf den Bordstein trat und stehen blieb.

»Ja, ich weiß«, sagte er, nickte zur Schule und dachte an seine Klassenkameraden.

»Was meinst du?«, fragte sie mit einem Stirnrunzeln. Sie hatte ihren mit bunten Aufnähern vollgepflasterten Rucksack lässig über eine Schulter gehängt.

Er blickte sie verwirrt an. »Was glaubst du denn?«, fragte er zurück.

»Na die!«, antwortete sie und deutete auf die Zigaretten. Er wusste nicht, was er sagen sollte. Sie zuckte mit den Schultern, nahm ihm das Päckchen weg und ging an ihm vorbei.

Kurz starrte Fin entgeistert auf seine leere Hand, überlegte einen Moment und fragte sich, ob er das Mädchen kannte. Dann wurde ihm plötzlich bewusst, dass ihm gerade seine Zigaretten geklaut worden waren.

»He!«, rief er und lief ihr nach. Aber sie war schnell unterwegs, hatte bereits fast einen halben Häuserblock Vorsprung und ging über die Hauptstraße, als würden die Autos gar nicht existieren. Einige Fahrer mussten heftig bremsen. Zorniges Hupen prallte an dem Mädchen ab und schon war sie auf der anderen Seite. Fin brauchte dafür doppelt so lange.

Beinahe hätte ihn dabei eine Straßenbahn erwischt. Der Fahrer schüttelte wütend seine Faust und keifte ihm etwas hinterher. Fin spürte seinen rasenden Herzschlag, als er auf den Gehsteig sprang und endlich wieder sicheren Boden unter den Füßen hatte.

Aber wo war sie? Er sah sich um. Blieb stehen.

Ein paar Passanten, die sich auf dem schmalen Gehsteig entlangschlängelten, wichen verärgert aus. Wo war sie bloß hin? Wer war sie überhaupt? Er dachte schon daran, seine Zigaretten aufzugeben und zur Haltestelle zurückzukehren. Diesmal aber über einen Sicherheitsstreifen, soviel stand fest.

In diesem Moment sah er den Rucksack mit den Aufnähern um eine Ecke biegen. Er folgte ihm, rannte dabei fast eine Frau mit ihrem Kinderwagen um und wäre um ein Haar auf die Fahrbahn gerutscht.

Als er die Gasse erreichte – hier waren wesentlich weniger Menschen unterwegs – sah er das Mädchen, wie sie eine Betontreppe hinaufhuschte und hinter einer Mauer verschwand. Er holte auf.

Sie schien auf ihn gewartet zu haben.

»Ich habe das Gefühl, du verfolgst mich!«, sagte sie mit einem verschmitzten Lächeln, während er nach Atem ringend bei ihr ankam.

Er verschnaufte kurz und verlangte seine Zigaretten zurück.

»Jaja, gleich. Nur eine Sache noch. Halt den mal«, antwortete sie und drückte ihm ihren Rucksack an die Brust. Er war schwerer, als er aussah.

Bevor Fin etwas sagen konnte, hatte sie sich bereits umgedreht und ging auf eine Reihe geparkter Autos zu. Sie waren auf einem Privatparkplatz. Er musste zu einem teuren Hotel gehören, denn hier reihten sich ausladende Stadtlimousinen und edle Geländewagen aneinander. Allesamt waren sie makellos sauber. Sogar der Regen perlte von den Karosserien ab, als würde er einsehen, dass er auf diesen eleganten Autos nichts verloren hatte.

»Wie heißt du überhaupt?«, rief er ihr hinterher und fragte sich, was sie vorhatte. Als Antwort griff sie in ihre Jackentasche und zog etwas heraus, das Fin nicht sofort erkennen konnte.

»Lara«, rief sie dann über die Schulter zurück und klatschte etwas auf das breite Heck eines großen Range Rovers. Es war ein runder Sticker. Dann ging sie zum nächsten Wagen und brachte auch auf diesem einen an.

Und dann immer weiter, bis sie sieben oder acht Fahrzeuge mit ihren Aufklebern verziert hatte.

Fin machte einen Schritt auf das nächste Auto zu, als sie wieder zurückkam. Er versuchte zu lesen, was auf den Stickern stand. Während Lara ihren Rucksack, den Fin noch immer in Händen hielt, öffnete und etwas herausholte, entzifferte er deren Schriftzug. Da stand »Dreckschleuder« in schwarzen Buchstaben auf gelbem Hintergrund. Er verstand es nicht.

»Wenn du mir hilfst, geht es schneller«, sagte sie und blickte auf den Inhalt des Rucksacks. Sie hielt zwei prall gefüllte Wasserbomben in den Händen. Nur war da kein Wasser drin, das war eindeutig. Er war außerstande, zu antworten, da flog das erste Geschoss bereits durch die Luft. Die Bombe glitt über die Motorhaube eines BMWs und wabbelte unbeschädigt auf den Boden. Lara fluchte leise und warf noch eine. Sie zerplatzte mitten auf der Windschutzscheibe eines Geländewagens. Dunkelbrauner Dreck spritzte in alle Richtungen und die Alarmanlage des Fahrzeugs heulte los. Fin zuckte zusammen. Aber noch bevor er etwas sagen konnte flogen weitere Wasserbomben über den Parkplatz und explodierten in breiten Schmutzfontänen, begleitet von einem zunehmend unerträglichen, schrillen Konzert verschiedener Alarmanlagen. Schnell breitete sich ein grässlicher Gestank aus.

»Was um Himmelswillen hast du denn da reingefüllt?«, fragte Fin, während alle Farbe aus seinem Gesicht wich.

»Scheiße«, antwortete sie und vollendete ihr Werk mit zwei gezielten Würfen.

Fin blinzelte sie an. Ihm wurde schlagartig bewusst, dass er soeben einer Verrückten dabei geholfen hatte, eine Straftat zu begehen.

»Dreck für die Dreckschleudern, die unseren Planeten verpesten. Ist doch ein schönes Bild, nicht?«, sagte sie, nahm ihm den Rucksack ab und streifte ihn über die Schulter.

»Ich an deiner Stelle würde mich jetzt aus dem Staub machen.« Sie grinste, als sie das sagte und ihm sein Zigarettenpäckchen in die Hand drückte. Dann gab sie ihm einen Kuss auf die Wange, flüsterte in sein Ohr: »Danke für die Hilfe« und huschte davon.

Einen Augenblick starrte Fin seine Zigaretten an, sah zu den verdreckten, wild blinkenden Autos und rannte schließlich die Treppe hinunter auf die Straße.

Heute

»Ich glaube, sie melden sich nicht …«, sagte Roland. Er saß auf seinem Rucksack und lehnte sich mit dem Rücken an seinen Großvater. Sie hatten sich tatsächlich auf den Weg gemacht, um seine Mutter zu retten. Auch nach Stunden hatte ihnen niemand Auskunft geben können, was mit ihr geschehen war und ob sie denn überhaupt noch lebte. Es war das blanke Chaos. Sie mussten so schnell wie möglich nach Neapel. Jede Minute zählte. Das wusste er. Aber erst hieß es warten.

Es hatte nur noch einen einzigen Sitzplatz an der Bushaltestelle vor dem Hauptbahnhof gegeben, an der sie ausgestiegen waren. Der Ort war durch die Hochhäuser, die ihn säumten, in einen düsteren Schatten getaucht. Und überall auf dem Platz, auf dem es vor Menschen nur so wimmelte, stank es nach Kohl und Bratfett. Die Imbissbuden mit ihren Soja-Kebaps, den asiatischen Nudelgerichten, den Paellas und Gyros und Tofu-Bratwürsten bewarben ihre Gerichte mit flackernden Neonreklamen in ihren Auslagen.

Die Gespräche, die die Menschen zum Teil miteinander, zum Großteil aber via Kopfhörer führten, vermischten sich zu einem atonalen Sprachgewirr, das nur manchmal von dem zornigen Geschrei eines hungrigen Säuglings übertönt wurde. Oder unterbrochen wurde vom betrunkenen Lachen der Obdachlosen, die in kleineren Gruppen am Boden zwischen Schlafsäcken und zerrissenen Papiertüten hockten und Sojabier aus Dosen oder synthetischen Wein aus Faltkartons in sich hineinschütteten.

In die Stationen fuhren ununterbrochen Busse ein und aus, deren Karosserien aus graublauen Photovoltaikpaneelen bestanden. Früher brachten diese Busse den ganzen Staub von ihren Ladestationen mit, wo sie im flachen Gelände vor der Stadt in der prallen Sonne aufgeladen wurden. Aber mittlerweile war der Staub nicht mehr nur auf den Bussen. Er war überall.

Es war nicht nur Sandstaub aus der Sahara und aus Spanien, wie er immer öfter und immer länger vom Sommerwind nach Deutschland getragen wurde, sondern vor allem das Produkt der regelmäßigen Dürreperioden. Zahlreiche Menschen trugen Mundmasken, einige waren mit Schutzbrillen ausgerüstet. Man hatte sich im Laufe der Jahre damit abgefunden. Über ihren Köpfen, nur getrennt durch Sicherheitsnetze, die über großen Plätzen aufgespannt wurden, surrten Drohnen in unterschiedlichen Flugbahnen durch die Luft. Manche trugen kleine Pakete, andere blinkten bunt. Die Kleinsten waren mit großen Insekten zu verwechseln und die größten, die mit den Paketen, hatten die Maße von Wohnzimmertischen.

Immer wenn Roland den Drohnenverkehr beobachtete, hatte er das Gefühl, die Maschinen würden miteinander kommunizieren. Sie surrten in unterschiedlichen Tonhöhen: Die Kleinen klangen hell, manchmal quietschten sie, wenn sie zu nahe an eine der großen, brummenden gerieten, die mit ihren Propellern wie schwerfällige Raumschiffe aussahen. Eines der letzten Projekte der ehemaligen EU war der Versuch gewesen, die Drohnensignale zu vereinheitlichen. Man war nicht mehr dazu gekommen.

Roland schob schmutziges Papier und ein paar alte Dosen, die aus dem überquellenden Mülleimer neben ihm herausgefallen waren, mit dem Fuß beiseite. Er war nervös und ungeduldig. Und das ärgerte ihn. Roland musste sich nicht umdrehen, um zu wissen, dass es seinem Opa gleich ging. Aber er spürte nicht nur, dass es ihm gleich ging, sondern auch, dass er die Sorgen um Rolands Mutter, die seine Tochter war, mit ihm teilte. Und Roland merkte auch, dass Fin wusste, dass er es wusste. Und umgekehrt. Sein Großvater und er brauchten keine Worte, um sich zu verstehen. Auch nicht, um gemeinsam nervös zu sein.

Bevor sie anderthalb Stunden zuvor von zu Hause aufgebrochen waren, hatten sie frisches Gewand und Wasserflaschen, hatten ihre Ausweise, Bargeld und Ladegeräte eingepackt. Und die ganze Zeit über hatte Fin mit Leuten telefoniert, die Roland völlig fremd waren.

»Was willst du mit den Anrufen erreichen?«, hatte Roland seinen Opa zwischen zwei Gesprächen gefragt und soeben sein Tablet im Rucksack verstaut.

»Das verstehst du nicht«, hatte sein Opa gemeint und sich nach seinen Schuhen umgesehen. »Man kommt heute in Europa nicht mehr so einfach von einem Land ins nächste. Schon gar nicht dorthin, wo wir hinwollen. Zumindest nicht als Deutscher. Das ist eine der Absurditäten unserer Zeit. Sie wollen mit allen Kräften Menschen daran hindern, einzuwandern, lassen aber umgekehrt keinen Inländer mehr hinaus.«

»Es muss doch eine staatliche Einrichtung geben, die das organisiert.«

»Du hast doch gesehen, wie die sich kümmern. Außerdem: für die ist jeder selber schuld, der im Süden helfen will, und kann bleiben, wo der Pfeffer wächst. Nein, wir brauchen Unterstützung von anderer Stelle.«

»Von welcher Stelle? Wer sind diese Leute? Und woher kennst du die?«, hatte Roland gefragt.

»Ach!«, hatte Fin gemacht und sich verärgert abgewendet.

»Ich sage, wir verschwenden nicht noch mehr Zeit und machen uns so schnell wie möglich auf den Weg!«, hatte Roland schließlich hilflos geschrien und seinen Rucksack sinken gelassen. Aber sein Großvater hatte ihn bloß ignoriert und den Raum gewechselt, um erneut mit diesen Fremden, die er scheinbar so gut kannte, zu telefonieren.

Jetzt, auf dem Bahnhofsplatz, musterte Roland die gewaltigen, leuchtenden Videowände. Neben Werbung für Serien, Kosmetikartikel und Softdrinks lief auf einem der Bildschirme, der die halbe Front eines zwölfstöckigen Hochhauses einnahm, eine stumme Nachrichtensendung. Gezeigt wurde eine Aufnahme aus dem Weltall. Es musste ein Teil Nordamerikas sein, Roland glaubte, Kalifornien erkennen zu können. Mehr als zwei Drittel des gezeigten Ausschnitts waren von etwas bedeckt, das wie hellbraunes Mehl aussah, und das in die Atmosphäre staubte.

Darunter lief ein Informationsband: +++ Waldbrände in Nordamerika nehmen historische Ausmaße an +++ Schaden im Multimilliarden-Dollar-Bereich beziffert +++ Große Teile der Westküste evakuiert +++ 17 Millionen Menschen auf der Flucht +++ Erneuter Bombenanschlag in deutschem Kindergarten +++ Verdächtigt wird eine afrikanische Dschihadistengruppe +++ Polizei: Motiv dürfte Vergeltung für Dammbruch in Neapel sein +++ Vorwürfe gegen die Regierung entkräftet +++ Selbst ernannte »Aufdeckerplattform« SA:DE als Machtwerkzeug der Opposition entlarvt +++

Ein Flackern durchzuckte den gewaltigen Bildschirm. Dann erschien ein großer, weißer Schriftzug: *Die Regierung lügt. Wehrt euch!*

Hier und da erklang ein leises, kaum hörbares Raunen unter den Menschen, die zufällig auf die Videowand gesehen hatten. Es waren nur wenige gewesen. Und bloß einen Augenblick später flackerte es erneut und die Bilder von vorhin erschienen wieder. Dazu das Informationsband: +++ Nordamerika steht in Flammen +++ Der Schaden durch die Waldbrände beläuft sich auf …

Hatte er sich das eben eingebildet? Er wusste nicht, wie er diese Störung einordnen sollte. Während er versuchte, es zu verstehen, hörte er die Stimme seines Opas.

»Ja?«, sagte er. Er musste telefonieren.

Roland drehte sich zu ihm um: »Und?«

Aber Fin bedeutete ihm, still zu sein und hielt eine Hand an das Ohr.

»Verstehe. Ja, gut. Um 17:49 Uhr. Gleis neun. Verstanden. Danke. Ja.« Er tippte auf sein Ohr und stand mit einem Stöhnen auf.

»Wir müssen den Nachtzug um 17:49 Uhr nach Nürnberg nehmen. Dort kriegen wir unsere Papiere«, sagte Fin.

»Zehn vor sechs? Das ist in fünfzehn Minuten. Das schaffen wir nie!«

Er ging bereits los, während Roland noch den Rucksack schulterte und hinterhereilte. Es war ein unendliches Gewirr aus Menschen, durch das sie sich kämpfen mussten. Menschen aus allen möglichen Ländern fluchten und unterhielten sich und telefonierten in Sprachen, die Roland so fremd waren wie Chinesisch. Endlich hatte er seinen Großvater eingeholt. Ein Mann, der ein abgegriffenes, altes Bild eines kleinen Kindes in der Hand hielt, umklammerte Fins Oberarm und wollte ihn nicht mehr loslassen.

»Por favor señor, por favor«, wiederholte der Mann unablässig und bedrängte seinen Großvater.

»Leave me!«, erwiderte dieser auf Englisch und versuchte sich zu entziehen. Aber der Fremde war hartnäckig. Er hatte ein von der Sonne gegerbtes Gesicht und trug keine Schuhe. »Por favor abuelito. Sólo un par de

Euros«, jammerte er und sank dabei auf die Knie. Er zog Fin beinahe mit sich.

Roland ging dazwischen: »¡Alto!«, rief er, »Yo tengo el mando.«

Und es schien zu wirken. Der verzweifelte Mann ließ von seinem Großvater ab, stolperte und stürzte. Roland sah zurück, konnte ihn aber schon nicht mehr erkennen, weil er von der Menschenmasse weitergedrückt wurde. Er hatte sich an seinen Großvater gehängt und gemeinsam quetschten sie sich durch die erste Sicherheitskontrolle am Haupteingang des Bahnhofs. Der Gestank ungewaschener Körper, der aufdringliche Geruch von Zwiebeln und Bratfett, Staub und Plastik wehte ihnen entgegen.

»Herrgott noch eins, was glauben die, mit ihren Kontrollen zu erreichen? Hat das mit dem Anschlag in München vorige Woche zu tun?«, fragte Fin.

Kontrollen hatte es schon immer gegeben. Seit die Häufigkeit der Anschläge zugenommen hatte, waren sie jedoch noch weiter verschärft worden. Also im Grunde war das nichts Außergewöhnliches.

»Du bist es nur nicht mehr gewöhnt, außer Haus zu gehen, alter Mann«, murmelte Roland, während er sich zwischen zwei Italienerinnen hindurchdrückte, die heftig gestikulierend mit einem Griechen stritten.

Als sie es schließlich durch die zweite Schleuse geschafft hatten, war endlich wieder Platz zum Atmen. Man konnte sich bewegen, ohne gleich Gefahr zu laufen umgerannt zu werden. Allerdings blieb Roland keine Verschnaufpause. Sein Großvater strebte eilig auf die Ticketautomaten zu. In ihm steckten offensichtlich Reserven, von denen Roland nichts geahnt hatte.

»Seit wann kannst du so schnell laufen?«

Sein Großvater antwortete nicht, während er den alten, zerkratzten Automaten bediente. Kaum jemand benutzte die Dinger noch, aber in irgendeinem Gesetz stand wohl, dass es sie noch geben musste.

»Wo hast du Spanisch gelernt?«, fragte Fin jetzt.

»In der Schule«, erklärte Roland. »Ist ein Pflichtfach ab der Siebten.«

»Hm, macht Sinn bei so vielen Spaniern im Land. Haben sie das nicht in den Sechzigern eingeführt? Nach der großen Regierungskrise wegen der iberischen Flüchtlingsströme?« Jetzt war es Roland, der auf die Frage nicht einging.

»Wieso bestellst du die Tickets nicht im Netz? Geht doch schneller?«

Über das Internet würde es tatsächlich schneller gehen, aber Fin weigerte sich die meiste Zeit, die Virtual-Reality-Funktion seiner Brille zu aktivieren. Roland hätte die Software über seine Kontaktlinsen laden können, allerdings hätte er dann die Tickets selbst bezahlen müssen. Also ließ er seinen Opa machen. Weil er aber wissen wollte, was sie kosteten, aktivierte er das Betriebssystem seiner Kontaktlinsen mit einer Abfolge bewusster Lidschläge und sah sich um. Er hatte die Linsen zu seinem dreizehnten Geburtstag bekommen und seitdem wollte er nicht mehr ohne sie leben.

Sofort wurde die Bahnhofshalle in künstliches, mildes Sonnenlicht getaucht. Die grauen Wände wurden mit zeitgenössischen Kunstwerken verziert und überall schwebten Anzeigen und Werbungen. Direkt über dem Automaten prangte jetzt das Interface für den Ticketkauf. Bevor er den richtigen Zug ausfindig machen konnte, wurde er von seinem Großvater an der Schulter gepackt und weitergeschoben. Ein Blick auf die Uhr verriet ihm, dass sie noch fünf Minuten Zeit hatten, um ihn zu erreichen.

Sie eilten durch die Halle, vorbei an kreischenden Kindern, gehetzten Geschäftsleuten und schwer bewaffneten Polizisten. Mit ihren Panzerwesten, den breiten Stiefeln, ihren wuchtigen Handschuhen und den Sturmgewehren patrouillierten sie immer zu zweit. Hinter den Vollvisierhelmen wirkten sie weniger wie Menschen, sondern eher wie Roboter. Kein Zentimeter Haut war zu sehen. Sie beeindruckten und beängstigten Roland zugleich. Er spielte seit Längerem mit dem Gedanken, Polizist zu werden. Als er es seiner Mutter gebeichtet hatte, hatte sie erklärt, dass er »bei dem faschistoiden Verein, zu dem die Polizei unter dieser tyrannischen Regierung geworden ist«, nichts verloren habe.

Er hatte nicht wirklich verstanden, was sie damit gemeint hatte, aber ihre Reaktion machte den Beruf nur noch attraktiver für ihn. Selbst die geleakten Berichte über die willkürlichen Verhaftungen und die Erschießungen von unbewaffneten Demonstranten durch Eliteeinheiten der Polizei, die im vergangenen Jahr ein paar Tage durch die sozialen Medien gegangen waren, hatten ihn nicht abschrecken können. Außerdem hatte der Whistle-Blower, der für die Enthüllungen verantwortlich gewesen war, ein paar Wochen später in einem Bekennervideo zugegeben, dass alles ohnehin nur gefälscht gewesen sei, bevor er sich von einem Hochhaus in den Tod gestürzt hatte.

Jetzt rannten sie eine Rolltreppe hoch und kamen am Bahngleis an. Der Zug war noch da. Überall waren

Menschen, es herrschte ein schreckliches Durcheinander. Sie hetzten darauf zu, hätten beinahe eine junge Frau mit ihrem Kofferwagen umgerannt, und schafften es gerade noch so in den Waggon.

Ein Teil der Leute drückte sich hastig an ihnen vorbei. Einige schoben von hinten nach, andere versuchten panisch, gleich ein Abteil zu belegen. Eine Toilette musste defekt sein, denn es stank fürchterlich nach Fäkalien.

Ein Kerl in Unterhemd und Jeans drückte Fin eine Umhängetasche gegen die Brust. Er sagte etwas zu ihm, aber Roland konnte es nicht verstehen. Also rückte er näher, hörte aber nur noch: »... ihr das Paket bringst, kriegst du deine Visa«, während am Bahnsteig das Signal zur Abfahrt ertönte.

Der Mann sah sich kurz um, quetschte sich an ihnen vorbei und sprang aus dem Zug, ehe die Tür geschlossen wurde und das Fahrzeug sich in Bewegung setzte. Roland wollte fragen, was es damit auf sich hatte, aber der Großvater drängte weiter in das Innere des Zuges.

Schweißgebadet standen sie zwei Minuten später mitten im Abteil und konnten weder vor noch zurück. Die Plätze waren zum Teil doppelt belegt. Passagiere standen im Gang und zwischen den Sitzreihen. Ein dünner Junge, vielleicht sieben oder acht Jahre alt, hatte sich sogar in der Gepäckablage einquartiert und schien dort oben zu schlafen. Es roch hier irgendwie nach nassem Fell und Urin.

»Hast du reserviert?«, fragte Roland seinen Großvater, der den vollgestopften Waggon musterte und fassungslos den Kopf schüttelte.

»Was ist?«

»So viele Menschen«, sagte er.

»Findest du?«, fragte Roland: »Dann solltest du mal morgens vor Schulbeginn mit mir in die U-Bahn steigen. Da geht's ums nackte Überleben. Dagegen ist das hier Kindergeburtstag.«

Er sah sich um und blieb an einem der Bildschirme hängen. Dort liefen Nachrichten: +++ Newsflash: Vierter Anschlag in diesem Monat +++ Sechs Tote, 39 Schwerverletzte +++ Opfer sind hauptsächlich Kinder +++

Darunter hatte jemand mit einem Messer das Wort SA:DE in die Wand geritzt.

Damals

»Klimakatastrophen wie Dürren, Überschwemmungen, Stürme und Sturzfluten werden massiv zunehmen!«, las Fin und kaute am äußersten Rand seines Daumennagels. Er saß vor dem Laptop in seinem sonst stockdunklen Zimmer und ignorierte einmal mehr die Mahnungen seiner Mutter.

So wie jetzt hatte sie jede Viertelstunde an seine Zimmertür geklopft und ihn aufgefordert, endlich schlafen zu gehen. »Fin! Es ist halb elf! Geh ins Bett jetzt, aber flott. Sonst schalte ich dir den Rest der Woche das Internet aus.«

»Ich schlafe doch schon längst. Lass mich«, imitierte er eine müde, schlaftrunkene Stimme, ohne aufzusehen. Er hatte sehr viel Zeit damit verbracht, die sozialen Netzwerke nach Lara zu durchforsten, und hatte sie soeben gefunden. Sie war nur mit wenigen Leuten befreundet, die er kannte. Und das, obwohl sie auf dieselbe Schule gingen.

»Ich sehe aber unter dem Türschlitz das Licht von

deinem Computer durchscheinen!«, rief seine Mutter jetzt.

»Das ist mein Nachtlicht!«, gab er zurück und überflog die letzten Posts, die Lara abgesetzt hatte. Hauptsächlich waren es Videos von Unwettern, Fotos von Waldbränden und schmelzendem Polareis, die sie verlinkt hatte. Hin und wieder postete sie auch einen Artikel, der echte Informationen enthielt. Likes bekam sie dafür im Gegensatz zu den Videos fast keine.

»Dein Nachtlicht habe ich den Nachbarn geschenkt, als du zwölf warst!«

»Verdammt«, murmelte Fin und fuhr sich über das Gesicht. »Na gut, na gut, ich mach ja schon, Mama.« Er klappte den Laptop zu und warf sich mit seinem Smartphone bewaffnet ins Bett. Dann wischte er über das Display und rief Laras Account noch einmal auf.

Draußen hörte er die aufgebrachte Stimme seiner Mutter, die sich allmählich entfernte: »Das war der größte Fehler, ihm wieder einen eigenen Schlüssel für sein Zimmer zu geben. Der größte Fehler!«

Derweil suchte er nach Fotos von Lara. Auf einer Aufnahme stand sie mit dem Rücken zur Kamera und drehte ihren Oberkörper danach um. Zum Schluss schaute sie geradeaus in die Linse, wodurch es wirkte, als würde sie Fin direkt ansehen. Sie hatte langes, schwarzes Haar und eine etwa fingerbreite, dunkelrote Strähne, die ihr immer ins Gesicht fiel. Die Drei-Sekunden Aufnahmeschleife zeigte in Ultrazeitlupe, wie sie sich herumdrehte und diese eine Strähne aus dem Gesicht wischte. Ihre braunen Augen wirkten munter und herausfordernd. Unter dem ärmellosen, engen Top, zeichneten sich ihre Brüste deutlich ab. Fin biss sich auf die Lippen und spürte, wie sich zwischen seinen Beinen etwas regte. Er sah nach den Taschentüchern auf seinem Nachtkästchen und überlegte kurz.

Fünf Minuten später stieß er auf einen Clip, den er beim ersten Durchforsten ihres Profils übersehen haben musste. Zu erkennen war zuerst die Terrasse eines sommerlichen Berggasthofs. Wanderer und Touristen tranken Bier und aßen belegte Brote oder dampfende Fleischgerichte. Plötzlich ertönte ein für die Kamera kaum hörbares Knacken. Vor Ort musste es lauter gewesen sein. Denn alle Blicke folgten dem Geräusch, das von den Bergen zu kommen schien.

Die Kamera wackelte. Mehrere Leute schrien gleichzeitig auf, als sich ein Teil des Berges plötzlich ablöste. Das Gestein bewegte sich nur langsam. Aber nach und nach geriet die gesamte Bergflanke, wie ein Zug, der rasch Fahrt aufnimmt, in Bewegung. Das anfangs leise Knacken wurde zu einem ohrenbetäubenden Krachen. Hektik brach aus. Stühle wurden umgeworfen und Leute rannten aus dem Blickfeld der Kamera. Ihre Schreie wurden verschluckt vom lauter werdenden Donnern der Gesteinslawine. Dabei war es mehr als das. Ganze Felsplatten mit Moosflechten, Nadelbäumen, ja sogar mit einer kleinen Hütte darauf, rutschten ab und stürzten auf einen darunter liegenden Wald. Innerhalb von Sekunden türmten sich dunkle Staubwolken auf. Kurz bevor die graue Masse die Kamera erreichte, brach die Aufnahme ab.

Der Bildschirm wurde schwarz. Ein Text in weißer Schrift wurde eingeblendet: »Wie hier in den Schweizer Alpen, sind in den letzten Jahren auf der ganzen Welt hunderttausende Kubikmeter Felsen abgebrochen. Durch die globale Erwärmung und das Auftauen der Gletscher und des Permafrosts, dem Superkleber der Berge, häufen sich diese Phänomene. Solche Bergstürze werden in Zukunft massiv zunehmen.«

Als Kommentar zu dem Video hatte Lara geschrieben: »Die Erde sagt uns, dass wir alles falsch machen. Warum hört niemand hin?« Fin tippte den Gefällt-mir-Button an und scrollte weiter.

Heute

Eine Stunde nach der Abfahrt kauerte Roland auf dem Boden im Einstiegsbereich des Waggons. Sein Großvater saß auf seinem Rucksack und hatte die Augen halb geschlossen. Beide waren schon jetzt übermüdet. Sie teilten sich den engen Raum mit zwei alten Frauen, einem Mann in einer braunen Lederjacke, der nur Augen für das Fenster zu haben schien, und einem kleinen Jungen, der mit einem Spiel in seinen VR-Kontaktlinsen beschäftigt war.

Roland hatte sein Tablet ausgefaltet und verfolgte die Liveübertragung eines Sport-Events. Es war eine Mischung aus Rugby, Fußball und Kickboxen. Zwei Teams standen sich auf einem eingezäunten Sandfeld von der Größe eines Fußballplatzes gegenüber. Ziel der halbnackten Athleten war es, den Ball irgendwie hinter die gegnerische Linie zu bringen. Dabei waren alle bekannten Kampfsporttechniken erlaubt.

Er versuchte sich damit abzulenken, um nicht ständig an seine Mutter denken zu müssen. Aber es wollte ihm nicht so recht gelingen. Die Sorge um sie machte ihn fast wahnsinnig.

»Ich versteh' dich nicht. Warum schaust du dir so etwas an?«, fragte sein Großvater irgendwann.

»Was meinst du?«, gab Roland zurück.

Fin zeigte auf das Tablet.

»Calcio Storico? Na ja … Ich find's einfach spannend. Sämtliche Kampfstile sind dabei erlaubt. Von Ellbogenschlägen zu Knietritten, Armhebeln und Würge- und Ringtechniken ist alles möglich.«

»Das ist doch albern«, brummte er.

»Albern? Sagst ausgerechnet du, der du zu einer Generation von Skifahrern gehörst? Ich meine, ihr habt euch Bretter an die Füße geschnallt … Hast du mir selbst erzählt. Sogar in der Schule. *Das* ist albern! Schneepisten … Das ist verrückt. Völlig irre.«

»Hm, so habe ich es noch nie betrachtet. Aber ja, stimmt, meine große Schwester musste sogar noch verpflichtend auf Skikurs fahren … Was die künstliche Beschneiung damals schon an Strom und Geld gefressen hat … Wahnsinn. Trotzdem Junge, das sind doch moderne Gladiatorenkämpfe, die du dir da reinziehst.«

Gerade ging einer der Athleten zu Boden. Aus einer anderen Perspektive sah man, wie er gegen den Zaun gedrückt und mit Faustschlägen niedergemacht wurde. Blut spritzte. Die Menge tobte. Ein Läufer sprintete mit dem Ball in den Händen über das Feld.

»Die Regeln verhindern unfaires Verhalten. Außerdem ist Boxen eine der ältesten Sportarten der Welt. Und Calcio Storico wurde in Florenz schon vor sechshundert Jahren gespielt! Das ist älter als dein blödes Skifahren!«

Fin rümpfte das Kinn.

»Und!«, sagte Roland und musterte die leicht schiefe Nase seines Großvaters und die alte Narbe auf der einen Seite seines Kiefers: »Wenn hier mal einer von uns etwas mit Boxen zu tun gehabt hat, dann ja wohl du.«

Sein Großvater grinste müde.

»Wann wirst du mir endlich erzählen, woher du die hast?«

Fin schloss die Augen. So als würde eine alte Erinnerung in ihm erwachen. Dann lachte er.

»Wenn du alt genug dafür bist ... Oder wenn du einmal eine Eins in Politischer Bildung nach Hause bringst.«

»Das wird nie geschehen«, witzelte Roland.

»Nein, aber im Ernst. Musst du dir so etwas ...«

Roland unterbrach ihn. »*Ihr* habt Leuten zugeschaut, wie sie einen Schneeberg hinunterbrettern. Und erzähl mir bloß nicht, irgendjemand hätte weggeschaut, wenn einer gestürzt ist.«

Sein Großvater schwieg. Aber Roland hatte sich schon warm geredet. Er hasste es, wenn ihm seine Hobbys vorgeworfen wurden: »Und überhaupt: Bei deinem Skifahren sind sicher mehr Leute draufgegangen als im Storico. In den letzten dreißig Jahren ...«

Er wollte noch weitere Argumente vorbringen. Diese Diskussion hatte er schon zu oft mit seiner Mutter führen müssen, um nicht noch so einiges in petto zu haben. Aber sein Großvater reagierte nicht darauf. Roland verstummte kurz, als er es merkte, und zog die Brauen hoch. »Bist du müde?«, fragte er. Sein Opa hatte die Augen geschlossen. Er antwortete noch immer nicht.

»Opa?« fragte er erneut, klappte das Tablet ein, verstaute es und stand auf. »Opa?«

Da öffnete Fin den Mund, schloss ihn aber sofort wieder. Er sah sich kurz um und fuhr sich über das Gesicht. »Nur kurz ausgeruht …«, murmelte er, räusperte sich und setzte sich etwas aufrechter hin, schloss aber im nächsten Moment die Augen wieder und schien gleich einzuschlafen. Roland setzte sich und betrachtete die digitale Anzeige neben der Tür. Sie zeigte 634 km/h an. Er sah sich um.

Die vier anderen Leute in dem engen Durchlass zwischen Eingang und dem Großraumabteil schienen keine Notiz von ihnen zu nehmen. Er betrachtete die grauen Wände, sie waren sicherlich einmal weiß gewesen. Das Glas der Fenster war von zahlreichen vorbeigeschleiften Koffern zerkratzt und von außen mit den Rändern teils abgewaschener Graffitifarbe verunstaltet. Das gelbliche Licht flackerte manchmal, wenn sie durch einen Tunnel fuhren. Roland überlegte, wie der Zug vor dreißig Jahren, als er gebaut worden war, ausgesehen haben mochte. Er überlegte, wie es gewesen sein musste, in einer Welt zu leben, in der man etwas Neues, etwas Ungebrauchtes mit eigenen Augen sehen konnte. Vielleicht sogar anfassen. Ein frisch gestrichenes Haus. Ein gerade fertiggestelltes Auto oder eine menschenleere, blühende Parkanlage. Eine neu asphaltierte, schwarze Straße.

Seit er sich erinnern konnte, lebte er in einer Welt, die abgegriffen, benutzt und schmutzig war. Überall Kratzer, Risse und Brüche. Schmierereien und Schmutz und Staub. Tonnen von Staub. Und vor allem waren überall Menschen. Die Welt war so voll von Menschen, dass sie sich bei jeder Gelegenheit gegenseitig auf die Zehen traten. Ihr Platz auf der Erde war enger geworden, aber ihre Zahl war trotzdem gewachsen. Roland fühlte sich manchmal wie ein Mastschwein in einer Zuchtanlage.

Eine Unebenheit der Schienen ließ den Zug kurz ruckeln und seinen Kopf gegen die Innenwand schlagen. Er rieb sich die Stelle, während sein Blick auf die kleine Tasche fiel, die ihnen zugesteckt worden war. Nicht aufmachen, hatte es geheißen. Auf keinen Fall öffnen. Roland sah zu seinem Großvater. Er schlief fest.

Er biss sich auf die Unterlippe, überlegte kurz und nahm die Tasche auf seinen Schoß. Vorsichtig zog er den Reißverschluss auf. Ganz langsam. Glied für Glied. Er drückte sogar den Daumen darauf, um das Geräusch zu dämpfen. Allmählich gab sie den Blick auf den Inhalt frei.

Was auch immer in der Tasche war, es war gut verpackt, denn er musste sich durch zahlreiche Schichten Maisplastik kämpfen. Er stieß schließlich auf mehrere kleine Alu-Kassetten. Jede hatte ein Display und war mit kleinen LEDs ausgestattet.

Warum um alles in der Welt sollten sie ein paar veraltete Elektrogeräte transportieren im Gegenzug für die Ausreisebescheinigung? Doch plötzlich wurde ihm klar, was er da in Händen hielt. Er kannte es aus seinen Videospielen. Es mussten … Es waren Sprengsätze! Roland fuhr vor Schreck in die Höhe. Dabei hätte er die Tasche beinahe auf den Boden fallen lassen. Er wollte den Reißverschluss wieder zuziehen und hatte Angst, das Ding könnte gleich hochgehen. Er versuchte sich einzureden, wie absurd das sein würde, aber es half nicht. Er begann von einem Moment zum anderen heftig zu zittern. Gerade als er die Tasche wieder verschlossen hatte, ertönte eine trockene Stimme in seinem Rücken:

»Fahrscheine bitte.«

Er sah auf und erkannte einen Bahnbeamten und zwei schwer bewaffnete Polizisten.

Damals

Seit seiner Begegnung mit Lara waren vier Monate vergangen. Aber Fin war kaum vorangekommen. Schon am Abend, nachdem Lara ihm seine Zigaretten geklaut hatte, war ihm bewusst geworden, dass er dieses Mädchen näher kennenlernen wollte. Wusste er auch sonst nichts, so wusste er zumindest das: Er hatte sich unsterblich in sie verliebt. Sein Problem war allerdings, dass das nicht auf Gegenseitigkeit zu beruhen schien. Und das Schlimmste: Lara hatte seit drei Wochen einen Freund. Und als wäre das nicht genug, musste Fin im Geschichtekurs auch noch neben diesem Penner sitzen.

Fin las den Text durch, den er soeben in die Tastatur seines Laptops geklopft hatte, schüttelte den Kopf und löschte die Zeilen wieder. Er ging über vor Selbstmitleid und Liebeskummer, anstatt etwas zu unternehmen. Gut, er hatte es immerhin geschafft, herauszufinden, welche Wahlfächer Lara im Sommer besuchte und hatte sich für einen davon, eben jenem, in welchem er gerade saß, sogar einschreiben können, weil er jahrgangsübergreifend abgehalten wurde. Aber was hatte es gebracht? So wie jetzt saß er meistens zwei Reihen hinter Lara und starrte auf das leere Dokument in seinem Laptop.

»Fin?«, sagte die Lehrerin. Sie hatte ihn scheinbar nicht zum ersten Mal angesprochen. Wie oft hatte er sie schon überhört? Die meisten seiner Mitschüler hingen ihren Gedanken nach oder spielten unter der Bank mit dem Smartphone. Aber vier oder fünf hatten sich zu ihm umgedreht. Darunter Lara. Sofort wurde er nervös.

»Ja bitte?«, fragte er höflich. Die Lehrerin nahm das Kinn zurück und schürzte die Lippen. »Du hast gerade keine Ahnung, wovon wir reden, nicht wahr?«

Verzweifelt suchte er nach Anhaltspunkten. Die grüne Tafel war leer. Das Whiteboard ebenfalls. Er spürte, wie sich Schweißtropfen unter seinem Haaransatz bildeten.

»Klapp doch erstmal deinen Computer zu und dann antworte mir bitte.«

»K... Könnten Sie die Frage noch einmal wiederholen?«, fragte er vorsichtig.

Zwei, drei Mitschüler kicherten. Die Lehrerin warf ihnen einen ernsten Blick zu. Das war jedoch, wie so oft, umsonst.

»Na gut, also noch einmal: Welche Ursachen kennen wir, die zum Ausbruch des Ersten Weltkriegs führten?«

Scheiße! Kalt erwischt. Fin schluckte. Undeutlich stammelte er etwas vor sich hin. Es ergab keinen Sinn. Sven, sein bester, nein, sein einziger Freund, saß zwei Reihen weiter. Er versuchte unauffällig, die Antwort einzusagen. Er formte mit seinen Lippen stumme Sätze, aber alles, was Fin wahrnahm, waren seine hellgrau gefärbten Haare, die ihm ins Gesicht hingen. Es war zwecklos. Die Lehrerin schüttelte den Kopf und erteilte Lara – sie hatte aufgezeigt – das Wort.

»Nationalismus, Militarisierung, Bündnissysteme und vor allem die Verbrennung fossiler Energieträger«, erklärte sie. Einige Schüler begannen leise zu lachen.

»Entschuldige, aber das musst du mir erklären. Wie

meinst du das, die Verbrennung fossiler … Brennstoffe?«, fragte die Lehrerin nach. Ihre Stirn legte sich in Falten.

»Na ja …«, sagte Lara und räusperte sich: »Die Militarisierung und Aufrüstung ist das Ergebnis der Industrialisierung. Und die wiederum basiert auf dem Verbrennen von Kohle und Erdöl.«

Die Lehrerin schüttelte missbilligend den Kopf: »Tut mir leid, Lara. Aber du kannst doch nicht jedes Thema mit dem Klimawandel in Verbindung bringen.«

Neben Fin beugte sich Adnan, Laras neuer Freund, zu einem Kollegen und kommentierte leise: »Alter, was labert die Öko-Schlampe, eh.«

Fin schnaubte.

Wie konnte dieses Schwein so von seiner eigenen Freundin – von seiner Partnerin! – von Lara, sprechen?

Sein Sitznachbar lachte leise und flüsterte etwas zurück, das Fin nicht verstand. Er hörte nur das Wort »ficken« heraus. Er spürte, wie er zornig wurde.

Lara schien es auch gehört zu haben. Sie drehte sich um und sah Fin an. Ihr Blick verriet Enttäuschung. Sie musste glauben, er habe »ficken« gesagt. Sie musste glauben, er habe es über sie gesagt. Anstatt ihm Gelegenheit zu geben, die Sache klarzustellen, schlug sie die Augen nieder und drehte sich wieder nach vorne. Das versetzte ihm einen Stich.

Adnan und sein Freund bemerkten das Missverständnis und kicherten boshaft, was die Wut in Fin nur noch weiter anstachelte. Er presste die Lippen zusammen und schloss die Augen. Das war zu viel. Es ging entschieden zu weit.

Derweil erklärte die Lehrerin: »Das ist schlichtweg nicht richtig, Lara. Du hast gelernt, aber du musst die Sachen schon auseinanderhalten. Wenn du …«

»Ich finde, sie hat recht!«, schrie Fin hinaus und wollte sich im selben Moment die Hände vor den Mund schlagen. Aber es war zu spät. Seine Mitschüler, allen voran Adnan, schwiegen beeindruckt. Die Lehrerin sah ihn verblüfft an.

Lara drehte sich wieder zu ihm um, genauso wie der Rest der Klasse. Alle waren jetzt munter. Alle warteten gespannt darauf, was jetzt passieren würde. Fin hatte aber keine Ahnung, was er tun sollte. Als er noch immer schwieg, meinte Adnan zu seinem Kumpel: »Was für 'n Opfer, Alter«, und nahm lässig sein Smartphone zur Hand, um Nachrichten zu checken.

Fin schrie, sprang auf, riss Adnan das Telefon aus der Hand und schmetterte es auf den Boden. Es knackte, als der Bildschirm splitterte.

Fins Schläfen pochten, die Adern an seinem Hals waren deutlich hervorgetreten. Niemand sprach ein Wort. Nicht einmal die Lehrerin. Dann stand Adnan wie ein mächtiger Gorilla auf. Er überragte Fin und so gut wie alle seine Klassenkameraden um einen ganzen Kopf und kam ihm in diesem Moment so breit wie ein Panzer vor. Seine Oberlippe zuckte und seine Augen funkelten vor Hass, als sich seine Fäuste ballten und er Fin von oben herab anstarrte.

Heute

Roland spürte seinen Herzschlag. Er sah sich hektisch in dem Zugabteil um, versuchte aber dabei, den Kopf nicht zu bewegen. Er brauchte einen Plan. Die Beamten kontrollierten bereits die Mitreisenden. Gepäckstücke wurden stichprobenartig durchsucht. In wenigen Sekunden würden sie seinen Großvater und ihn erreichen.

Panisch versuchte er, sich etwas einfallen zu lassen. Aber ihm wollte kein klarer Gedanke gelingen. Er hörte bereits eine kratzige Stimme aus einem der Lautsprecher, die die Polizisten an ihren Schultern trugen, so nahe waren sie schon.

Irgendwo schrie ein Säugling. Leises Murmeln aus dem Abteil. Eine Frau weigerte sich, ihre Tasche zu öffnen. Einer der beiden Polizisten, sie wirkten in ihren steifen Westen und mit den blaugrauen Vollvisierhelmen wie Kampfmaschinen, riss sie ihr aus der Hand und leerte den Inhalt auf den dreckigen Boden. Toilette-Artikel und Schminksachen kullerten heraus.

Roland biss die Zähne aufeinander. Es gab keinen Ausweg. Er konnte die Tasche mit den Sprengsätzen nicht einmal aus dem Fenster werfen, die waren nämlich nicht zu öffnen. Er versuchte sich zu konzentrieren, spürte seinen rasenden Puls. Sie würden ihn erwischen, sie würden ihn und seinen Großvater verhaften. Er würde in den Knast kommen. Vielleicht würden sie ihm die Staatsbürgerschaft aberkennen. Ihn ausweisen. Schlimmer noch: Ihn als Terroristen anzeigen. Er würde in eines der gefürchteten Erziehungslager gesperrt werden, in das Leute für viel weniger geworfen wurden und aus dem man entweder nie wieder oder nur als menschliches Wrack herauskam.

Schweiß rann in kleinen Bächen über sein Gesicht, das Shirt kratzte, seine Knie schmerzten. Was sollte er bloß tun? Und dann hörte er die Stimme. Direkt über ihm. Gelangweilt, aber eindeutig.

»Ich sehe keine Fahrscheine. Habt ihr welche ausgedruckt?«, sagte der Kontrolleur und blickte durch seine VR-Brille, das Umfeld von Roland und seinem Großvater absuchend, wo elektronische Tickets aufscheinen sollten. Roland nickte langsam. Er glaubte, augenblicklich einen Herzinfarkt zu bekommen. Wenn die Polizisten ihn zur Durchsuchung auswählen würden, wäre er geliefert.

Steif vor Angst zog er seinem Großvater die Tickets aus der Tasche. Dieser rührte sich nicht, sondern schien fest zu schlafen. Die Tickets wurden gescannt und der Kontrolleur ging weiter. Der erste Polizist rückte nach. Er ignorierte Roland. Vorsichtig atmete er aus. Spürte, wie das Zittern in seinen Fingern, das er verzweifelt versucht hatte, zu unterdrücken, nachließ. Aber dann stieß der zweite Beamte die Tasche mit seinem schweren Stiefel an. Rolands Lippen formten stumm das Wort »Fuck!«.

Zaghaft, fast in Zeitlupe sah er hoch, als würde es etwas nutzen, Zeit zu gewinnen. Er wusste, dass er sich verraten hatte. Hätte er sich normal verhalten, wären die Polizisten an ihm vorbei gegangen. Auch in der U-Bahn wurde er so gut wie nie kontrolliert. Er sah unauffällig aus. Und mit einem alten Mann dabei hätten ihn die Beamten sowieso ignoriert. Aber er verhielt sich jetzt nicht unauffällig. Er war durch sein Verhalten ein verfluchtes menschliches Rufzeichen. »Seht her, hier ist etwas Verdächtiges«, schien auf seiner Stirn zu stehen.

»Aufmachen«, sagte der Polizist. Sein Helm hatte, so wie die der anderen, breite Kratzspuren. Hier und dort blätterte Lack ab. Hinter dem dunkel getönten Visier waren die vagen Umrisse von Augen zu erkennen, in denen sich die Projektionen seines Innenvisiers spiegelten.

Es wirkte, als würden sie böse glänzen. Roland schluckte und griff nach dem Rucksack, auf dem Fin saß.

»Nicht das. Die Ta …«, sagte der Beamte, kam aber nicht weiter. Denn sein Opa fing plötzlich fürchterlich zu keuchen an. Von einer Sekunde auf die andere schüttelte ihn ein heftiger Hustenanfall. Er krümmte sich und hustete, spuckte Schleim aus und hustete weiter. Er kippte von dem Rucksack herunter und griff sich mit schmerzverzerrtem Gesicht an die Brust. Seine Augen flackerten und er lief dunkelrot an. Roland wusste nicht, wie er reagieren sollte. Vielleicht würde sein Opa hier in diesem Zugwaggon sterben. Roland schrie: »Wasser! Wir brauchen Wasser! Opa! … Nicht!«

Aber niemanden schien es zu kümmern. Der Polizist stand bloß dabei. Das Husten wurde zu einem Röcheln, einem Würgen. Blutiger Speichel klatschte gegen den Stiefel des Beamten, der einen Schritt zurückwich.

»Hilfe!«, schrie Roland. »Hilfe!«

Damals

»Ich schwör' bei meiner Mutter, Herr Direktor. Ich hab' nix gemacht. Echt nicht«, beteuerte Adnan und sah den Direktor mit unschuldigen Augen an. Fin saß mit gesenktem Blick daneben und kletzelte an seinen Fingerspitzen herum.

»Adnan. Du warst in den letzten anderthalb Jahren schon sicher fünf Mal bei mir. Und das soll immer an den anderen liegen?«, sagte der Schulleiter. Er hatte sich in seinem Sessel vorgebeugt. Sein graues, schütteres Haar bildete auf seinem Schädel einen Kranz, der ihm eine gewisse Würde verlieh. Er trug eine kleine Brille und hatte seine Ärmel stets hochgekrempelt. Er war eigentlich ein anständiger Kerl, aber hier würde er sich am Ende doch wieder aufs Glatteis führen lassen, das wusste Fin.

»Doch! Der ist voll der Rassist. Er hat das doch nur gemacht, weil ich Ausländer bin!«

»Du bist in Deutschland geboren, Adnan«, gab der Direktor zurück.

»Ja, aber ich komm halt trotzdem von da. Also meine Eltern und so. Und deswegen hat mir der mein Handy runtergepfeffert.«

Ich pfeffer' dir gleich eine in die Fresse, dachte Fin. Aber anstatt es auszusprechen, stellte er trocken fest: »Meine Mutter stammt aus Serbien. Und mein Großvater ist Bosnier.«

Adnan staunte. »Poah eh, echt? Und dann machst du so was? Mann, was bist du denn für einer?«

Fin schüttelte den Kopf, schloss dabei die Augen. Der Schulleiter seufzte und lehnte sich in seinem Sessel zurück. »Du darfst jetzt gehen, Adnan.«

Fin konnte das Grinsen dieses Arschlochs spüren, als er an ihm vorbeiging.

»Und was mache ich mit dir? Ich meine … fühlst du dich nicht wohl bei uns?«

Fin antwortete nicht.

»Gewalt und Sachbeschädigung werden hier nicht toleriert. Ich weiß ja nicht, wie das in deiner vorigen Schule war, aber hier gibt es so etwas nicht. Da haben wir strikte Regeln.«

Nur mit Mühe hielt Fin seinen Ärger im Zaum. Er

schämte sich und war zugleich wütend. Nicht auf Adnan oder den Schulleiter, sondern vor allem auf sich selbst. Auf sich selbst und die ganze Welt, die ihn nicht verstehen wollte.

»Deine Noten sind momentan auch eher … na, sagen wir mal, da ist 'ne Menge Luft nach oben … Hörst du?«

Fin nickte langsam. Das war das Maximum an Kommunikationsfähigkeit, das er gerade noch aufbringen konnte. Der Schulleiter musterte Fin aufmerksam. Dann fällte er sein Urteil:

»Drei Tage Suspendierung. Dazu zwölf Stunden soziale Arbeit in der Schule. Meld' dich beim Schulwart, wenn du zurück bist. Ich werde mit deinen Eltern telefonieren und das mit ihnen besprechen, aber ich nehme an, es ist in ihrem Sinne. Wir sehen uns dann nächste Woche. Einverstanden?!«

Ist das eine Frage?, dachte Fin und nickte.

»Gut. Dann Abmarsch, junger Mann. Auf Wiedersehen.«

Wütend stand er auf, nahm seinen Rucksack, öffnete die Tür und bemühte sich, sie nicht zuzuwerfen. Denn am liebsten hätte er sie mit solcher Wucht ins Schloss geschlagen, dass die Schnalle herausgeflogen wäre.

Mit hochrotem Kopf saß er kurz darauf an der Bushaltestelle, an der er Monate zuvor Lara kennengelernt hatte. Er scrollte auf seinem Smartphone wahllos und fast blind vor Ärger durch das Netz, als eine Nachricht aufpoppte.

»Reife Leistung«, stand da. Dazu ein Smiley. Die Nachricht war von Laras Account geschickt worden. Fin blinzelte. Sofort steckte er das Telefon in die Hosentasche. Er biss sich auf die Lippe. Nervös stand er auf und setzte sich gleich wieder hin. Dann zog er das Smartphone wieder heraus und sah noch einmal nach. Er grinste. Sie tippte gerade noch etwas.

»Na, ein bisschen unruhig heute?«, stand da. Dazu ein Emoji mit ausgestreckter Zunge. Er sah sich erneut um. Suchte mit den Augen das Schulgebäude ab. Beobachtete sie ihn etwa? Ja. Tatsächlich. In einem Fenster im zweiten Stockwerk lehnte sie am Rahmen und sah zu ihm herunter. Er winkte ihr zu, steckte die Hand aber sofort wieder in die Tasche und schimpfte sich selbst einen Idioten. Lara streckte die Zunge heraus. Er hob die Augenbrauen. Dann lachte sie. Er zeigte ihr den Mittelfinger. Sie lachte erneut und er stimmte mit ein, als der Bus kam und er sich zwingen musste, einzusteigen. Am liebsten wäre er an der Haltestelle stehen geblieben.

»Ist Adnan nicht dein Freund?«, tippte er ein.

»Na ja, sozusagen. Aber er ist manchmal ein Idiot und hat es ziemlich sicher verdient«, schrieb sie zurück. Er grinste bis über beide Ohren. Die ganze Aufregung des Vormittags war wie weggewischt. Das plötzliche Hochgefühl, das er jetzt durchlebte, ließ ihn taumeln.

Beim Einsteigen stolperte er und rutschte beinahe aus, sodass ihn der Fahrer mit einem Kopfschütteln ansah und unfreundlich bemerkte: »Pff, typisch Jugend. Noch nicht mal zwölf Uhr mittags und schon besoffen.«

Heute

Die meisten Menschen glotzten Roland bloß blöde an, als er um Hilfe rief. Aber einer der Leute, die wie er in dem Ausstiegsbereich des Waggons gesessen hatten, kniete plötzlich bei ihnen, während Fin von immer heftigerem Husten geschüttelt wurde. Er schien gar nicht mehr aufhören zu können, schlug sich hart gegen die Brust und schüttelte nach Luft ringend den Kopf.

Der Fremde holte aus und klopfte Fin mit der flachen Hand auf den Rücken.

Doch der Husten wurde nur noch schlimmer. Er spuckte blutdurchzogenen Schleim aus. Roland hockte daneben und raufte sich die Haare. Er schlug sich die Hände vor das Gesicht und stammelte immer wieder: »Bitte, bitte, bitte nicht«.

Der Fremde öffnete eine Wasserflasche und flößte Fin etwas davon ein.

Und endlich: Das Husten ließ nach. Aber noch immer krümmte sich sein Großvater vor Schmerzen. Er murmelte unverständliches Zeug und richtete sich mithilfe des Fremden auf.

Es war ein Mann Mitte dreißig, der schon einige graue Haare hatte. Er trug eine braune Lederjacke und Roland fragte sich, wie er das bei dieser Hitze aushielt.

»Geht's?«, fragte er. Rolands Großvater nickte und trank noch einen Schluck. »Geht schon, danke!«

Roland griff nach Fins Hand. Sie war warm und kräftig, wie immer. Aber seine eigene Hand zitterte und war eisig. Überhaupt war ihm plötzlich furchtbar kalt. Seine Augen waren feucht und er wollte endlich herausfinden, was mit seinem Opa wirklich los war.

»Es geht schon, danke«, sagte dieser noch einmal und der Fremde nickte. »Ich bin gleich dort drüben, wenn Sie was brauchen, ja?«

»Danke«, entgegnete Fin noch immer etwas heiser.

»Opa …«, flüsterte Roland mit brüchiger Stimme, nachdem der Fremde weg war. Er hatte sich in eine Ecke gesetzt und beobachtete die beiden aus dem Augenwinkel. Fin schluckte schwer und trank noch einmal. Dann wischte er sich über den Mund, lehnte sich zurück und schloss die Augen.

»Schon gut mein Junge.« Er sprach undeutlich. Seine Stimme klang sehr erschöpft.

Roland spürte, wie ihm eine Träne über die Wange kullerte. Die Polizisten waren weitergezogen. Irgendwann öffnete sein Großvater ein Auge, sah den Beamten hinterher und zwinkerte Roland schließlich mit dem Anflug eines Lächelns zu.

Roland blinzelte ihn an, seine Augenbrauen zogen sich über der Nasenwurzel zusammen. »W … Wie?«, krächzte er.

»Gute Vorstellung, wasch?«, flüsterte Fin. Sein schwaches Grinsen wurde etwas breiter. Roland ließ die Schultern fallen. Er sank zurück. Fassungslos starrte er seinen Großvater an.

»Aber das Blut …« Das Zittern kehrte in seine Glieder zurück.

»Hab' mir auf die Tschunge gebischen«, sagte er, noch immer grinsend.

»Du warst die ganze Zeit munter?«

»Hehe. Ja.« Er nickte zufrieden.

Roland schnaufte laut, als er in das grinsende Gesicht seines Opas sah. »Sag mal, spinnst du?«, fuhr er ihn an.

»Ich habe uns nur gerettet!«

»Das ist mir scheißegal. Lieber gehe ich hundert Jahre in den Knast, bevor ich dir beim Sterben zusehe …«, zischte er. »Ha… hast du eine Ahnung, welche Angst du mir damit gemacht hast? Du …« Roland brach ab, weil er kein Schimpfwort gegen seinen Großvater aussprechen wollte. Die Zornesröte war ihm ins Gesicht gestiegen. Er stieß seinen Opa mit beiden Händen zurück, sodass dieser gegen die Innenverkleidung des Waggons prallte. Eine Sekunde lang tat es ihm leid, dann verlor er die Beherrschung.

Ein »Du blöder Arsch!«, rutschte ihm dennoch heraus, während sein Blick in Tränen verschwamm. Er sprang auf und stürmte in den nächsten Waggon. Dort trat er gegen die Toilettentür, dass sie innen gegen die Zwischenwand donnerte, und sperrte sich dann ein. Man hörte noch ein, zwei Mal ein lautes Poltern. Dann war da nur noch das sonore Rauschen der Gleise.

Damals

Fin schlurfte durch den großen Flur in Richtung Klasse. Links und rechts reihten sich die Spinde der Schüler aneinander. Ganz so wie in amerikanischen Fernsehserien, hatte er gedacht, als er zum ersten Mal in diese Schule gekommen war. Damals hatte er sich allein dadurch reifer und älter gefühlt. Es hatte ihm gefallen.

Diese Spinde aber wirklich zu schätzen gelernt hatte er, seit ihm klar geworden war, dass Laras Schrank nur wenige Meter von seiner Klasse entfernt lag. Mittwochs und freitags sah er sie meist in der großen Pause. Sie tauschte da irgendwelche Bücher aus, während er in den Chemiesaal wechselte oder gerade von dort zurückkam. In den Wochen vor seiner Suspendierung hatte er jede Gelegenheit genutzt, Lara zu treffen.

Er sah sie jetzt immer öfter. Sie stach für ihn mit ihrer roten Haarsträhne, der blauen Jeansjacke und ihrem selbstsicheren Auftreten aus der Masse der Schüler heraus. Dass sie ihn nur selten bemerkte, machte ihm nichts aus. Zumindest redete er sich das ein. Sie war oft in Gespräche mit anderen verwickelt oder mit ihrem Smartphone beschäftigt. Manchmal diskutiere sie auch mit jemandem und gestikulierte wild. Dabei schlug sie den Spind meist kraftvoll zu, als würde sie der ganzen Welt sagen wollen: Seht her. Hier bin ich. Und wem das nicht passt, der soll sich zum Teufel scheren.

In der Vorwoche hatte auch sie ihn endlich wahrgenommen: sie hatten sich gegrüßt.

Und jetzt, wenige Tage nach seiner Rückkehr aus der Suspendierung, sprach sie ihn wieder an. Er war spät dran, es hatte bereits zur nächsten Stunde geläutet, und er rechnete nicht damit. Aber sie sah ihn. Sie hatte sich genau in dem Moment umgedreht, als er an ihr vorbei gegangen war.

»Na, auch wieder da, du Revoluzzer?«, hatte sie gesagt und gezwinkert. Er war stehen geblieben und hatte die Luft angehalten.

»Sieht so aus. Was geht bei dir?«, hatte er mit halbererstickter Stimme geantwortet.

»Läuft. Und bei dir?«

Fin nickte. Und dann fehlten ihm die Worte. Er sah sie an, sah in ihr Gesicht, in ihre glänzenden braunen Augen. Sah das Brustbein und den Ausschnitt des engen schwarzen Tops unter der Jeansjacke. Die Brüste darunter. Sein Mund wurde trocken.

Er hatte am vergangenen Wochenende mindestens

hundert Mal darüber nachgedacht, was er sagen wollte, wenn sie ihn endlich ansprechen würde. Und genau jetzt schnürte es ihm die Kehle zu. Selbst wenn er stotternd etwas herausgebracht hätte, wusste er jedenfalls nicht mehr, was er ihr wirklich sagen sollte. Aber am schlimmsten war, dass Lara auch so zu empfinden schien. Sie sah ihm zuerst in die Augen, dann an ihm hinunter. Sie hatten sich nichts zu sagen! War es das? Es war grauenhaft!

Fin wollte sie nach ihrem Freund fragen. Und ob sie noch ein Paar waren. Er verkniff es sich jedoch. Denn er wusste, dass sie noch zusammen waren. Er folgte ihrem Profil online.

Statt eines Satzes drang nur ein trockenes »Uääh« aus seiner Kehle. Er räusperte sich, wurde plötzlich furchtbar verlegen. Da schaute Lara auf. Sie schien darauf zu warten, dass er etwas sagte. Ihre Blicke trafen sich und er spürte, wie sich eine wohlige Wärme in seinem Bauch ausbreitete. Er lächelte. Sie auch. Nur einen kleinen Moment. Dann senkte sie ihren Blick. Diesmal wirkte es nicht mehr ratlos. Ihre Wangen röteten sich. So hatte er sie noch nie erlebt.

»Ich muss dann wieder«, sagte Fin und merkte nicht, wie unbeholfen er lächelte.

»Bis später«, antwortete sie leise.

Verträumt ging er weiter. Er hörte, wie Lara ihren Spind zuknallte. Lächelnd sah er ihr hinterher, wie sie forsch und aufrecht den Gang hinuntermarschierte. Eine Gruppe beliebter Mädchen musterte sie abschätzig. Als würden sie sagen: Du passt nicht ins Konzept. Lara nickte ihnen provokant zu. Als würde sie antworten: Traut euch doch. Kommt schon. Ihr macht mir keine Angst.

Fin betrat die Klasse und setzte sich auf einen freien Platz. Es war seltsam still. Keine Kommentare. Keine geflüsterten

Beschimpfungen, nichts.

Als er aufsah, las er, was vom Beamer an die Wand projiziert wurde.

»Wasser dehnt sich bei Erwärmung aus. Wenn die Oberflächentemperatur der Ozeane sich durch den Klimawandel erwärmt, steigt der Meeresspiegel vor allem deswegen.«

Fin runzelte die Stirn. Er las weiter. »Die Folgen der Gletscherschmelze werden jedoch nicht sofort zu spüren sein, dafür aber ist der Schaden für die nächsten Jahrhunderte irreversibel. Der Meeresspiegel wird innerhalb weniger Jahrzehnte unterschiedlich stark ansteigen: An manchen Küsten wird es bis zu zwei Meter oder mehr sein. An anderen wird er dagegen sogar sinken.«

Fin schaute verdattert zum Lehrer. Das konnte nur der Unterricht von Dr. Anakass sein. Er predigte fast in jeder seiner Physik-Stunden an irgendeinem Punkt über den Klimawandel. Er war zwar der einzige Lehrer, der das Thema behandelte, doch trotzdem war es anstrengend. Aber Moment. Er hatte ihn doch gerade in der Stunde zuvor gehabt. Verwirrt sah sich Fin um.

Inzwischen war auch der Lehrer verstummt und die ganze Klasse starrte ihn an. Er kannte niemanden von ihnen. Höchstens vom Sehen. Und das hier war auch nicht der Chemiesaal, wo er jetzt eigentlich sitzen sollte.

Was bin ich denn für ein Trottel?, dachte er.

»Fin, ist es möglich, dass du dich in der Klasse geirrt hast?«

Fin sprang auf. Er murmelte eine Entschuldigung und stürzte vom Lachen der ganzen Klasse begleitet hinaus. Er war in die Klasse, die neben seiner lag, marschiert, statt in den Chemiesaal im dritten Stock.

Er hetzte durch den Gang und lief über die Haupttreppe nach oben. Er nahm immer zwei Stufen auf einmal, warf einen Blick auf die Uhr. Aber es war ihm egal, dass er zu spät kam. Die Begegnung mit Lara hatte alles verändert. Er war glücklich und musste über sich selbst lachen.

Was die wohl von mir denken werden, dachte er und kicherte.

Im dritten Stock angekommen, wurde er von einer Hand aus dem Nichts gepackt und mit roher Gewalt um die Ecke gerissen.

Die Tür zu den Toiletten knallte gegen die Innenwand, als Fin wie eine Puppe gegen sie und in den Raum mit den Waschbecken geschleudert wurde. Er rutschte über die kalten Fliesen, und bevor er wieder auf die Beine kam, hob ihn ein heftiger Tritt gegen den Bauch einen halben Meter in die Höhe. Nach Luft ringend schlug er gegen die Heizung und krümmte sich. Ein grässlicher Schmerz durchzuckte seinen Oberkörper. Es fühlte sich an, als würde ein Schürhacken seine Innereien zu einem Knäuel zusammendrehen.

»So, du Arschloch, jetzt gibt's die Abrechnung«, hörte er Adnans Stimme, die von den weiß gekachelten Wänden der Toilette widerhallte. Fin richtete sich ein wenig auf und lehnte sich gegen den Heizkörper. Adnan stand vor ihm und hatte die Fäuste geballt. Hinter ihm, vor der Tür, wartete einer von Adnans Leuten. Und durch das runde Glasfenster der Tür erkannte er, dass draußen noch jemand Schmiere stand. Fin hielt sich den Bauch. Er schmerzte fürchterlich.

»Mann, lass gut sein. Ich habe mich entschuldigt.«

»Entschuldigt, am Arsch, ich werd' dir eine richtige

Entschuldigung geben, du Hurensohn«, zischte Adnan und beugte sich zu ihm. Die schallende Ohrfeige war nicht das, was Fin die kreischenden Kopfschmerzen bescherte. Die würde er später noch spüren. Es war der Heizkörper, gegen den er mit dem Hinterkopf knallte. Fin war sofort klar, dass er eine Platzwunde hatte. Ihm wurde schwindelig. Aber das war ihm gleichgültig. Er hatte sich vor Schreck auf die Zunge gebissen. Und das machte ihn unfassbar wütend. Sein Jähzorn erwachte. Es war ungerecht. Es war dumm. Es war eine verflucht unnötige Aktion von Adnan.

»Fick dich!«, schrie Fin spuckend: »Meine Eltern haben dir das Smartphone bezahlt, Adnan! Fick dich, du Arschloch.«

»Ja, aber ich hatte zwei Tage lang keins! Und was ist damit, dass du meiner Alten hinterhersteigst? Hm? Glaubste ich hab' das nicht mitgekriegt? Hältste mich für so blöd?«

»Wir beide kennen die Antwort«, stöhnte Fin.

Er sah die Hand kommen, beugte sich vor und wich ihr aus. Aber der nächste Schlag traf umso genauer sein Ziel, sodass er zur Seite kippte. Ohne weiter nachzudenken, trat er nach Adnans Bein. Der fiel auf ein Knie und fluchte. Aber das zögerte es nur hinaus.

Fin wurde an seinem Hemdkragen hochgezogen. Dann krachte es in seinem Kiefer und sein Kopf flog zur Seite.

»Du Hurensohn. Dir zeige ich, was 'ne Abreibung … Willst du mich ficken? Du willst mich ficken, ja?«, hört er Adnans Stimme. Und wieder schlug er ihm ins Gesicht, diesmal so heftig, dass es in seinem Genick knackte. Fins Wangen brannten wie Feuer.

Er sah nur mehr verschwommene Schemen, als er matt,

aber mit einem hämischen Grinsen antwortete: »Nein. Damit ist ja dein Vater beschäftigt. Ich ficke lieber deine Mutter.«

Noch in dem Moment, in dem er es ausgesprochen hatte, bereute er es. Er bereute es in den nächsten Sekunden mehr als alles andere. Adnan schrie auf. »Niemand beleidigt meine Mutter!«, brüllte er zornig. Seine Augen funkelten böse.

Diesmal schlug er ihn nicht mehr mit der flachen Hand, sondern mit der geballten Faust, sodass er mit dem Kopf auf die kalten Fliesen knallte. Fin glaubte, von einer Eisenstange getroffen worden zu sein, so sehr schmerzte es. Hinten rief jemand so etwas wie: »Lass gut sein, Alter«.

Aber Adnan dachte nicht daran. Stattdessen spürte Fin das Gewicht seines Klassenkameraden auf seinem Bauch. Adnan hatte sich auf ihn gesetzt. Und dann regnete es Schläge. Es waren Fausthiebe. Es waren solche Haken, dass Fins Kopf von einer Seite zur anderen flog, und dass er dachte, gleich würde sein Schädel abreißen und explodieren.

Heute

Roland hatte keine Ahnung, wie spät es war. Er wollte nur noch ins Bett. Sie waren ausgestiegen und gingen jetzt durch die Bahnhofshalle. Die Luft roch schlecht und war trotz des ständigen Luftzugs, den die ein- und ausfahrenden Züge verursachten, sehr warm.

Es musste weit nach Mitternacht sein, trotzdem herrschte hier immer noch rege Betriebsamkeit. An Ständen wurden spanische und griechische Speisen verkauft. Kioske hatten geöffnet, an kleinen Bars standen Grüppchen von

Menschen. Riesige Bildschirme strahlten sirrend von den oberen Dritteln der Wände. Auf ihnen war alles Mögliche zu sehen: Sportübertragungen, Werbungen, Nachrichten, Bilder von Waldbränden, Berichte über den letzten Terroranschlag, Werbungen für VR-Spiele und Warnungen vor verdächtigen Personen an öffentlichen Plätzen.

Roland hatte seine Linsen ausgemacht, er wollte gar nicht wissen, was in der virtuellen Realität abging, wenn schon hier, in der einfachen Welt, so viel los war. Aus dem Augenwinkel sah er, wie ein blasser Mann in Anzug und Krawatte seinen Aktenkoffer auf den Boden schleuderte. Es machte einen lauten Knall, der dumpf zu ihnen herüberhallte. Er schrie etwas, war aber zu weit weg, als dass Roland es richtig verstehen konnte.

»... betrügen. SA:DE hat recht! Glaubt ihnen ... uns alle hinters Licht ...«

Einige Leute waren stehen geblieben und beäugten den Mann, der ungestüm gestikulierte, misstrauisch. Noch bevor er weiterreden konnte, tauchten wie aus dem Nichts vier oder fünf Polizisten auf und drückten ihn auf den Boden.

Roland wollte seinen Opa darauf hinweisen. Dieser telefonierte aber gerade und hatte den Kopf geneigt, um sich besser konzentrieren zu können.

»Was soll das heißen, zu spät? Abgemacht war genau jetzt. Der Zug war pünktlich ... Moment, wohin sollen wir?« Fin griff sich ans Ohr, wie er es meistens tat, wenn er telefonierte.

»Bitte, wie stellt ihr euch das vor? Geben Sie mir ... Gib mir wieder ... Warum? Ich möchte aber mit ihr sprechen!«

Er drehte sich im Kreis und schüttelte den Kopf. »Nein, das werde ich nicht. Hast du eine Ahnung, was ihr uns da mitgegeben habt? Ich will nichts mehr damit zu tun haben. Wir hätten beinahe ... Ich. Na warte. Dafür werde ich dich ...« Plötzlich hielt er inne und sah Roland mit offenem Mund an. »Aufgelegt. Man möchte es ja nicht für möglich halten. Eine verfluchte Sauerei ist das, verflixt noch mal.«

»Und was heißt das jetzt?«, fragte Roland. Sie standen vor einer Bude, die asiatische Nudeln verkaufte. Der Geruch und das Zischen des Bratfetts wehten zu ihm herüber. Aber Roland ignorierte seinen Hunger. Er konnte nur an die Bomben denken.

»Sie sagen, wir treffen uns morgen Früh. Wir sollen in so einem Hotel einchecken.«

»Sind die irre?«

»Irgendwas ist ihnen dazwischengekommen. Sie haben gesagt, es ist zu turbulent, heute Nacht.«

»Wer sind diese Leute? Und ... Warum können wir nicht einfach auf eigene Faust losfahren?«

»Mein Junge, ich habe dir doch gesagt, wir brauchen Transitpapiere. Du warst noch nie im Ausland, aber so einfach ist das jetzt nicht mehr. Schon gar nicht, wenn man nach Italien will.«

»Ich sehe ja ein, dass sie niemanden von dort reinlassen wollen. Aber bei der Überbevölkerung, die wir haben, sollten sie doch froh sein, wenn jemand raus will.«

»So einfach ist das nicht mehr ...«, wiederholte sein Großvater und steuerte auf den Ausgang zu.

Da fiel Roland der Mann im Anzug wieder ein. Er blickte zurück. Aber da war niemand mehr. Kein Mann, keine Polizei, keine Gaffer. Es war, als hätte es ihn nie gegeben. Also eilte er seinem Opa hinterher und schaute auf die Tasche. Er fragte sich, wie es sein konnte, dass sie einen Sprengsatz bei sich trugen, und dabei nicht völlig ausrasteten.

»Wer sind diese Leute, mit denen du das ausgemacht hast?«

»Ich vertraue ihnen. Mehr musst du nicht wissen, mein …«

Er brach jäh ab, schien eine Kurznachricht auf seine Brille bekommen zu haben. »Hach«, sagte er und wirkte mit einem Schlag um fünf Jahre jünger. Er lächelte: »Wir können die Tasche doch noch abgeben. Wir sollen sie in eine Mülltonne werfen, die einen halben Block entfernt ist.«

Roland atmete auf. Am liebsten hätte er sich kurz hingesetzt. »Oh, danke«, murmelte er, griff sich mit Zeigefinger und Daumen an die Nasenwurzel und schloss für einen Moment die Augen.

»Morgen kriegen wir im Austausch die Papiere für die Ausreise. Und dann sind wir in …« Fin zögerte und blieb stehen. Eine Videowand über ihnen zeigte Bilder von einem neuen Anschlag. Zu sehen war aus der Perspektive einer darüber schwebenden Drohne ein Kindergarten, aus dem unzählige Menschen flüchteten. Auf der anderen Seite des Gebäudes drangen schwer bewaffnete Polizisten ein. Hinter den Fenstern blitzte Mündungsfeuer auf.

Neben der Videowand stand ein Mann, der das Abzeichen der Regierungspartei trug und Broschüren im A4-Format in der Armbeuge hielt. Flankiert wurde er von zwei breitschultrigen Beamten, die offenbar seinem Schutz dienten. Er verkündete aufgeregt: »Unsere Kinder. Unsere lieben, kleinen Kinder. Sie wollen unsere Kinder abschlachten. Das muss ein Ende haben. Jeder von euch kann etwas tun. Sprecht euch für die Mauer aus!«

Beide beherrschten sich, den Kopf nicht zu schütteln. Am besten versuchte man, gar keine Reaktion zu zeigen, denn an öffentlichen Orten wurde alles aufgezeichnet. Außerdem gingen Gerüchte um, dass die Regierung solche Aufnahmen auswertete. Sie eilten schweigend Richtung Ausgang.

Damals

Das erste Bild, das auf dem Monitor erschien, zeigte die Schultoilette. Der Boden vor dem Heizkörper war dunkelrot verschmiert. Als hätte jemand einen kleinen Eimer zähflüssiger roter Farbe ausgekippt und sie mit Händen und Füßen verteilt. Eine Nahaufnahme des Heizkörpers: helles Blut, das daran heruntergeronnen war.

Das nächste Bild: ein Teil einer Wandfliese, auf der ein halber Abdruck einer zur Seite weggerutschten, blutigen Hand zu sehen war. Dann ein Fußabdruck, der ein rotes Schuhprofil zeigte. Und schließlich die Blutlache selbst, unter der sich der Boden abzeichnete, wo sein Körper hin und her gerutscht war.

»Diese Bilder, meine Damen und Herren, sprechen Bände. Danke«, sagte Fins Anwältin zuletzt in ihrem Schlussplädoyer und setzte sich. Fin saß im Gerichtssaal zwischen seinen Eltern. Sein Vater hatte einen Arm um ihn gelegt. Fin griff nach der Stelle an seinem Kiefer, wo er mehrfach gebrochen worden war. Es schmerzte noch immer. Trotz des langen Aufenthalts im Krankenhaus und der wochenlangen Therapie: Ohne Schmerzmittel hielt er manche Tage auch jetzt noch, sechs Monate nach dem Überfall, nur schwer aus.

Vor ihm, am Platz des Angeklagten, saß Adnan. Er trug einen Nadelstreif-Anzug und eine ordentlich gebundene Krawatte. Hatte sich reumütig gegeben. Hatte im Strafprozess, der dieser Zivilklage vorausgegangen war, sogar geweint und sich immer wieder entschuldigt. Er war zu einer längeren Haftstrafe verurteilt worden.

In der Zivilklage, die dem Strafverfahren angehängt worden war, ging es um Schmerzensgeld. Fin war egal, was dabei herauskommen würde. Er hatte nicht einmal zum Prozess erscheinen wollen. Aber jetzt bereute er es nicht, doch mitgekommen zu sein.

Der kleine Saal war gut besucht. Es waren Zeitungsreporter anwesend und auch ein paar Mitschüler waren gekommen. Es waren keine Freunde von Adnan. Adnan hatte jetzt keine Freunde mehr. Fin erkannte Dr. Anakass. Auch Sven war da, sein hellgrau gefärbter Schopf hob sich von der Menge ab.

Die Fotos, die gezeigt worden waren, hatte Fin schon oft gesehen. Sie waren ihm fremd geworden, es schien beinahe so, als würde er nie etwas damit zu tun gehabt haben. Er konnte sich kaum noch an die Geschehnisse auf der Toilette erinnern. Es war, als hätte er es nur geträumt und als würde dieser Traum nicht viel mehr als eine Aneinanderreihung von einzelnen Szenen sein. Nein, die Bilder ertrug er gut. Aber er hatte Adnan nicht mehr treffen wollen.

Irgendwie hatte er ihm gegenüber ein schlechtes Gewissen. Adnan wurde von seinen Eltern wahrscheinlich schon seit seiner Kindheit verprügelt. Man konnte sich kaum vorstellen, was sie mit ihm machen würden, nachdem sie auch noch eine hohe Summe für seine Untat bezahlen mussten. Er würde in ein Jugendgefängnis kommen. Er würde die Schule nicht abschließen und er würde wohl nach seiner Rückkehr aus dem Knast auch keinen Job mehr kriegen. Adnans Weg in die Kriminalität war vorgezeichnet. Fin fühlte sich aus irgendeinem verqueren Grund verantwortlich dafür. Da halfen auch die Worte der Psychotherapeutin nichts, die er nach dem Vorfall regelmäßig besucht hatte.

Dass er aber trotzdem froh war, heute gekommen zu sein, lag an Lara. Denn sie war auch da. Sie war für *ihn* da. So wie in den letzten Wochen immer wieder. Sofort, nachdem sie gehört hatte, was geschehen war, hatte sie jeden Kontakt zu Adnan abgebrochen und schließlich sogar gegen ihn vor Gericht ausgesagt. Seitdem hatten sie einander geschrieben. Sie hatte Fin am Krankenbett besucht. Und am Ende war sie es, die ihn davon überzeugt hatte, heute zu kommen. Nicht seine Eltern.

Heute

»Wach auf! Aufwachen«, zerrte ihn eine Stimme aus dem Schlaf. Roland fuhr hoch.

»Mama!«, schrie er und sah sich um. Mattgrau schien das anbrechende Tageslicht durch die Gardinen in das kleine Hotelzimmer. Die Sonne war noch nicht aufgegangen, er konnte die Umrisse der Möbel und die seines Großvaters, der ihn geweckt hatte, nur sehr ungenau erkennen. Ohne seine Linsen war er so gut wie blind.

Wie fast jeder, den er in seinem Alter kannte, hatte er schlechte Augen.

»Du hattest einen Alptraum!«, sagte Fin. Seine Hand lag auf Rolands Schulter. Instinktiv hatte er danach gegriffen. Erleichtert ließ er sich zurücksinken, als das beklemmende Gefühl seines Traums endlich nachließ. Die Erinnerung daran war bereits unwiederbringlich zerfasert, aber das Gefühl wehte noch in ihm nach. Er griff sich an die Brust und erkannte, dass das dünne, ärmellose Shirt, das er beim Schlafen trug, an ihm klebte. Er musste stark geschwitzt haben.

»Sie haben mich angerufen. Wir müssen gleich los. In einer halben Stunde kriegen wir unsere Papiere«, sagte Fin.

»Wer sind *sie*? Woher kennst du diese Leute?«, fragte Roland und drehte sich herum, um sein Tablet auseinander zu falten.

»Ach«, tat es sein Großvater mit einer Geste ab.

Roland überflog inzwischen die neuesten Nachrichten zu dem Anschlag in Neapel.

Außer der Information, dass es jetzt als gesichert galt, dass die Dammmauer gesprengt worden war, gab es nicht viel Neues. Der Sturm hatte endlich nachgelassen, aber die Schätzung der Opferzahlen war inzwischen auf über siebentausend gestiegen.

»Vierzigtausend Vermisste …«, las Roland leise vor. »Die Zahlen basieren auf groben Schätzungen, da sie auf den Angaben von Hilfsorganisationen beruhen, sich zum Teil stark unterscheiden und nicht von einer staatlichen Behörde offiziell bekannt gegeben wurden.«

»Es geht ihr gut«, antwortete sein Opa. Roland

seufzte, ehe ihm ein Gedanke kam. Er gab die Worte: »Mann, Vorfall Bahnhof, Nürnberg, Aktenkoffer« ein. Nichts. Keine Meldung, die den gestrigen Vorfall aufgegriffen hatte. Aber ein Link zu einer ausländischen Nachrichtenseite machte ihn neugierig. Da stand auf Englisch die Schlagzeile: Proteste in Deutschland weiten sich aus.

Was für Proteste? Aufmerksam las er den Teaser des Berichts: »Nachdem neue Vorwürfe durch das SA:-DE-Netzwerk veröffentlicht wurden, kam es erneut zu Massenprotesten. In mehreren deutschen Städten gab es gewaltsame Ausschreitungen. Die …« Mehr stand da nicht. Als er die Website aktivieren wollte, um den vollen Bericht zu lesen, erschien die Meldung: »Seite reagiert nicht.«

Roland hob den Kopf.

Fin war an das Fenster getreten, um die Vorhänge aufzuziehen. Er war bereits vollständig angekleidet.

»Es geht ihr gut«, sagte er, ohne sich umzudrehen. Es waren nur diese vier Worte, aber für einen Augenblick war sich Roland völlig sicher, dass sein Großvater recht haben musste. Es würde seiner Mutter gut gehen. Es musste ihr einfach gut gehen. Heute würden sie die Transitscheine oder Visa, oder was auch immer, bekommen, und spätestens übermorgen würden sie bei ihr sein. Würden sie da rausholen. Und dann würde er sie nicht mehr gehen lassen. So viel stand fest. Nie wieder würde er sie gehen lassen. Das und die Erleichterung darüber, diese verfluchte Tasche mit den Sprengsätzen losgeworden zu sein, gaben ihm so etwas wie Hoffnung. Er legte das Tablet weg.

Das kalte Tageslicht flutete den Raum. Um etwas zu erkennen, nahm Roland die VR-Linsen aus dem Behälter neben seinem Nachttisch und schob sie sich, wie jeden Morgen, vor die Augen. Er machte sich nicht einmal mehr die Mühe, dafür zum Badezimmerspiegel zu gehen, geschweige denn, seine optische Brille aus dem Etui in seinem Rucksack zu holen.

Sofort wurde alles scharf, Hologramme und Clips drängten sich in sein Sichtfeld und der Blick wurde frei auf drei, vier Hochhausfronten auf der anderen Straßenseite. Sie mussten im sechsten oder siebten Stock sein. Zwei der Häuserfassaden waren mit Grünflächen bepflanzt. Aber die Pflanzen wirkten grau und müde. Solche vertikalen Gärten gab es in jeder Stadt zuhauf. Es war der verzweifelte Versuch, der Umwelt etwas zurückzugeben. Ein weiteres Hochhaus war eine einzige, elektronische Werbetafel. »Opa …«, sagte Roland zögerlich und betrachtete den Clip, der darauf lief.

Zu sehen war ein alter, kranker Mann auf Krücken, der zwei grüne Tabletten schluckte und dann auf ein warmes Licht zuging. Schritt für Schritt wurde es besser, er richtete sich nach und nach auf, und warf schließlich die Krücken weg, bevor er von dem Licht eingeschlossen wurde. Dann erschien ein kurzer Text in mehreren Sprachen. Darunter Englisch, Spanisch, Griechisch, etwas, das wie Arabisch aussah und drei, vier Sprachen, die Roland nicht kannte. Übersetzt stand da in jeder Sprache dasselbe: Pacem – Finden Sie Frieden im Licht. Eine deutsche Übersetzung war allerdings nicht dabei.

»…Hast du jemals daran gedacht?«

»Woran?«, fragte Fin, der, wie Roland, diese Werbung auswendig kannte. Sie lief auf allen Kanälen.

»Pacem nehmen? Du meinst Suizid? Nein. Das ist keine Alternative. Danach kommt schließlich nichts mehr. Und alles ist besser als nichts. Den Gefallen tue ich dieser Regierung nicht. Die muss das Problem der Überbevölkerung schon anders lösen. Ich war schon da, bevor es sie gab, und ich werde hoffentlich noch da sein, wenn es sie nicht mehr geben wird.«

»Die Großmutter einer Freundin von mir hat's genommen. Die Familie hat vom Staat 'nen schönen Patzen Geld dafür bekommen«, sagte Roland mit einem frechen Grinsen.

»Was soll das denn heißen? Soll ich mich etwa …?«, drehte sich Fin um.

»Ich mein ja nur. Ich will schließlich an die Uni gehen. Und das kostet 'nen Arsch voll Knete«, lachte Roland und rollte sich über das Bett, als der Großvater ein Kissen nach ihm warf.

»Ich geb' dir gleich 'nen Arsch voll, du frecher Bengel!«, zeterte er und versuchte seinen Enkel mit einem zweiten Kissen zu erwischen. Beide lachten.

Zwanzig Minuten später warteten sie an einer Kreuzung vor einem Einkaufszentrum. Es nahm die unteren sieben Stockwerke eines Hochhauses ein. Auf den Straßen herrschte reges Treiben und niemand kümmerte sich um Roland und seinen Großvater. Er saß auf seinem Rucksack. Fin stand daneben und trotzte dem Fahrtwind der vorbeirauschenden, autonomen Straßenbahnen.

Er musterte ihn, wie er in seinem alten, dünnen Trenchcoat mit dem hochgeschlagenen Kragen dastand. Abgesehen von der Sorge um Rolands Mutter, die er mit ihm teilte und die ihm deutlich im Gesicht stand, wirkte er frisch und gesünder als sonst.

Plötzlich hielt ein SUV vor ihnen an. Die Seitentür wurde aufgerissen und ein Mann mit einem Mundschutz, der das halbe Gesicht verdeckte, winkte sie hastig zu sich. Irgendetwas an ihm wirkt komisch, dachte Roland.

»Es geht los«, sagte Fin. Roland schulterte seinen Rucksack und sie stiegen ein. Noch bevor die Tür ganz geschlossen war, fuhr das Auto los. Außer dem Mann, der sie von der ersten der beiden Rückbänke aus zu sich gewunken hatte, saßen zwei weitere auf der Bank hinter ihnen. Sie hatten abgewetzte Jeans und Unterhemden an und trugen Schildkappen, die sie sich tief ins Gesicht gezogen hatten.

Roland staunte, als er erkannte, dass es einen Fahrer gab. Nein, eine Fahrerin. Da saß eine schwarze Frau, oder vielmehr ein Mädchen – sie konnte nicht viel älter als er selbst sein, maximal achtzehn – hinter dem Lenkrad und bediente es. In »smarten« Gebieten, und fast alle deutschen Städte zählten dazu, war es illegal, selbst zu fahren und so zu einer »Gefahr« im Verkehrsnetz zu werden. Man zahlte saftige Verwaltungsstrafen, wenn man erwischt wurde. Aber das hielt vor allem übermütige Führerscheinneulinge nicht davon ab, selbst zu fahren. Und obwohl das Mädchen ganz und gar nicht wie eine Anfängerin wirkte: Es würde womöglich unnötige Aufmerksamkeit auf sie ziehen, wenn sie selbst steuerte.

Roland wollte etwas sagen, aber da fiel ihm ein, was an dem Kerl, der jetzt neben ihnen saß, so seltsam war. Er trug eine braune Lederjacke. Roland hatte ihn schon einmal gesehen. Es war der Typ aus dem Zug, der seinem Opa das Wasser gegeben und sie danach beobachtet hatte. Er riss die Augen auf, als genau in diesem Moment seinem Großvater von hinten ein Sack über den Kopf gezogen wurde. Dann machten sie das Gleiche mit ihm. Er bäumte sich auf. Trat und schlug um sich. Beide schrien, als sich plötzlich etwas Hartes in seinen Bauch drückte.

»Das sind zwei Pistolen mit je acht Schuss, die ihr da spürt. Und ich bin gern bereit sie alle in euch rein zu blasen, wenn ihr keine Ruhe gebt«, sagte eine Stimme. Es war die des Kerls in der Lederjacke. Er erkannte sie.

Rolands Herz hämmerte wild gegen die Brust. Er schnappte nach Luft. »Opa!«, rief er. Als Antwort spürte er Fins große Hand auf seinem Knie. Es sollte ihn beruhigen. Aber er wurde nicht ruhig. Ihm war heiß und sein Kinn zitterte. Jemand verpasste ihm eine Kopfnuss und ihm wurde schlagartig schwindelig. »Und jetzt nimm ganz schnell deine Linsen raus. Aber dalli!«

Zitternd fummelte Roland nach seinen Augen. Der Sack, den man ihm übergestülpt hatte, war eng. Das Atmen fiel ihm schwer und seine Finger waren steif vor Angst, aber er bekam die Linsen heraus.

Als der Wagen eine halbe Stunde später endlich anhielt, war Roland klatschnass. Die Tür wurde aufgezogen und man schob sie grob hinaus. Dann wurde er auf die Knie gezwungen. Seine Beine schmerzten. Er zitterte.

»Ganz ruhig«, sagte sein Opa. Doch es klang nicht überzeugend. Wieder hörte Roland das Klicken der Pistole. Es musste die Abzugssicherung oder so etwas sein. Nur diesmal ertönte es direkt hinter seinem Kopf.

Damals

Fin stand vor dem Café. Es war das erste richtige Date seines Lebens, wobei er sich gar nicht sicher war, ob es überhaupt ein Date war. In der Hand hielt er eine Papierschale mit zwei Kaffeebechern.

Sie hatten sich für drei am Nachmittag verabredet. Aber es war bereits zehn nach. Er hatte einen neuen Haarschnitt und trug einen Mantel. Ja, einen Mantel. Keine Daunenjacke oder so etwas. Einen echten Kamelhaarmantel mit einem hohen Kragen, der bis zu den Ohren reichte, wenn man ihn aufschlug und den größten Teil seines schlimm vernarbten Unterkiefers verdeckte. Dazu einen dicken Wollschal, den er bis zum Mund hochgezogen hatte. Die Narben im oberen Drittel seines Gesichts konnte er jedoch nicht verbergen. Die eine, die quer über seine Nase reichte wie ein Brillenbügel und die andere, die oberhalb jener Augenbraue lag, wo eine breite Wunde geklafft hatte und sich schräg über die Wange zog. Doch zumindest hatten sie ihre ärgste Wulstigkeit verloren. Es waren jetzt nur noch hellviolette, unter der Haut verschwimmende Risse.

Abgesehen von dem knackenden Schmerz, den er spürte, wenn er seinen Kiefer bewegte, fühlte er sich gut. Es war jetzt fast ein Jahr her, dass er Lara kennengelernt hatte. Vor dem Prozess hatten sie sich vor allem Fotos und Sprachnachrichten geschickt. Sie hatte ihn schon mehrfach gefragt, ob er sie nicht treffen wollte. Aber seine Narben hatten ihn zögern lassen. Er wollte sich ihr so nicht zeigen, er wollte nicht in die Öffentlichkeit gehen. Er war ja nicht einmal mehr zur Schule gegangen. Seine Eltern hatten ihn dazu zwingen wollen, aber nach einer Besprechung mit seiner Therapeutin war ihm, in Absprache mit der Direktion, ein weiteres Semester zuhause erlaubt worden. Er konnte einfach noch nicht dorthin zurückkehren.

Klar, er hätte eine andere Schule wählen können, aber auch das wollte er nicht. Er wollte in Zukunft weiterhin die gleiche Schule wie Lara besuchen. Es war auch weniger die Schule, die ihm Angst machte, sondern vielmehr die Ungewissheit, wie die Menschen auf sein Gesicht reagieren würden. Nach der Entlassung aus dem Krankenhaus war ihm schnell aufgefallen, dass die Leute ihn jetzt anders ansahen. Manchmal bildete er sich das vielleicht nur ein, aber oft genug spürte er, was sie dachten, wenn sie ihm ins Gesicht sahen.

Die Erwachsenen hatten oft Mitleid. Gleichaltrige verbargen ihren Ekel vor seinen Narben, indem sie wegschauten. Kinder hingegen versuchten es erst gar nicht.

Doch dann, als er Anfang der Woche vor dem Gericht, direkt nach Adnans Verurteilung, auf seine Eltern gewartet hatte, hatte sich etwas grundlegend verändert. Ein kleines asiatisches Kind an der Hand seiner Mutter war da plötzlich vor ihm gestanden.

Sie warteten auf eine Straßenbahn. Es war vielleicht drei Jahre alt und sah Fin unbeeindruckt aus großen Augen an. Es gähnte ungeniert, ohne sich die Hand vorzuhalten, sodass sich sein Gesicht zu einem einzigen, von kleinen Zähnchen gesäumten Schlund verzog. Dann schmatzte es und drehte sich zu seiner Mutter, um hochgehoben zu werden. Fin war ihm egal. Es hatte keine Angst vor ihm. Man *musste* keine Angst mehr vor ihm haben. Und wichtiger: Er selbst musste keine Angst mehr haben.

Am nächsten Tag war Fin aufgewacht und hatte gewusst, dass er bereit war. Er hatte gewusst, dass er sie jetzt sehen konnte. Dass er sie sehen wollte.

Und jetzt stand er mit weichen Knien da, und achtete auf jeden Blick der Menschen, die an ihm vorbeigingen. Manche musterten ihn hin und wieder kurz, aber für die meisten war er genauso unsichtbar, wie alle anderen.

Fin stand noch immer vor dem Café und wartete, als ein schwerer, wuchtiger BMW einige Meter von ihm entfernt anhielt. Die Tür öffnete sich und Lara stieg aus. Sie schien mit dem Fahrer zu streiten und beschimpfte ihn, ehe sie die Beifahrertür heftig zuschlug und auf Fin zukam. Sie war wütend und verletzt zugleich.

Heute

An dem Ort, an den man sie gebracht hatte, war es kühl. Trotzdem schwitzte Roland, als würde er in der prallen Sonne knien. Er schmeckte das Salz seines eigenen Schweißes auf den Lippen und trotz des Stoffs, der ihm die Sicht versperrte, hatte er einen Geruch in der Nase, der an Eisen erinnerte. Oder Blut. Ihm wurde speiübel.

»Was machen wir jetzt, Opa?«, flüsterte er.

Fin antwortete nicht.

»O… Opa?«

War er überhaupt noch da?

»Schnauze!«, herrschte ihn die Stimme des Mannes in der braunen Lederjacke an. Dabei hatte er im Zug so freundlich gewirkt. Was war das für ein Kerl? Wie lange hatte er sie schon verfolgt? War das einer von der Geheimpolizei? Würde man sie für den Transport der Sprengsätze jetzt einsperren? Oder hatten sie noch Schlimmeres vor?

Nach einer Ewigkeit hörte er schließlich etwas, das ihn an das Knarren einer alten Eisentür erinnerte. Etwas klackte und das Quietschen von Metall war zu hören. Und dann Schritte. Schritte, die näher kamen.

»Nehmt sie ihnen ab«, hörte er die Stimme einer Frau.

»Aber …«, widersprach der Lederjacken-Typ.

»Keine Widerrede. Los jetzt! Runter damit.«

Im nächsten Moment spürte Roland, wie frische Luft seine nasse Haut kühlte. Er blinzelte gegen das ungewohnte Licht, sah nur verschwommen.

Links von ihm kniete sein Großvater. Er erkannte ihn. Aber weil er keine Linsen trug, und weil er ohne sie so gut wie blind war, sah er sonst fast nichts. Nur die Schemen von Gestalten. Eine davon, das musste die Frau sein, kam auf sie zu.

»Alles in Ordnung?«, fragte sein Großvater.

Roland nickte unsicher, spürte aber, wie Gänsehaut seinen Nacken hinunterkroch.

Nur schwerfällig kam Fin auf die Beine. Kurz verharrte er so, dann trat er etwas steif auf die Frau zu. Er umfasste sie. Würgte er sie? Warum tat niemand etwas? Nein, halt: Er umarmte sie.

»Opa?«, sagte Roland mit heller Stimme.

»Schon gut, Junge! Schon gut.« Fin kniete sich zu ihm und legte eine Hand auf seine Schulter.

»So gebt ihm doch seine Linsen!«, fuhr er jetzt jemanden an, der hinter Roland stehen musste.

»Nein! Sie können zur Ortung verwendet werden.«

»Seid ihr alle verrückt geworden? Macht schon!«, schrie Fin und stand wieder auf.

»Schnauze, Opa!«, schrie jemand zurück. Die Frau rief etwas. Ein Stimmengewirr entstand. Roland sah sich hektisch um, konnte aber weiterhin nichts als verschwommene Schemen erkennen. Alle schrien sich gegenseitig an.

»Ich habe eine Brille in meinem Rucksack!«, brüllte Roland so laut er konnte. Sie verstummten. Niemand bewegte sich.

»In der linken Außentasche ist das Etui. Es ist eine rein optische. Meine Mutter hat extra einen Aufpreis gezahlt, damit sie ohne VR und Werbung und so ist.« Hinter ihm gab es ein Rascheln, dann hörte er einen Reißverschluss, der geöffnet wurde. Schließlich setzte man ihm die Brille auf, und alles war wieder scharf. Er rückte sie zurecht und sah sich um.

Sie waren in einer alten, großen Werkshalle. Dicke Stahlträger durchzogen die Decke. Die Wellblechwände waren von breiten Rostfeldern angefressen und von oben rieselte Staub in die Halle. Abgesehen von ein paar alten Stahlcontainern war sie fast leer. In der Nähe parkte der SUV, mit dem sie entführt worden waren. Das Mädchen und die Männer, die in ihm gesessen hatten, standen davor und sahen sie an. Sein Großvater umarmte ihn kurz und rieb ihm den Rücken.

»Alles gut, mein Junge.«

Dann drehte Fin sich zur Seite und vor Roland stand die Frau, die sie befreit hatte. Sie trug enge, abgewetzte Hosen und eine alte, vielfach geflickte Jeansjacke, die so ausgeblichen war, dass sie nur noch vage daran erinnerte, einmal blau gewesen zu sein. Sie hatte graues Haar, das sie hinter dem Kopf zu einem Schweif zusammengebunden hatte. Nur eine einzelne, blassrote Strähne hing ihr ins Gesicht.

»Roland, darf ich vorstellen. Das ist Lara«, sagte sein Großvater. »Lara, das ist mein Enkel.«

Damals

Sie trug eine blaue Jeansjacke und schwarze Hosen mit Löchern auf Höhe der Knie. Ihre pechschwarzen Haare waren zu einem Schweif zusammengebunden, mit Ausnahme der einen, satten roten Strähne, die längst zu ihrem Markenzeichen geworden war. Und um den Hals geschlungen war ein dicker orangefarbiger Wollschal, den sie in den Kragen ihrer Jacke gesteckt hatte.

Als Lara Fin erkannte, winkte sie ihm mit Händen, die in fingerlosen Stoffhandschuhen steckten. Ihr Gesicht hellte sich auf. Ein sanftes Lächeln umspielte ihre Lippen. Die Zornesfalten um ihre Augen lösten sich auf, je weiter sie sich von dem Auto weg und auf Fin zubewegte. Ihre Brauen hoben sich. Sie zeigte unverhohlen ihre Freude darüber, ihn zu sehen!

Fünf Minute später saßen sie auf einer Parkbank ganz in der Nähe. Auf einem frostigen Spielplatz, einen Steinwurf entfernt, spielten ein paar Kleinkinder, deren Eltern teilnahmslos danebenstanden und auf ihren Smartphones herumwischten.

Sie hatten zuerst nur Smalltalk gemacht. Schließlich hatte sie über den Prozess reden wollen. Darüber wollte er aber nicht quatschen. Dann hatte er sie nach ihrer schlechten Laune von vorhin gefragt, und wer hinter dem Steuer des Autos gesessen hatte, aus dem sie ausgestiegen war. Darauf hatte aber sie nicht eingehen wollen. Sie hatte herumgedruckst und schließlich gesagt: »Es ist schwierig.«

»Wie meinst du das? War das dein neuer Freund?«

»Spinnst du?«, gab sie zurück, sah in die andere Richtung und nippte an ihrem Kaffee. Beide wagten nicht, einander anzusehen. Sie beobachteten die spielenden Kinder, die um die Vorherrschaft über einen Kletterturm kämpften. In Ermangelung von Schnee kratzte ein blonder Junge angetauten Dreck zusammen und schleuderte ihn einem anderen ins Gesicht, der ihm den Zugang zum Kletterturm verwehrt hatte. Ein kleines Handgemenge entstand, andere Kinder mischten sich ein. Die Eltern zerrten sie auseinander. Davor sahen sie aber noch, wie ein Mädchen in einem dicken Ski-Anzug, es sah aus, wie ein rosaroter Seestern, einem der Burschen kräftig gegen das Schienbein trat. Lara lachte kurz auf.

Da saßen sie nun, hatten ihr erstes Date, und kamen nicht miteinander ins Gespräch. Dabei hatte es online so gut funktioniert. Fin sah zu Boden. Dann wurde er auf ihre Stiefel aufmerksam. Sie hatte die Beine übereinandergeschlagen und ein Fuß wippte leicht. Sein Blick glitt über den Stiefel zum Knie und vom Knie zu ihren in der engen Hose steckenden Schenkeln.

»Wenn er nicht dein Freund war, wer …«

»Ich bin single, Fin«, sagte sie und verschränkte die Arme vor der Brust. »Denn das ist es ja, was du wissen willst, nicht?«

Fin war erleichtert, merkte aber gleichzeitig, dass Lara ihm irgendetwas vorzuwerfen schien. Zumindest fühlte es sich so an. Er stammelte, wusste nicht, was er sagen sollte. Wie konnte man bloß so ungeschickt sein?

»Kein neuer Adnan?«, sagte er unsicher und fragte sich gleichzeitig, ob irgendein Teil von ihm dieses Date mit aller Gewalt zerstören wollte. Warum sonst sollte er mit ihr über ihren Ex reden?

Lara lachte auf. »Hach. Nein. Kein neuer Adnan.«

»Ich verstehe sowieso nicht …«, sagte Fin und sah zum Spielplatz, »was du an dem gefunden hast.«

Sie seufzte. »Adnan ist ein wahnsinnig sensibler Mensch. Und auch nicht dumm.«

Fin sah sie an.

»Aber er hält beides, Sensibilität und Klugheit für Schwächen. Er schämt sich dafür.«

»Und er ist ein gewalttätiges Arschloch«, legte Fin nach.

Sie nickte und lächelte ein Lächeln, das keines war. Wieder schwiegen sie kurz.

»Das in dem Auto war mein Vater«, erklärte sie schließlich leise. Auf der Stirn über ihrer Nase bildeten sich kleine Falten, sie schüttelte den Kopf.

Später würde sich Fin wahnsinnig über seine nächste Aussage ärgern. In diesem Moment aber war er einfach nur froh, dass sie nicht mehr über ihren Ex redeten.

»Puh, heftig. Und der fährt so eine Karre? Sind das nicht die berühmten Dreckschleudern, die du so gern mit Scheiße bewirfst?«

Sie funkelte ihn an, ihre Nasenflügel blähten sich. In ihrem Blick war etwas Lauerndes. Er zuckte zurück.

»Sorry«, sagte er und biss sich ein kleines Stück toter Haut von der Daumenseite. Und wieder schwiegen sie. Der Krieg am Spielplatz war inzwischen von einem

Gefecht unter Kindern zu einer Schlacht zwischen Eltern geworden. Zwei Mütter und ein Vater beschimpften sich wüst. Dabei hielten sie ihre Kinder an den Händen und zerrten sie wütend mit sich, wenn sie einen Schritt zurückmachten oder wenn sie auf die anderen zugingen. Tränenerstickt wurden die Kleinen immer wieder vor- und zurückgeschoben und wussten überhaupt nicht, wie ihnen geschah, während ihre Eltern ständig mit »Klagen« und »Gericht« drohten. Dann stoben sie auseinander, ihre Sprösslinge wie Puppen hinter sich herschleifend. Geradeso konnten sie mit ihren Füßchen noch Schritt halten.

»Diese Klimawandelsache beschäftigt dich schon ziemlich, nicht?«, sagte Fin, sah sie an und war sich sicher, endlich ein gutes Thema gefunden zu haben. Schließlich war das ihr Ding.

»Wie meinst du das?«

»Na ja«, zuckte er mit den Schultern und sah wieder gerade aus. »Das ist so ziemlich dein Thema, oder? Ich frage mich, warum?«

»Und ich frage mich, warum dich dieses Thema nicht interessiert«, erwiderte sie. In ihrer Stimme lag jetzt etwas Wütendes. Fin fluchte innerlich. Er spürte plötzlich ganz stark, dass er dabei war, es zu versauen. Er versuchte, zu beschwichtigen.

»Nein, ich meine ja nur. Es ist doch …« Sie unterbrach ihn barsch und stand auf.

»Nein. Weißt du was: Vergiss es, Fin. Du bist genauso wie alle anderen. Du bist genauso wie mein Vater. Ihr zerstört den Planeten. Ihr vergiftet die Luft, die wir atmen und den Boden, auf dem wir gehen. Und in fünfzig, sechzig Jahren werdet ihr sagen, dass es euch leidtut. Nur wird es dann zu spät sein! Du hast mich gefragt, warum es ein wichtiges Thema für mich ist. Ich frage einfach zurück: Wie kann es für dich kein wichtiges Thema sein? Wie kann es nicht das Thema aller denkenden Menschen sein?«

Die letzten Worte hatte sie zornig gezischt. Er griff nach ihr, aber sie stieß seine Hand zurück, drehte sich um und ging wortlos davon. Fin schaute ihr betroffen nach.

Heute

»Und jetzt erklärt mir mal, was euch einfällt, so eine Scheiße abzuziehen!«, sagte Fin ernst. Sie hatten sich auf ein paar alte Metallkisten gesetzt und man hatte ihnen Wasser und Handtücher gegeben, mit denen sie sich den Schweiß aus dem Gesicht wischen konnten.

»Es tut mir leid. Es ging nicht anders, Fin«, sagte Lara.

»Soll das alles ein schlechter Scherz sein? Ihr habt meinen Jungen zu Tode erschreckt!«

»Tut mir leid. Wir mussten auf Nummer sicher gehen. Es ist zu eurem eigenen Schutz, dass ihr nicht wisst, wo wir sind.«

»Und was ist mit den Knarren?«

»Und der Kopfnuss?«, fügte Roland hinzu.

Lara sah den Kerl in der braunen Lederjacke an. Er stand jetzt weiter hinten, bei dem Wagen, und redete mit den anderen Männern. Das schwarze Mädchen, das am Steuer gesessen hatte, hockte neben Lara und sah sich im Raum um, als würde sie dem Gespräch gar nicht folgen. Sie war ihnen als Dhaki vorgestellt worden. Ein seltsamer

Name für ein seltsames Mädchen. Sie hatte bisher noch kein einziges Wort gesprochen.

»Tut mir leid, Joe ist manchmal übermäßig … pflichtbewusst.«

»Übermäßig pflichtbewusst? Dass ich nicht lache! Pff …« Fin spuckte verächtlich aus. Roland hatte seinen Großvater noch nie so spucken sehen. Es wirkte geradezu grotesk.

»Und was sollte das mit diesem Paket im Zug?«, fragte Fin weiter und stand dabei auf. Sein Kopf hatte eine rötliche Färbung angenommen. Er gestikulierte wild und drehte sich wütend in Joes Richtung, der sich von seiner Gruppe gelöst hatte und auf sie zukam. Es passte nicht zu seinem Alter. »Ich meine, ihr habt uns Sprengsätze zugesteckt. Dafür kommt man ins Gefängnis. Oder hat noch Schlimmeres zu befürchten!«

»Es waren Zünder, die wir dringend hier brauchen. Ihr seid unauffällig. Und Alte werden mit viel geringerer Wahrscheinlichkeit kontrolliert. Vor allem Deutsche! Das ist heute irre selten. Außerdem, es hat ja geklappt«, beschwichtigte Lara. »Abgesehen davon war Joe für den Notfall da.«

»Das ist doch nicht dein …« Fin schüttelte den Kopf und drehte sich wieder zu Lara.

»Lara, wenn ich gewusst hätte, welchen Scheiß du mit mir abziehst … Ich hätte … Ich habe keine Zeit für so etwas. Ich muss meine Tochter finden.«

»Ich freue mich auch sehr, dich zu sehen«, antwortete sie milde und stand auf. Es war keine Bösartigkeit in ihrer Stimme. Plötzlich verstummte sein Opa und trat verlegen von einem Fuß auf den anderen. Er blickte zur

Hallendecke, griff sich mit einer fahrigen Geste an die Stirn und sah Lara lange an.

Dann machte er einen Schritt auf sie zu. Fast stimmlos sagte er: »Fast vierzig Jahre … Vierzig Jahre ist es her …«

Mit ihren Fingerspitzen betastete sie seine schiefe Nase. Sie fuhr zärtlich über die eine Stelle auf seiner Wange, über diese breite, verblasste Narbe. Sie umarmten einander. Und dann sah Roland etwas, das er nicht begriff. Sie küssten sich.

Damals

Nachdem Lara ihn im Park hatte stehen lassen, war Fin einige Zeit gedankenverloren durch die Stadt marschiert. Vor einem Blumenladen war er schließlich stehen geblieben.

Nein!, war ihm plötzlich durch den Kopf geschossen. Nein! So durfte es einfach nicht enden. Zwanzig Minuten später stand er mit einer langstieligen Rose vor Laras Haus. Auf den Online-Fotos wirkte es schon groß. Aber jetzt, inmitten einer aneinandergereihten Zeile aus Altbauhäusern, wirkte dieser moderne, hineingesetzte Glasbau wie ein Fremdkörper.

Nur breite Stahlträger schienen die gesamte, vierstöckige Front zu halten. Die Glaswände in den oberen Stockwerken waren verspiegelt. Die schweren Vorhänge im Erdgeschoss, die abends wohl vorgezogen wurden, rahmten die Stahlträger von innen ein.

Auf den zwei engen Parkplätzen davor stand neben dem BMW ihres Vaters, aus dem Lara vorhin im Park ausgestiegen war, ein Mercedes. Beide Autos trugen am Kofferraum das Logo des viertgrößten Ölkonzerns der Erde … Lara hatte nie ein Wort darüber verloren, was ihre Eltern beruflich machten.

Fin hatte den festen Entschluss, sich bei ihr zu entschuldigen. Ihr seine Liebe zu gestehen. Alles auf diese eine Karte zu setzen. Völlige Ehrlichkeit. Was blieb ihm anderes übrig? Aber jetzt zögerte er. Die Eltern waren zuhause. Sie kannten ihn nicht. Zumindest nicht persönlich. Was sollte er ihnen sagen? Was würden sie sagen, wenn sie ihn, diesen entstellten, seltsamen Jungen, vor ihrer Tür stehen sehen würden? Es war ein dummer Plan gewesen. Er zückte sein Smartphone und schrieb Lara, ob sie denn nicht kurz Zeit für ihn hätte. Keine Antwort.

Im Haus gingen elektrische Lichter an. Ein warmer gelber Schein warf sich auf den in der Dämmerung auskühlenden Gehsteig. Fin wechselte auf die andere Straßenseite und schlich sich aus dem Lichtkegel. Er wollte nicht dabei entdeckt werden, wie er ihr Haus beobachtete. Also stellte er sich in einen Torbogen gegenüber, wo ihm der Winterwind nicht zu sehr in den Kragen schnitt und er sich im Schatten verbergen konnte, bis er genug Mut gesammelt haben würde. Er grübelte, trat von einem Fuß auf den anderen und … grübelte. Und es wurde immer kälter.

Ein paar Minuten später tauchte Lara auf. Sie war gar nicht zu Hause gewesen. Wer weiß, wo sie sich herumgetrieben hatte. Mit gesenktem Blick kam sie die Straße herauf. Sie schüttelte verärgert den Kopf, als sie die wuchtigen Fahrzeuge ihrer Eltern musterte, sah sich kurz um, als wäre es ihr peinlich hier zu wohnen, schien Fin aber nicht zu bemerken. Wütend warf sie die Haustür auf, streifte die Schuhe ab und wollte hinauf in den ersten Stock laufen. Dort lag ihr Zimmer, das wusste er.

Fin ging über die Straße. Er wollte sich mit ihr aussprechen. Die Tür stand noch offen. Noch war da eine Chance. Lara legte gerade Jacke und Schal ab, als eine weibliche Stimme aus dem Hausinneren drang. Fin erstarrte. Ein Fenster stand auf Kipp. Er konnte alles hören.

»Lara? Schatz?«, hörte er die Stimme rufen. Lara drehte sich zurück, griff schon nach ihrer Jacke, ließ es dann aber bleiben, als Schritte ertönten. Sie schloss die Augen, murmelte irgendetwas zu sich selbst, das er nicht hören konnte, und drehte sich mit einem tiefen Einatmen um.

»Eleonore? Honey?«, sagte die helle Stimme und eine Frau erschien im Flur. Es musste ihre Mutter sein. Sie trug eine Schürze über ihrem Hosenanzug.

Wer zieht so etwas zu Hause an?, fragte sich Fin, unschlüssig ob er weitergehen oder wieder zurück in den Schatten treten sollte. Sie küsste Lara auf die Stirn, aber sie bewegte sich nicht.

»Schätzchen, was ist los? Dein Vater hat gesagt, du willst nicht mit in den Urlaub?«, sagte die Frau. Fin war es peinlich, dass er alles hören und sehen konnte.

»Nenn mich nicht so«, knurrte Lara.

»Wie denn? Eleonore? Aber so heißt du nun mal.«

»Schlimm genug, dass ihr mich mit so einem Namen bestraft habt. Aber seid wenigstens so gut und akzeptiert, dass ich ihn nicht mehr länger tragen will.«

»Ach Gott, was ist denn los? Du zitterst ja!«, versuchte ihre Mutter sie zu umarmen. Aber Lara schlüpfte unter ihren Armen hindurch. Sie hatte die Hände wie zur Abwehr erhoben und starrte an die Wand.

»Schatz, was hast du denn? Ist es wieder wegen einem Jungen?«

»Nein!«, schrie sie so plötzlich, dass ihre Mutter vor Schreck zusammenzuckte.

»Nein, es ist nicht wegen einem Jungen. Es ist, weil ihr verrückt seid«, schrie sie. »Ihr fahrt Autos, die mehr Abgase produzieren als halb Indien. Ihr fliegt für einen Wochenendtrip über den Atlantik und verpestet damit die Luft. Ihr fresst jeden Tag Fleisch, als wärt ihr verdammte Raubtiere. Und das Schlimmste: Ihr arbeitet beide für einen Ölkonzern, der diesen Planeten vorsätzlich mit dem Zeug, das er fördert, zerstört! Ihr schert euch einen Dreck um mich und die, die nach euch kommen werden. Ihr zerstört die Erde! Und tut so, als wäre alles in Ordnung!«

Wütend stapfte Lara die Treppe hoch, wie Fin durch die Glaswand neben der Tür erkennen konnte. Zum Schluss drehte sie sich herum und suchte mit einem Anflug von Hoffnung nach Verständnis bei ihrer Mutter. Aber diese schüttelte nur den Kopf und sagte leise: »Ich erkenne dich nicht wieder. Was ist aus meiner kleinen Lala geworden, die so gern mit mir shoppen gegangen ist?«

Kurz sah es so aus, als würde Lara ihrer Mutter ins Gesicht spucken wollen. Stattdessen stieß sie nur ein lautes »Pah!« aus. Es drang deutlich auf die Straße heraus. Das schien jetzt auch Laras Mutter aufzufallen. Sie drehte sich um und schloss das gekippte Fenster vor dem Treppenabsatz. Aber Lara schrie jetzt so laut, dass er sie trotzdem bis nach draußen hören konnte.

»Ich weigere mich, Fleisch zu essen, ich weigere mich,

zu fliegen. Ich weigere mich, alle zwei Tage ein Vollbad zu nehmen. Und wisst ihr warum? Nicht weil ich es besser weiß als ihr. Ihr wisst das auch! Nein. Ich verhalte mich so, weil ich versuche, wirklich etwas dagegen zu tun! Im Gegensatz zu euch.«

Wieder schüttelte ihre Mutter den Kopf. Da war kein Verständnis. Hätte Lara über Teilchenphysik oder Raketenforschung gesprochen, ihre Mutter hätte ihr wahrscheinlich eher folgen können. »Schatz, ich bitte dich. Nicht so laut. Die Nachbarn …«

Lara stampfte vor Zorn und Enttäuschung auf. Dann brüllte sie: »Raffst du es nicht? Ich ertrage es einfach nicht mehr, wie dumm und ignorant ihr seid! Und ihr glaubt allen Ernstes, ein beschissener Urlaub wird eure Ehe retten. Da macht ihr euch doch etwas vor. Aber trotzdem fliegt ihr einmal um den halben Erdball, verheizt dabei zig Tonnen CO_2, nur um auf der anderen Seite der Welt weiter zu streiten und euch dann doch scheiden zu lassen!«

Sie sah ihre Mutter kaum an, während sie ihr die bittere Wahrheit ins Gesicht schleuderte. Fin beobachtete, wie die Frau sich ihre Hände vor den Mund schlug, als sie sich in Richtung Glasfront umdrehte. Sie hatte Tränen in den Augen. Lara schüttelte bloß den Kopf, rannte die restlichen Stufen hinauf und verschwand im ersten Stock. Erst jetzt spürte Fin die Schmerzen in seiner Hand. Er hatte die Rose, die er ihr hatte mitbringen wollen, so fest umklammert, dass sich ihre Dornen tief in die Handflächen gedrückt hatten.

Heute

»Schon unsere Vorfahren haben den Planeten für Jahrhunderte zerstört. Wir haben es heute geschafft, unsere eigene Lebensgrundlage zu vernichten«, sagte Lara und ging voraus durch eine Stahltür.

»Ach!«, wischte Fin ihre Worte mit einer Handbewegung weg. Sie ging so schnell, dass Roland und sein Großvater ihr kaum folgen konnten. Vor ihnen ging Joe, neben ihm Dhaki, die noch immer kein Wort gesagt hatte. Sie verließen die große Lagerhalle und betraten die direkt anschließende. Neben einer Treppe, die unter die Erde führte, stand ein großer Container. Schleifspuren auf dem Boden zeugten davon, dass er normalerweise über der Treppe platziert war. Aus diesem Loch im Boden stürmte jetzt ein junger, schmutzig-weißer Schoßhund. Der Malteser kam auf Dhaki zu und begrüßte sie quietschend, als sie ihn in die Arme schloss und hochnahm. Sie drückte ihn an sich, ohne jedoch stehen zu bleiben. Lara stieg die Treppe hinunter, sie folgten ihr.

»Das 21. Jahrhundert geht auf sein Ende zu und mit ihm der technische und kulturelle Fortschritt der Menschheit. Roland, deine Mutter hat einen gut bezahlten Job und dein Großvater kriegt eine Pension, von der andere nur träumen können«, erklärte sie, während Rolands Augen sich erst an das künstliche Licht gewöhnen mussten. Allmählich begriff er mit einer Mischung aus Entsetzen und Staunen, dass Lara eine Rebellin sein musste. Eine von denen, die von der Regierung als Terroristen gejagt wurden.

Sie durchquerten einen breiten Gang. An den Wänden

standen Kisten und vereinzelt Tische mit Monitoren darauf, die grüne Zeilencodes, Diagramme und Nachrichtensendungen zeigten. Vor ihnen saßen Menschen in alten Bürosesseln und tippten etwas in abgegriffene Tastaturen. Andere hantierten mit dem Inhalt von Metallkoffern. Roland sah Waffen. Er sah Transparente. Er sah einige altmodische Flugschriften an den kargen Betonwänden. Die Leute drehten sich kurz nach Lara um, wenn sie an ihnen vorbeikamen. Lara klopfte jemandem auf die Schulter, wechselte zwischen ihrem Gespräch mit Roland ein paar Worte oder nickte jemandem freundlich zu. Er sah zurück und erkannte, dass sein Opa stehen geblieben war. Er schüttelte einem alten Mann die Hand, den er zu kennen schien. Woher bloß?

»Aber ich frage dich«, sagte sie wieder zu Roland, während sie weiter den Gang hinunterliefen: »Wann hast du das letzte Mal etwas in Händen gehalten, das wirklich neu war, das unbenutzt und frisch produziert worden ist?«

Roland wusste darauf keine Antwort. Sie waren am Ende des unterirdischen Flurs angelangt und traten durch eine schwere Metalltür, die halb offen stand und sich nur schwer bewegen ließ, als Roland versuchte, sie etwas weiter aufzudrücken. Sie kamen in einen größeren Raum, in dem elektrische Laternen auf Kisten standen und alles in ein flirrendes Zwielicht tauchten. Roland sprang zur Seite, als der Malteser von Dhaki zwischen seinen Beinen hindurchhuschte und auf eine der Pritschen hüpfte, die in den Ecken aufgestellt waren. Er drehte sich im Kreis, hechelte und blickte auffordernd in die Runde. Dann stupste er eine der schmuddeligen Decken an, die neben einigen Polstern und alten Schlafsäcken auf den Klappbetten lagen, und sah wieder auf, bereit für ein Spiel. Aber niemand kümmerte sich um ihn.

Ein großer Tisch, auf dem schmutzige Teller und Becher standen, teilte den Raum. An einem Ende, von dem noch zwei weitere Türen wegführten, lag eine vergammelte Küchenzeile. Vollgeräumt mit Geschirr und Müll und Konserven. Überall standen kleine Zimmerpflanzen herum, über denen grelle Glühbirnen surrten. Sie sahen aus wie Tomaten, Schnittlauch und Zwiebel. Auch hinter Milchglasscheiben in Kästen an den Wänden entdeckte er grüne Umrisse unter künstlichem Licht. Alles war dreckig, wirkte heruntergekommen und abgenutzt. Es roch ein wenig nach Erbrochenem.

Das war also die Rebellion? Das hier war einer der Knotenpunkte, wenn nicht das Herzstück des Widerstands, von dem die wildesten Gerüchte umgingen?

Lara nahm ein paar Wasserflaschen und reichte sie Roland, der zurückblickte und feststellte, dass sein Großvater sie einholte.

»Siehst du?«, sagte sie und lehnte sich an den klobigen Esstisch: »Schon in den 2020ern besaßen allein in Deutschland 45 Menschen so viel wie die Hälfte der Restbevölkerung. Weltweit hatten die reichsten acht Männer mehr Geld als der Rest aller Menschen zusammen, da waren damals erst acht Milliarden auf der Welt. Zehn Prozent der Menschen, zu denen auch dein Großvater und ich zählten, hatten zusammen mehr als 85 Prozent des Weltvermögens. Das ist seitdem noch viel schlimmer geworden. Die Konzerne lassen die Menschen zugrunde gehen. Aber das muss nicht so sein! Sie sehnen sich nach Gerechtigkeit. Nach Freiheit und Gleichheit! Sie haben es nur schon wieder vergessen. Das Leben in der heutigen Welt ist ein trauriger Abklatsch dessen, was es einmal war. Aber wir holen jetzt zum Gegenschlag aus. Wir haben es nicht geschafft, die Vernichtung des Ökosystems aufzuhalten. Wir stehen nicht mehr am Anfang einer Katastrophe, wir sind schon mittendrin. Aber etwas können wir für die Menschen noch tun. Wir können zumindest dafür sorgen, dass die wenigen Ressourcen, die bleiben, das wenige saubere Wasser und das wenige saubere Essen, das es noch gibt, gerecht verteilt werden. Wir müssen die Menschheit aufwecken!«

Roland wusste nicht, was er sagen sollte, sondern sah sich stattdessen bloß staunend um. Als sein Großvater zu ihm trat, wendete Lara sich von ihm ab und durchquerte den Raum, um mit einem bärtigen Mann zu sprechen, der gerade durch eine der anderen Türen hereingekommen war. Daneben war jetzt Dhaki aufgetaucht, die sich zu ihrem kleinen Hund mit dem zotteligen Fell hinkniete. Sie ließ ihn etwas aus ihrer zu einer Schale gekrümmten Hand fressen und streichelte ihn mit der anderen.

Ihr Blick ging zu einem Hologramm, das an die Wand geworfen wurde. Es zeigte eine Kombination aus Zahlen. 81:22:24. Die letzte Zahl ging im Sekundentakt nach unten. Wenn sie bei null war, verminderte sich die Zahl links davon um eins. Es war eine Stundenangabe. Ein Countdown von 81 Stunden. 81 Stunden wurden da heruntergezählt. Was würde in 81 Stunden passieren? Unterhalb davon war ein zweites Hologramm. Da stand der Schriftzug, den er in den vergangenen Tagen immer öfter gesehen hatte, und den er aus den Nachrichten kannte.

»SA:DE«, stand da. Darunter prangte ein weiterer

Schriftzug, einer, der das Kürzel erklärte. »Sapere aude!«, war in weißen Lettern zu lesen. Und: »Habe Mut, dich deines eigenen Verstandes zu bedienen!« Das musste wohl die Übersetzung sein.

»Das … Das ist echt der Widerstand … Das sind die Rebellen«, staunte er. Er konnte nicht aufhören, sich umzusehen. Sein Großvater nickte.

»Opa, wer bist du eigentlich?«

Fin legte ihm die Hand auf die Schulter und schloss die Augen.

»Das ist lange her. Du fragst nach jemandem, der ich vor langer Zeit einmal gewesen bin«, erklärte er.

»Und wer ist sie?«, fragte Roland, nachdem er die Antwort seines Opas nicht richtig verstand, aber merkte, dass weiteres Nachfragen sinnlos war.

Dhaki ließ von ihrem Hund ab und griff sich eine der Wasserflaschen.

»Na, beeindruckt?«, sagte sie keck, zwinkerte Roland zu und trat zu einer Kiste, die neben einer der Pritschen stand. Sie öffnete sie und wühlte darin herum. Das musste ihr Schlafplatz sein. Aber noch viel wichtiger: Sie konnte also tatsächlich sprechen.

»Ich habe so viele Fragen«, sagte Roland entgeistert. Noch immer sah er sich um und konnte nicht fassen, wo er war.

»Catsby«, rief Joe. Er stand in der Tür, durch die sie vorhin gekommen waren. »Dante will mit dir reden«, rief er Lara zu. Sie nickte: »In fünf Minuten.«

»Catsby … Catsby …«, überlegte Roland, als ihm schlagartig bewusst wurde, woher er den Namen kannte.

Das war doch die Verballhornung eines englischen

Terroristen des 17. Jahrhunderts. Das war doch der Name, den …

»Moment mal!«

Er wendete sich an seinen Opa, der erschöpft auf einen der Sessel sank.

»Catsby, das ist doch … Opa, das ist doch …«

»Ja stimmt«, sagte Lara, die jetzt wieder zu ihnen kam. »Ich bin Lara Catsby. Das ist mein Deckname.«

»Das ist dein Deckname?«, fragte Roland staunend und machte zwei Schritte zurück. Er musste sich am Tisch festhalten, um nicht in die Knie zu gehen.

»Du bist Catsby? Der Catsby, der damals das Energieministerium gesprengt hat?«

»Das ist doch schon gar nicht mehr wahr! Außerdem ist das ewig her und es ist bei weitem nicht das Wichtigste, was wir geschafft haben«, sagte sie und lächelte verlegen.

»Ich kenne Leute, die haben ein T-Shirt mit deinem Namen drauf. Ich habe in der Schule von dir gelernt.«

»Ich hoffe doch, nur Gutes?!« Sie grinste.

»Na ja, du bist ein Terrorist und ein … äh, staatszersetzendes Element.«

Lara lachte auf und legte den Kopf in den Nacken. »Hörst du das, Fin? Ein staatszersetzendes Element.«

»In Geschichte haben wir … heißt es nicht, du hast dich umgebracht, nachdem du eingesehen hast, was du alles verbrochen hast? Ich bin mir sicher, wir haben gelernt, dass du dir eine Kugel in den Kopf gejagt hast, weil du die Schuldgefühle für deine Terrorattentate nicht mehr ertragen konntest.«

Lara lachte. Fin kommentierte trocken: »Das ist neu. Das wusste nicht mal ich.«

Sie wischte sich heiter eine Träne aus dem Augenwinkel und trat auf Roland zu: »Wie du siehst, bin ich noch ziemlich lebendig.«

»Ja …«, staunte er: »und ich dachte immer, du bist ein Mann.«

Fin spuckte den Schluck Wasser, den er gerade genommen hatte, vor Lachen aus. Er musste husten. Unsicher lächelte Roland und spürte gleichzeitig, wie die Aufregung seinen Magen zusammenzog. Der Countdown auf der Wand hinter ihr fiel ihm wieder ins Auge.

»Was passiert in 81 Stunden?«, fragte er. Sie folgte seinem Blick. Ihr Gesichtsausdruck nahm etwas Feierliches an.

»In 81 Stunden, am 24. Juli werden wir den Menschen endlich zurückgeben, was ihnen gehört.«

»Ich bitte dich, lass das, Lara«, warf Fin ein, der sich wieder ein wenig gefangen hatte. Sein Gesicht war vom Husten rot angelaufen. Er räusperte sich und trank noch einen Schluck Wasser.

»K… Kannst du uns helfen, meine Mutter zu retten?«, fragte Roland jetzt und merkte, wie seine Stimme zu zittern begann. Lara wurde ernst. Sie strich ihm über den Oberarm.

»Ich kann euch zumindest helfen, dass ihr nach Italien kommt.«

Damals

Fin saß auf der alten Kaimauer des Flusses und betrachtete die gegenüberliegende Steinwand, deren groben Blöcke von unzähligen Schichten Graffitis bedeckt waren. Der Frühling hatte seinen Einzug gehalten und ein sanfter Wind zerrte an den alten, halb verfaulten Blättern vom letzten Herbst, die das andere Flussufer säumten. Hier und da bildeten sich kleine Luftwirbel, die eine Mischung aus Laub, losen Zeitungsblättern und kleinen Plastikfetzen kreisend über den Boden schoben.

Seit Adnans Verurteilung und dem Tag im Park waren vier Monate vergangen. Fins Narben begannen allmählich blasser zu werden, und er besuchte wieder die Schule.

Aber was am wichtigsten war: Er und Lara waren inzwischen ein Paar geworden.

Lara, die unbemerkt herangeschlichen war, umarmte ihn von hinten, küsste ihn und grub ihre Nase in seinen Nacken.

»Na du«, sagte sie und setzte sich zu ihm. »Worüber denkst du nach?«

»Darüber, dass selbst, wenn es ein Verbot für Plastiktüten gibt, trotzdem ihre Überreste noch ewig durch die Gegend schwirren werden.«

»Ach so«, sagte sie mit gespielter Enttäuschung und nippte an ihrem Kaffeebecher.

»Hm? Was ist denn los?«, fragte er zurück.

»Ach nichts«, antwortete Lara und sah auf den Fluss. »Ich dachte, du hast daran gedacht, wie sehr du mich magst.«

Eine Weile schwieg er, um sie zu necken. Dann sagte er: »Wie kommst du eigentlich darauf, dass ich dich mag?«

Sie hob überrascht eine Braue. Er lächelte zufrieden.

Dann sagte er: »Ich mag dich nicht. Ich liebe dich!«

Sie lächelte jetzt auch. Dann küssten sie sich lange.

Heute

»Ihr habt euch einen denkbar ungünstigen Zeitpunkt für eure Reise ausgesucht«, sagte Lara.

Sie fuhren in eben jenem SUV, mit dem Roland und sein Großvater wenige Stunden zuvor gekidnappt worden waren. Die schwarze Frau, Dhaki, saß wieder hinter dem Lenkrad, obwohl das Auto diesmal von selbst fuhr. Sie trug eine abgewetzte, graue Mütze, obwohl tropische Temperaturen herrschten, hatte ihre Arme meist verschränkt oder die Hände, die in grauen, fingerlosen Lederhandschuhen steckten, auf dem Lenkrad liegen. Es bewegte sich autonom, aber sie schien es darauf anzulegen, jederzeit eingreifen zu können. Sie redete kaum, doch ihre Augen waren sehr wachsam. Immer auf der Hut.

Neben ihr saß sein Großvater. Und Roland teilte sich die Rückbank mit Lara, dieser lebenden Legende aus den Geschichtsbüchern und offensichtlich auch aus der Vergangenheit seines Opas. In weniger als einer Stunde würden sie sich am nächsten Bahnhof verabschieden. Und dann würde Roland seinen Großvater über alles ausfragen. Allen Fragen voran, die eine, die ihn brennend interessierte: Warum hatte er ihm nie von dieser Frau erzählt? Woher kannte er sie? Er wusste, dass sein Opa Rolands Großmutter erst spät geheiratet hatte. Mit dreißig Jahren oder so. Hatte er Lara schon davor gekannt?

»Was heißt da, ungünstiger Zeitpunkt. Wir haben es uns nicht ausgesucht. Meine Tochter wird vermisst!«, meinte Fin missmutig und ohne sich umzudrehen. Er sah auf seiner VR-Brille die Dateien durch, die Lara ihm zugespielt hatte, nachdem er seine Brille zurückbekommen hatte. Es handelte sich um ihre Reisepapiere.

»Ja. Und das, was ihr dort unten passiert ist, ist kein Zufall. Seit Jahren brodelt es, und jetzt beginnt sich die angespannte Lage auf diesem Kontinent endlich zu entladen«, antwortete Lara.

Fin schüttelte den Kopf, während er die Visa durchblinzelte. »Warum konntest du uns das nicht einfach online schicken?«

»Weil man so etwas nicht über das Netz macht, wenn man nicht auffliegen will, mein Lieber«, gab Lara zurück und kramte in einer ihrer Reisetaschen. Der SUV war voll davon.

»Was meinst du damit?«, mischte sich Roland ein.

»Na ja. Es steht ein Umbruch bevor. Es ist endlich so weit.« Als sie es sagte, trat ein Glitzern in ihre Augen, für das sie eigentlich viel zu alt war.

»OK, ich habe verstanden, dass du zu den Rebellen gehörst. Aber von Umbruch und Ähnlichem redet ihr doch schon seit Jahrzehnten. Warum ausgerechnet jetzt?«

Lara lachte. »Hach … Jungchen. Es gibt nicht *die* Rebellen. Das ist nicht irgendeine eingeschworene Organisation, die gegen unsere totalitäre Regierung kämpft. Die Rebellen, das sind Millionen Menschen, die die Ungerechtigkeit nicht mehr länger hinnehmen wollen. Die nicht zu faul oder zu feig sind selbstständig zu denken. Ein Rebell, das kannst auch du sein. Rebell, das ist … *war* dein Großvater. Und dann gibt es noch einige wenige, die mehr tun, als nur zu reden. Die handeln. So wie wir. Aber von denen gibt es hunderte Organisationen und Vereinigungen. Wir sind nur eine kleine Gruppe von vielen, die alle unter dem Namen SA:DE arbeiten.«

»Aber *womit* soll es denn so weit sein?«, fragte Roland, während sich sein Großvater zu ihnen drehte. Er sah verärgert aus. »Genug jetzt. Du hast dem Jungen schon zu viel von deinen Verschwörungen eingeimpft!«

Lara drückte das Gesicht seines Opas mit sanfter Bestimmtheit wieder nach vorne. Roland staunte. Wie konnte er sich das gefallen lassen?

Lara sah ihm in die Augen. »Junge, du hast das Pech, in einer Zeit aufzuwachsen, die schlimmer nicht sein könnte. Eine vergiftete Umwelt. Despotische Machthaber. Diktatoren, Hunger und Flucht überall wohin man schaut. Die Gerichte sind weitgehend eingerostet, die Armee längst schon unterwandert. Die Polizei tut, was ihr passt. Aber es gibt noch Hoffnung. Die Zeit der großen Veränderung ist da. Eine Revolution steht bevor.«

»Das höre ich seit sechzig Jahren. Seit sechzig Jahren die gleiche Leier. Und nichts hat sich verändert«, sprach sein Großvater in die Luft, ohne den Blick von der Straße abzuwenden.

»Hör nicht auf ihn. Er ist alt und hat bereits aufgegeben. Als dein Opa jung war, hätten wir noch die Kurve kriegen können. Aber die Menschen haben sich leider dagegen entschieden. Sie haben den Planeten einfach rücksichtslos weiter ruiniert und damit ihren Untergang endgültig besiegelt.«

»Ja, aber …«, nuschelte Roland.

Jetzt mischte sich Dhaki, die Fahrerin, ein. »Überwachung, Armut, Hunger, Angst und Panik, Terror, das sind

Dinge, die es heute gar nicht mehr geben müsste. Die wir verhindern hätten können, wenn wir nur ein wenig auf Mutter Erde gehört hätten.«

»Du meinst, das liegt alles an dem Klimawandel?«, fragte er sie. »Ich meine OK … Die Unwetter und so. Aber die Überwachung, das mit dem Wasser, die Flüchtlinge und alles?«

»Ja klar«, antwortete sie und sah auf die Straße, als würde sie nach etwas Ausschau halten.

»Ja, aber …«, wiederholte Roland: »Die meisten meiner Lehrer sagen da was anderes. Die sagen, das liegt nur am Krieg.«

»Ja, natürlich tun sie das. Aber das müssen sie, sonst verlieren sie ihren Job …«, mischte sich jetzt Lara wieder ein. Sein Großvater nickte stumm, bevor sie sich an ihn wendete: »Sag mal, Fin, bringst du deinem Jungen eigentlich gar nichts bei?«

Fin atmete tief durch, antwortete aber nicht. Also dozierte Lara weiter: »Natürlich, der Krieg hat großen Einfluss auf das alles. Aber er ist auch das Resultat der zunehmend schlechteren Lebensumstände auf der Welt. Und das lag und liegt letztendlich an der globalen Erwärmung.«

Roland hatte im Geschichteunterricht gelernt, dass der Krieg zwischen den großen Vier innerhalb von wenigen Minuten vorbei war. Das meiste war im Netz entschieden worden. Im 20. Jahrhundert fanden Kriege noch auf den Schlachtfeldern statt. Mitte des 21., mit ein paar blutigen Ausnahmen, vor allem in der digitalen Welt.

»Europa und Afrika sind zwar größtenteils verschont geblieben, aber …«, sagte Dhaki und verstummte. Sie blickte noch immer konzentriert auf die Straße, obwohl nicht sie, sondern der Autopilot den Wagen lenkte. Sie hatten inzwischen die Autobahn erreicht und fuhren Richtung Süden. Roland spürte, wie ihm mulmig wurde. Erst hatte er gemeint, es mit irren Verschwörungsfanatikern, ja mit Terroristen zu tun zu haben.

Aber da sein Großvater noch immer keine ernst zu nehmenden Anstalten machte zu widersprechen – und das hatte er, seit Roland denken konnte, prinzipiell getan, wenn ihm etwas nicht passte – wusste er, dass etwas dran sein musste. Er rutschte auf seinem Platz hin und her. Er wollte mehr wissen. »Und was genau soll in drei Tagen passieren?«

»Mittlerweile ist es ja kein Geheimnis mehr … In drei Tagen werden gleichzeitig von mehreren Orten aus zwei dutzend Teile einer einzigen großen Datenbombe hochgeladen, die alles verändern wird«, sagte Lara. »Ich will dir nichts verheimlichen. Es ist gefährlich, dass ihr bei uns seid. Die Regierung hat längst Wind von der Bombe bekommen und setzt alles daran, uns aufzuhalten. Sie jagen uns. Aber …«

»Lara!«, mahnte Fin.

»Was denn?«, erwiderte sie. »Dein Junge sollte wissen, dass uns der Geheimdienst auf den Fersen ist und dass wir verfolgt werden. Er ist doch kein Kind mehr.« Sie wandte sich wieder an Roland, der allmählich richtig Angst bekam. »Wie gesagt, wir haben euch in Gefahr gebracht. Aber dafür helfen wir euch. Und ihr habt zu etwas enorm Wichtigem beigetragen. Die Menschen werden endlich aufgeklärt über das, was hinter den Kulissen passiert und die Möglichkeit erhalten, sich zu wehren. Und dann …«

»Schluss jetzt«, befahl Rolands Großvater und schlug mit der Faust auf das Armaturenbrett.

Lara lachte. »Immer noch so zornig wie damals. Sieh dich vor, das bekommt deiner Gesundheit nicht«.

Fin murrte grimmig: »*Du* bekommst meiner Gesundheit nicht!«

Lara schmunzelte und über den Rückspiegel konnte Roland so etwas wie die Spur eines Lächelns über das Gesicht seines Opas huschen sehen.

»Woher kennt ihr beiden euch eigentlich?«, fragte er Lara schließlich.

»Dein Großvater hat dir nie von mir erzählt?«

Roland zuckte mit den Schultern. Sie beugte sich vor und sah Fin erstaunt an: »Du hast ihm wirklich nie von uns erzählt?«

Ehe er antworten konnte, lachte sie auf und wandte sich wieder an Roland: »Wir waren jahrelang ein Paar. Aber dann hat dein Großvater beschlossen, dass er den Kampf gegen die Kriegstreiber und Umweltverpester aufgibt und sesshaft wird.«

Fin schüttelte den Kopf. Er wurde ernst. »Moment, so einfach ist das nicht. *Du* hast den Weg der Gewalt gewählt. Und ich war nicht bereit mitzugehen. Und das weißt du genau.«

»Der Gewalt? Der Gewalt? Von wegen.« Auch ihr Ton hatte sich geändert. Hatte zu Beginn noch etwas Scherzhaftes in ihren Worten gelegen, wirkte sie jetzt aufgeregt. Ihre Augen hatten sich verengt, obwohl das Lächeln von vorhin noch irgendwie auf ihren Lippen lag.

»Du weißt genau, wovon ich rede«, sagte Rolands Großvater und wirkte plötzlich nicht mehr wie ein alter Mann. Er hatte sich zu ihr gedreht und fixierte sie mit einem stechenden Blick.

»Das? Ach, das schon wieder? Die *eine* Sache. Ich bitte dich. Das war notwendig!«

»Unzählige hätten sterben können, begreifst du das denn nach all den Jahren noch immer nicht?«, sagte Fin. Er wurde lauter. So laut, dass er am Ende fast schrie. »Wenn Menschen zu Schaden kommen, dann ist eine Grenze überschritten!«

Sie ballte die Faust und schrie zurück: »Aber es blieb uns nichts anderes übrig! Du siehst doch, wozu es geführt hat.«

»Ganz genau!«, fauchte sein Großvater jetzt, »Wozu hat es geführt?! Zu nichts und wieder nichts. Und nach 55 Jahren hast du noch immer nichts dazu gelernt. Ihr habt mir und meinem Enkel eine verfluchte Bombe untergeschoben! Kapierst du das endlich? Und abgesehen davon: Ihr habt nichts erreicht. Rein gar nichts! Im Gegenteil.« In seiner Stimme lag eine Verbitterung, die Roland erschreckte. Er fühlte sich machtlos. So kannte er seinen Großvater überhaupt nicht. Weg war alle Güte. Verschwunden war seine Milde. Er wirkte wie ein junger, zorniger Mann im Körper eines Greises.

Lara schüttelte den Kopf und schürzte die Lippen: »Oh du hast ja keine Ahnung, wovon du redest. Fin, wenn du wüsstest. Wenn du wüsstest, was …«

In diesem Moment tauchte ein Motorrad mit zwei Personen neben dem Wagen auf. Fin sah, wie der hintere Mann eine Pistole zog und durch das Fenster auf Lara zielte. Instinktiv schrie er ihren Namen.

Sie reagierte, sah den Schützen und drückte sich in den Sitz. Nur einen Herzschlag später knallte es und die Fensterscheibe barst in tausende Scherben, ohne aus dem

Rahmen zu fallen. Dhaki griff ins Lenkrad und übernahm das Steuer vom Autopiloten. Sie verriss den Wagen und wechselte die Spur, sodass zwei andere Autos auf den Pannenstreifen ausweichen mussten. Aber das Motorrad setzte nach. Lara löste ihren Sicherheitsgurt, um in den Kofferraum greifen zu können. Da krachte ein ohrenbetäubender zweiter Schuss und eine Wolke aus Blut spritzte durch das Wageninnere. Lara krümmte sich, vor Schmerz schreiend. Fin brüllte etwas. Roland erstarrte. Lara spuckte Blut aus und stieß die Wagentür auf. Der Schütze zielte erneut auf sie. Aber Lara griff nach einer ihrer Taschen und wuchtete sie hinaus. Das Motorrad wurde an der Vorderseite getroffen und überschlug sich. Durch die Heckscheibe sah Roland wie die beiden Männer durch die Luft flogen. Der Fahrer schlug auf dem Asphalt auf und schlitterte einige Meter, während der Beifahrer über den Mittelstreifen in den Gegenverkehr geschleudert und von einem Sattelschlepper erfasst wurde. Ein nachfolgendes Auto kollidierte mit dem Motorrad und knallte gegen die Leitplanke.

Fin und Dhaki schrien durcheinander. Lara sackte zur Seite. Ihr Kopf landete auf Rolands Schoß. Ihre zitternde Hand bildete eine Faust und lag über der Mittelkonsole zwischen Fahrer- und Beifahrersitz. Fin umklammerte sie. Der Schuss hatte ein Loch in ihre Brust gerissen. Überall war Blut. Sie atmete kaum noch und ihre Augen starrten in die Luft. Roland sah aus dem Augenwinkel, wie Dhaki erneut das Lenkrad herumriss, um zwei Spuren zu wechseln. Sie wollte noch eine Ausfahrt erreichen. Zu spät.

Ein Kleinwagen konnte ihr nicht mehr schnell genug ausweichen und krachte schief in das Heck des SUVs. Brutal wurden sie herumgeschleudert, die Airbags explodierten,

Reifen quietschten, Blech kreischte, die Bremsen brüllten. Der Innenraum wurde von explodierenden Glassplittern und herumwirbelnden Taschen geflutet. Und dann krachte die Seite des Autos wuchtig in den gestreiften Rammschutz der Leitplanken an der Gabelung zur Ausfahrt.

Damals

Laras Eltern waren Anfang der Woche verreist. Sie hatten das Haus ganz für sich.

»Und das funktioniert?«, fragte Lara. Sie stützte sich auf den Esstischsessel, in dem Sven saß, und beobachtete den Bildschirm. Sven nickte bloß und tippte weiter Kommandos in den Computer. Fin sah von seinem Smartphone auf und zu den beiden hinüber. Er lehnte am Sofa im Wohnzimmer.

Ein lautes, letztes Klacken beendete Svens Arbeit, als er sich zurücklehnte und mit dem Mittelfinger auf die Eingabetaste tippte.

»Erledigt«, sagte er mit einem tiefen Seufzer.

Lara drehte sich um. »Siehst du schon was?«, fragte sie Fin. Er aktualisierte den Mail-Account auf seinem Smartphone. Nichts. Nur alte Nachrichten. Keine neuen Meldungen. Er schüttelte den Kopf.

»Das kann schon etwas dauern«, sagte Sven und nippte an seinem Bier.

Lara biss sich auf die Unterlippe. Sie ging auf Fin zu, drehte dann aber um und lief Richtung Küche. Bevor sie hineintrat, drehte sie abermals um, legte beide Hände über den Kopf, hatte die Ellbogen zur Seite gestreckt und drehte sich im Kreis.

»Und jetzt?«, fragte sie.

Fin schüttelte erneut den Kopf. Svens Miene verdunkelte sich. Er tippte und schien dabei etwas zu kontrollieren. Fin las inzwischen den Entwurf der abgeschickten Mail auf seinem Smartphone noch einmal durch. Er und Lara waren die halbe Nacht daran gesessen.

AUFRUF ZUM WIDERSTAND

Unser Planet kollabiert.
Wenn sich nichts ändert, wird es in naher Zukunft
keine menschliche Zivilisation mehr geben!
Die Welt wird sich natürlich auch ohne uns weiterdrehen.
Aber zu welchem Preis? Wir erleben heute
das sechste große Massenaussterben in der Geschichte.
Wir haben die Erde zugrunde gerichtet!
Doch wir weigern uns, das einfach so hinzunehmen!
Wir wollen in keiner Welt leben, die von den großen
Konzernen ausgebeutet und vergiftet wird.
Wir wollen in keiner Welt leben, in der menschengemachte Stürme und Überflutungen alles zerstören.
Wir wollen in keiner Welt leben, in der die Menschheit
sich selbst abschafft und so vielen anderen Arten
unaussprechliches Leid zufügt.
Wir wollen in einer Welt leben, die für alle
lebenswert bleibt und in der unsere Kinder
eine reale Überlebenschance haben.
Als dominante Spezies haben wir die Pflicht,
dafür mit allen Mitteln zu kämpfen.
Die Erwachsenen sind blind. Es liegt
an uns, sie aufzuwecken.

Daher rufen wir alle dazu auf, ein Zeichen zu setzen.
Wir müssen jetzt handeln!
Andere Länder und Städte haben uns dazu inspiriert.
Ohne echtes Engagement gibt es für uns keine Zukunft.
Wir treffen uns jeden Freitag um 08:00 Uhr
am Hauptbahnhof. Denn was bringt die Schule,
wenn wir unseren Planeten abfackeln?
Nichts ergibt mehr Sinn, wenn wir
unser Ziel nicht erreichen.

Treffpunkt: Freitag, 08:00 Uhr, Hauptbahnhof.
Bringt Plakate mit! Zeigt eure Wut und euren Zorn!

»Hat es nicht geklappt? Wie kann das passieren?«

»Es könnte daran liegen, dass es zu viele Adressen für eine einzige Mail sind«, antwortete Sven. Er fuhr sich durch sein weiß gefärbtes Haar, das chaotisch in alle Richtungen abstand. »Das wäre eine Möglichkeit. Was anderes kann es eigentlich nicht sein. Vielleicht müssen wir sie aufteilen und die Nachricht mehrfach schicken.«

»Wie viel Adressen sind es denn überhaupt?«, fragte Fin und aktualisierte den Posteingang erneut.

»Mehrere tausend. Im Grunde alle Mail-Adressen der Gymnasiasten und Fachoberschüler der Stadt«, antwortete Sven, ehe er sich herumdrehte.

Lara grinste. »Danke, dass du die Adressen klar gemacht hast.«

»Keine Ursache«, gab Sven zurück: »War gar nicht so schwierig wie zuerst gedacht.«

»Du hast die halbe Nacht daran gesessen, auch wenn

ich nicht verstehe, wie du in die Datenbank reingekommen bist!«

»Ach«, sagte Sven mit einem Lächeln und nahm seine Brille ab. »Halb so wild. Aber darf ich fragen: Warum wolltest du es von hier verschicken? Ich meine, wenn's geklappt hat, ist es ohnehin zu spät. Aber die IP ist nachverfolgbar. Es ist ziemlich einfach herauszufinden, von wo aus die Mail verschickt wurde. Es wäre kein Problem gewesen, sie anonym via VPN zu versenden.«

»Nein, das ist gut so. Es soll vom Haus meiner Eltern aus verschickt werden. Vielleicht bringt sie das zum Umdenken und sie verstehen dann endlich, dass ich es ernst meine …«, sagte sie und nippte an ihrem Weinglas.

»Da! Ich hab's. Da ist sie!«, rief Fin und sprang auf. Er hielt sein Telefon in die Höhe. Lara sah ihn aus großen Augen an. Er nickte grinsend. Sie stieß einen Schrei aus und warf sich so stürmisch in seine Arme, dass sie beide zusammen auf das Sofa fielen. Sie bedeckte sein Gesicht mit Küssen. Fin drückte sie fest an sich, aber nur solange, bis sie sich wieder aus der Umarmung befreite, um ihn mit neuen wilden Küssen beinahe zu ersticken.

»Gratuliere«, sagte Sven jetzt hinter ihnen, stand von seinem Arbeitsplatz auf und hob seine Flasche: »Damit sind wir offiziell Aktivisten.«

Alle lachten.

ZWEITES BUCH

Damals

»Oh Mann, ich zittre noch immer ein bisschen«, sagte Sven kichernd.

Fin umarmte ihn zum Abschied. »Danke noch mal, dass du die Adressen klar gemacht hast. Ohne dich hätten wir es nicht geschafft.«

Lara nickte und brachte Sven zur Haustür.

»Warten wir mal auf Freitag, und ob auch wirklich Leute kommen«, sagte er und schlüpfte in seine Sneaker.

»Ich bitte dich, wir haben sie mit Schulschwänzen geködert«, lachte Lara und stellte ihr Weinglas auf den Schuhschrank im Flur. Draußen wurde es allmählich dunkel. Im Wohnzimmer zog Fin die Vorhänge vor.

Sven hob die Augenbrauen. »Na ja, wir haben sie zwar dazu aufgerufen, aber kommen müssen sie schon selber. Ich bin schon sehr gespannt, welchen Ärger wir dafür kriegen.«

»Du überhaupt keinen, wenn du deine Arbeit ordentlich gemacht hast. Offiziell warst du ja überhaupt nicht hier.« Damit umarmte sie Sven dankbar. »Danke«, flüsterte sie in sein Ohr.

Er verabschiedete sich und sie schloss hinter ihm die Tür ab. Als sie sich umdrehte, lehnte Fin an der Wand. Er hatte ein paar Kerzen angezündet und legte eben das Feuerzeug weg. Er lächelte sie an. Sie lächelte zurück, strich sich dabei ihre rote Strähne aus dem Gesicht, nur damit sie gleich wieder hineinfallen konnte, und blickte etwas verlegen zu Boden.

Aber nur ein Augenblick verging, bevor Lara wieder aufsah und sie sich lange umarmten. Erleichtert atmete sie aus. Sie umfasste seine Hüften mit beiden Händen und lehnte sich ein wenig zurück, um sein Gesicht zu betrachten. Sie versank in seinen Augen, spürte Glück und Nähe in seinem Blick und erwiderte ihn. Sie küssten sich. Erst berührten sich ihre Lippen nur ganz leicht. Dann öffneten sie sich ganz von selbst. Er strich über ihren Rücken, ihren Po. Sie griff nach seiner Hand, lenkte sie, führte ihn. Die Küsse wurden schneller, wurden heftiger, drängender, bis … sie schließlich atemlos verharrten und sich wie betäubt voneinander lösten.

Heute

Die verbogene Karosserie des SUVs ächzte. Durch die zersplitterten Fenster drang das Rauschen der vorbeizischenden Elektroautos. Roland öffnete die Augen und erkannte verschwommen den Innenraum des Wagens. Sein Nacken schmerzte, der Mund fühlte sich trocken an und der Sandstaub, der von den Autos ins Wageninnere geblasen wurde, brannte in den Augen. Er blinzelte, tastete nach seiner Brille. Wo der Sicherheitsgurt ihn gestoppt hatte, spürte er ein Ziehen. Er griff über den Stoff der Airbags, der fast alles im Auto bedeckte. Auch ihn. Nur sein Kopf, eine Hand und ein Teil seiner Schulter lugten unter den Sicherheitspolstern hervor, die ohne Luft wie geschmolzene Marshmallows aussahen. Auf der Seite, die offen gestanden und auf der Lara gesessen hatte, war der Boden hochgedrückt und in den Innenraum eingedrungen. Von Lara fehlte jede Spur.

»So fühlt sich also ein Autounfall an«, sagte er leise und

blinzelte. Dabei grinste er verwirrt. Dann spürte er, wie ihm die Tränen kamen. Er wusste nicht, dass er unter Schock stand, spürte aber instinktiv, dass etwas nicht stimmte. Nur konnte er es noch nicht so recht einordnen. Erst allmählich wurde ihm bewusst, dass etwas Schreckliches passiert war. Langsam begriff er. Sie hatten einen Unfall gehabt.

Das Ächzen von Metall wurde laut, als an der Seitentür gerüttelt wurde. Jemand schien sich von draußen dagegen zu stemmen. Er hörte ein Klopfen, ein Drücken und schließlich wurde die verbogene Tür aufgezwängt. Er drehte den Kopf herum, sah alles verkehrt und bemerkte, wie an ihm herumgefummelt wurde. Die leeren Airbags wurden zur Seite geschoben, der Sicherheitsgurt gelöst. Roland hörte in der Ferne Polizeisirenen heulen. Und dann griffen zwei Arme unter ihn.

Er erkannte Dhakis ernstes Gesicht. Sie zerrte ihn aus dem Auto. Roland spürte, wie seine Füße den Asphalt berührten. Sofort umfing ihn die flirrende Hitze des Tages. Dutzende Autos fuhren an ihnen vorbei. Keines blieb stehen.

Dann war da sein Großvater. Seine Rettung. Roland spürte seine Hände. Fin sah ihn mit schreckgeweiteten Augen an. Er blutete aus einer Platzwunde an der Stirn.

Sie legten ihn auf den Boden. Dhaki stieg noch einmal in das Auto und kehrte mit seiner Brille zurück. Sie war verbogen, aber intakt. Dann stürzte sie auf Lara zu, die zwei Schritte weiter auf dem Pannenstreifen lag. Sie ergriff ihre Hand und sagte etwas zu ihr. Laras Körper war verdreht, ihre Beine zerschmettert, der blutige Brustkorb hob und senkte sich schnell. Die Haut: leichenblass.

Fin tastete Roland ab. »Junge, mein Junge … Mein Junge, oh nein«, sagte er mit gebrochener Stimme. Seine alten Hände zitterten, sie waren zwar nicht mehr warm, schenkten Roland aber dennoch ein wenig Beruhigung. Die Sirenen wurden allmählich lauter.

»Alles gut. Ich bin in Ordnung, Opa«, sagte Roland. Nicht weil er sich wirklich sicher war, dass er keine Verletzungen hatte. Aber er ertrug es nicht, seinen Großvater so ängstlich zu sehen.

Fin glaubte ihm. Nachdem die größte Angst aus seinem Blick gewichen war, sah er zu Lara hinüber. Roland bemerkte, wie ein furchtbarer Schmerz sein Gesicht durchzuckte. Mit zitternden Händen löste Lara einen Teil eines Anhängers, den sie um ihren Hals trug, ab und gab ihn Dhaki. Dann umarmten sie sich innig und im nächsten Moment stand Dhaki auf, sah noch einmal kurz zu Roland und seinem Großvater und sprintete die Ausfahrt hinunter. Sie verschwand hinter einer Kurve. Roland verstand gar nichts mehr. Was er aber verstand, war die Qual, die Fin beim Anblick von Lara erfasst hatte.

»Sieh nach ihr, Opa. Sieh nach ihr«, flüsterte er und nickte. Sein Großvater schaute ihn fragend an. Roland nickte noch einmal. Beharrlicher, diesmal: »Es geht mir gut.«

Also stand sein Opa auf, beugte sich über Lara und griff nach ihrer Hand.

»Fin«, flüsterte sie und schloss kurz die Augen, während die Sirenen immer lauter wurden.

»Psssscht«, machte Fin. Seine Stimme vibrierte, er rang nach Fassung, zitterte: »Psscht.«

Sie hob ihre andere Hand, die zu einer Faust geschlossen war. Die Lederbänder hingen lose zwischen ihren steifen Fingern heraus, als sie ihm den Anhänger gab.

»Fin. Du musst die Daten, die da drauf sind, in drei

Tagen … Am Vierundzwanzigsten um Punkt 18 Uhr hochladen. Musst den Stick in irgendein Gerät stecken, das am Netz hängt.«

»Psscht. Nicht reden. Spar deine Kräfte«, sagte Rolands Großvater. Doch seine Stimme überschlug sich. Er versuchte seine Tränen zurückzuhalten, aber sie tropften unablässig auf Laras Brust.

»Fin!«, erwiderte sie und hob den Kopf ein wenig. Es musste sie unendlich viel Kraft kosten.

»Hör mir zu. Du musst das für mich tun. Für mich. Am 24. Juli um 18:00 Uhr. Das wird alles verändern. Alles hängt davon ab.«

Die Sirenen übertönten jetzt bereits die vorbeifahrenden Autos. Sie waren ganz nah.

Fin nickte.

»Versprich es mir«, sagte sie. Es war ein leises Flehen. Sie hauchte die Worte unter Krämpfen aus. Die Schmerzen verzerrten ihr Gesicht, sie krümmte sich, bäumte sich ein letztes Mal auf. Er beugte sich tiefer über sie. Ihre Hände umklammerten seine Linke, während er mit der Rechten ihren Nacken stützte. Sie blickten sich tief in die Augen. Blaulicht blitzte hinter ihnen auf.

»Ich verspreche es dir«, antwortete er, als seine Stirn die ihre berührte. Sie schluchzte kurz auf.

»Ich …«, stöhnte sie: »Ich habe dich immer geliebt, Fin. Ich habe dich immer nur geliebt.«

Fin antwortete nicht. Drückte sie an sich. Er weinte. Beide schlossen die Augen. Und dann hob sich Laras Brustkorb nicht mehr.

Damals

Auf dem Wohnzimmertisch flackerten Teelichter und weiße Kerzen neben zwei bereits halb geleerten Gläsern mit Rotwein. Lara und Fin lagen auf dem Sofa. Beide waren nackt. Er spürte die Wärme ihrer Haut. Er sah sie an, suchte in ihren Augen nach der Bestätigung, dass sie okay war. Als sie mit ihren Fingern über seinen Rücken strich, fühlte er, wie sich eine Gänsehaut bildete. Zärtlich streichelte er ihr Kinn, küsste vorsichtig die Stelle über ihrer Lippe. Er küsste auch die Stelle, wo sich immer ein kleines Grübchen bildete, wenn sie ihn anlächelte. Mit dem Fingerrücken glitt er über ihre Wange, ihr Ohr. Sie schloss die Augen, als sich sein Mund langsam ihrem Hals näherte. Lara stöhnte leise, als er ihn küsste. Dann sahen sie sich wieder in die Augen. Sie nickte langsam.

Er drängte sich sanft an sie. Sie biss sich auf die Unterlippe, seufzte leise. Ihre Brüste hoben und senkten sich. Kleine Falten bildeten sich auf ihrer Stirn.

»Tue ich dir weh?«, flüsterte er unsicher.

»Nein … Ich will es«, hauchte sie und zog ihn näher zu sich. Er musste stöhnen, als er behutsam in sie eindrang. Das Gefühl grenzenloser Verbundenheit entfachte in ihren Körpern ein prickelndes Feuer.

Dann zog Fin sich langsam aus ihr zurück und suchte ihren Blick. Sie sah ihn aus feucht schimmernden Augen an. Eine Träne perlte über seine Wimpern.

»Ich liebe dich«, sagte er.

»Ich liebe dich«, sagte sie.

Heute

Das Licht im Rettungswagen war grell. Rolands Shirt war durchgeschwitzt, aber seine Hände und Füße fühlten sich so kalt an, als hätte er sie in einen Eimer voller Eiswürfel getaucht. Er saß im Patientensessel neben seinem Großvater, der auf einer Trage lag. EKG-Schläuche klebten auf dem nackten Oberkörper, das aufgeknöpfte Hemd hing schlaff an den Seiten herunter. Die Rippen zeichneten sich deutlich unter der Haut ab. Er sprach nicht, sondern sah nur mit flackernden Augen an die Decke. Ganz plötzlich wirkte er richtig alt. Älter als je zuvor. Verletzlich und vollkommen hilflos.

Der Sanitäter überwachte den Bildschirm, der in die Innenwand des Wagens eingebaut war. Roland gegenüber saß ein Polizist. In seiner schweren Weste und hinter dem Helm sah er aus wie ein Automat.

Roland streckte seine Finger aus und musste erkennen, dass sie wild zitterten, ja mehr noch: unkontrolliert hin und her zuckten. Er umklammerte sie mit der anderen Hand. Plötzlich öffnete sich das Visier des Polizeihelms und ein dickes, von Bartstoppeln eingerahmtes Gesicht zeigte sich.

»Es ist in Ordnung. Es ist Routine bei so gut versicherten Leuten wie deinem Opa, dass wir sie ins Krankenhaus bringen«, sagte der Polizist. Roland nickte.

»Wie war doch gleich dein Name?«, fragte der Beamte freundlich.

»Roland.«

»Mach dir keine Sorgen, Roland. Es geht ihm bald wieder gut. Heute wird kaum jemand mehr im

Straßenverkehr verletzt. Sieh dich selbst an. Außer ein paar Kopfschmerzen wird dir nichts bleiben. Für schwere Verletzungen muss es schon sehr schlimm hergehen. Dafür ist die Technik zu gut. Nicht wahr?«, sagte der Mann und blickte zu dem Sanitäter neben ihm. Dieser drehte sich nur kurz um und verzog keine Miene. Der Polizist stieß ihm den Ellbogen in die Seite.

»Klar doch. Stimmt«, versicherte der Sanitäter und widmete sich wieder seiner Arbeit.

Roland senkte den Blick. Er betrachtete die Kunststoffhandschellen, die seinen Opa an die Trage fesselten.

»Wa…« Roland musste husten. Sein Mund war noch immer trocken, obwohl ihm die Rettungskräfte nach ihrem Eintreffen Wasser eingeflößt hatten. »Warum wurde er dann festgebunden?«, fragte er.

Der Polizist räusperte sich.

»Ach, kümmer dich gar nicht drum. Das ist auch nur Routine. So wie unsere Leibwache da draußen. Wie gesagt, dein Opa ist gut versichert«, erklärte er und deutete durch die Kunststoffscheibe und das Fahrerhaus auf die Straße. Dort fuhr ihnen ein Polizeiwagen mit Blaulicht voraus. Mittlerweile waren sie wieder in der Innenstadt.

»Verstehe«, sagte Roland und musterte Fin. Allerdings wusste er, dass das nicht die ganze Wahrheit war. Sie mussten unter Verdacht stehen. Und wenn nicht, würden sie spätestens im Krankenhaus endgültig verhaftet werden, wenn sie das nicht ohnedies schon längst waren. Sie hatten sich mit Terroristen eingelassen. Sie würden eingesperrt und verhört und zu langen Strafen verurteilt werden. Und seine Mutter würde irgendwo in Italien zugrunde gehen. Bei dem Gedanken musste Roland keuchen. Er schluchzte und gab es auf, die Tränen zurückzuhalten. Es hatte keinen Sinn. Er hielt die freie Hand seines Opas und suchte, sich immer wieder die Tränen aus den Augen wischend, in seinem verschwimmenden Gesicht nach einer Reaktion. Aber da war keine. Fin starrte bloß an die Decke.

»Heeey, hey. Schon gut. Alles gut«, hob der Polizist wieder an und zog eine Packung Taschentücher aus einer seiner Brusttaschen, die neben den Magazinen für sein Sturmgewehr angebracht waren. Roland nahm sie und putzte sich die Nase. Er brauchte zwei Taschentücher. Mit einem dritten wischte er sich den kalten Schweiß von der Stirn. Er fühlte sich elend.

»Hör mal. Mein Name ist Tarek«, sagte der Mann. Seine Stimme war sanft und klang ehrlich. »Ich habe einen Sohn in deinem Alter. Und weißt du, was dem immer hilft, wenn er traurig ist? Dass er nicht in die Schule muss! Und jetzt rate einmal, wie lange du jetzt nicht zur Schule musst. Bis du aus dem Krankenhaus raus bist … Und dann lassen dich deine Eltern sicher noch eine Zeit lang zu Hause.«

Irgendwie passte es nicht in Rolands Konzept, dass hinter diesen Polizeimasken, hinter diesen Sicherheitssoldaten Menschen steckten. Ganz normale Leute. Tarek schien ihn aufmuntern zu wollen. Mit einem brummigen Ton, der lustig klingen sollte, legte er noch nach: »Und wenn nicht, dann werde ich ein Wörtchen mit ihnen reden. Versprochen.«

Roland nickte. Entweder war dieser Mann sehr naiv, oder er wollte einfach nur nett sein. Ein Funke Trost breitete sich in ihm aus.

»Danke vielmals«, sagte er und der Polizist nickte

zufrieden, ohne den wirklichen Grund für Rolands Worte zu kennen. Er lächelte gütig.

Roland atmete das befreiende Verschnaufen nach einem intensiven Tränensturm und schaute wieder zur Frontscheibe hinaus. Beobachtete das Polizeiauto, das ihnen vorausfuhr und den Weg vorgab. Das Folgetonhorn, das ab und zu ertönte, wenn sie sich einem Fußgängerstreifen näherten, drang hell aber nur sehr gedämpft zu ihnen herein. Die Welt dort draußen sah aus wie in einem Film. Als würden sie in einer großen Kamera durch sie hindurchgleiten. Die Fahrzeuge blieben automatisch stehen, wenn sie auf eine Kreuzung zufuhren. Fußgängerampeln sprangen auf Rot, ehe sie sie erreichten. Es schien so, als würde sich das ganze Verkehrsnetz auf den Rettungskonvoi ausrichten. Alles wirkte sehr natürlich. Als würden sich nicht die Fahrer, sondern die Fahrzeuge untereinander abstimmen. So wie es geplant war, wenn keiner mehr selbst steuerte, sondern Autos das erledigten.

Plötzlich war das gedämpfte Stottern von Reifen, die quer zur Fahrtrichtung gestellt wurden, zu hören. Und dann war Roland der Grund dafür klar. Ein klobiger, alter Müllwagen wurde von der Gegenfahrbahn über die Straße gelenkt, donnerte wie ein Bulldozer in das Polizeiauto vor ihnen und stieß es von der Straße über den Bordstein, wodurch ein Hinterrad aus der Aufhängung gerissen und weggefetzt wurde. Die Vollbremsung des Rettungswagens schleuderte seine Insassen gegen die Trennwand zum Fahrerhaus.

Roland spürte ein brennendes Stechen im Rücken, als er aufschlug. Er ging in die Knie, rang nach Luft und raffte sich zitternd auf, um nach seinem Großvater zu sehen. Ein hatte reflexartig nach ihm gefasst. Tarek stemmte sich ebenfalls hoch. Er fluchte. Draußen sah Roland, sein Puls begann förmlich zu rasen, wie zwei Männer mit Masken aus dem Müllwagen sprangen und ihre Waffen auf den Rettungsfahrer richteten. Einer davon trug eine braune Lederjacke. Joe!

Der Polizist griff nach seinem Gewehr. Es war eingekeilt zwischen der Trage und dem Sanitäter, der umständlich versuchte auf die Beine zu kommen.

Tarek zerrte hektisch an der Waffe.

»Scheiße, verfluchte«, schrie er und trat danach. Da wurde die Hintertür des Wagens aufgerissen, Joe erschien. Tarek fuhr herum und zog seine Pistole aus dem Holster. Aber bevor er zielen konnte, knallte es drei Mal. Blut spritzte durch die Luft. Roland spürte, wie es warm gegen sein Gesicht klatschte, bevor Tarek getroffen auf den Sanitäter kippte. Joe sprang in den Wagen und zückte ein Messer. Er schnitt Fins Plastikfesseln durch. Roland war nicht imstande etwas zu sagen, während der Sanitäter, der eben noch die Vitalfunktionen seines Opas kontrolliert hatte, halb unter Tareks wuchtigem Körper begraben, alles tat, um sich zu befreien. Er streckte flehentlich die Hand aus.

»Helft mir«, ächzte er. Joe erschoss den Mann, ohne ein Wort zu sagen und zog Rolands Opa hoch. In seinen Ohren dröhnten die Schüsse wie Überschallflugzeuge nach. Ein zweiter Mann mit Maske erschien, schulterte Fin wie einen Sack Kartoffel und verschwand mit ihm aus Rolands Sichtfeld. Dadurch erwachte er aus seiner Starre: »Opa!«, schrie er. »Lasst meinen Opa …«

»Beruhig dich, Bursche. Wir sind hier, um euch zu helfen«, fuhr Joe ihn an, packte ihn unter dem Arm und zog ihn hoch. Dieser Mann hatte gerade zwei Menschen getötet. Roland knickte ein. Seine Beine waren fast taub, völlig kraftlos. Noch einmal zog Joe ihn hoch. Aber Roland sackte erneut zu Boden. Dann hievte er ihn ein drittes Mal in die Höhe und trat ihn aus dem Wagen.

Roland sah noch, wie die Fahrbahn auf ihn zuraste. Dann wurde es schwarz.

Damals

»Es ist Viertel nach acht«, sagte Fin und steckte sein Smartphone weg: »Mehr kommen wohl nicht.«

»Sag bloß …«, gab Lara enttäuscht zurück. Sie sah auf den Platz. Sie hatte schon drei Mal durchgezählt. Es waren nicht mehr als vierzig Menschen, die nicht recht wussten, was sie hier tun sollten. Davon waren die Hälfte Erwachsene, die scheinbar nur ganz zufällig vorbeigekommen waren. Und kein Einziger hatte ein Plakat mitgebracht. Sie waren sich nicht einmal sicher, ob die anwesenden Gleichaltrigen nicht bloß auf einen verspäteten Bus warteten. Lara blickte sich wütend um. Ihre Fäuste waren geballt. »Fuck!«, presste sie zwischen den Zähnen heraus.

»Lasst uns gehen«, sagte Sven, als er zu ihnen trat. »Das bringt doch alles nichts. Wir haben es versucht.«

Lara schüttelte den Kopf.

»Nein«, knurrte sie entschlossen. »Was soll's. Scheiß drauf. Fin, mach deine Handykamera an.« Sie stieg auf die niedrige Bank einer Bushaltestelle.

»Leute!«, rief sie. »He Leute, die ihr unserem Aufruf gefolgt seid!« Ein paar drehten sich nach ihr um.

»Zuerst mal danke, dass ihr gekommen seid. Das alles hier war heute natürlich etwas anders geplant. Wir haben fast 9000 Menschen angeschrieben. Nicht einmal vierzig sind gekommen. Gut, soll so sein! Ich habe mir eine hübsche Rede zurechtgelegt. Habe aufgeschrieben, was ich sagen werde. Einen Vortrag, der darauf hinweisen sollte, wie schlecht es um unsere Zukunft steht. Wie beschissen unsere Chancen sind …«

Einige zogen kopfschüttelnd weiter. Aber die meisten Menschen auf dem Platz waren ein paar Schritte näher gerückt und hörten ihr zu. Sie warteten darauf, was jetzt passieren würde. Lara machte eine Pause. Dann nickte sie.

»Aber das werde ich nicht tun. Das hat keinen Sinn mehr. Es gibt zu wenige, die das wirklich interessiert. Doch davon lasse ich mich nicht unterkriegen. Davon sollten *wir* uns nicht unterkriegen lassen. Aus Prinzip!«

Sie sah sich um, sprang von der Bank und nahm ihren Rucksack. Sie streifte ihn über und rannte direkt auf einen an seiner Haltestelle parkenden Bus zu. Die Eingangstür war offen. Sie trat auf den Handlauf, der alten Leuten beim Einsteigen helfen sollte, hievte sich an der Tür hoch und griff über die obere Kante des Fahrzeugs. Dort hing sie und versuchte, sich hochzuziehen.

Die Leute sahen sich das alles irritiert an. Ein paar Schüler lachten und tippten sich dabei auf die Stirn. Passagiere des Busses spähten fragend aus den großen Fenstern.

»Fin! Hilf mir!«, rief sie, als sie nicht weiterkam. Fin gab Sven das Telefon, damit dieser das Filmen übernehmen konnte. Er setzte ihr hinterher, und ehe er wusste, was er tat, machte er ihr ganz selbstverständlich eine Räuberleiter.

Sie zog sich auf das Dach des Busses. Von oben streckte sie ihm die Hand herunter, damit er nachkommen konnte.

»Und jetzt?«, fragte er. Sein Puls raste. Lara antwortete nicht. Hektisch riss sie ihren Rucksack auf und holte eines der Transparente, die sie vorbereitet hatten, heraus. Dann stand sie auf und zog ihre Schuhe aus.

»Lara?« Sie antwortete noch immer nicht. Stattdessen warf sie die Jacke ab. Dann zerrte sie die Socken von ihren Füßen und schließlich kämpfte sie sich aus ihrer engen Hose. Fin wollte sie davon abhalten, aber sie sprang zur Seite. Die Menschen unten begannen zu tuscheln. Er sah, wie der Chauffeur des Busses seine Zigarette wegwarf und auf sie zugerannt kam. Er fuchtelte wild mit den Armen. »Runter da! Ihr habt dort oben nichts verloren!«

Im nächsten Moment stand Lara nur noch in Unterwäsche auf dem Bus. Sie faltete das Transparent auf, und ehe er noch etwas dagegen tun konnte, hatte sie auch Slip und BH abgestreift. Dann hielt sie das Transparent über ihren Kopf und schrie: »Wir fordern ein Ende der Umweltzerstörung! Schluss damit!« Ihre Brüste hüpften, als sie dabei auf und ab sprang.

»Du bist doch irre!«, schrie Fin.

»Du nicht? Machst du mit oder hast du Schiss?«, provozierte sie Fin, der vor Schreck die Luft angehalten hatte. Sie lachte ihn an und der Knoten in seinem Inneren löste sich. Dann schrie sie lauthals weiter und hüpfte mit hoch erhobenem Banner auf und ab.

»Pfeif drauf«, murmelte er und begann, sich ebenfalls auszuziehen. Er musste grinsen.

»Pfeif drauf!«, schrie er jetzt noch lauter und riss sich die Hose vom Leib. Unten johlten und pfiffen Schüler.

Rentner schimpften empört. Leute, die aus den Bussen ausstiegen, glotzten zu ihnen hinauf. Der Buschauffeur rannte hilflos um sein Fahrzeug herum, während Fin nackt das zweite Plakat aus dem Rucksack nahm und es entrollte.

Heute

»Na, wer wird denn da munter?« Roland schlug die Augen auf. Sie fühlten sich verklebt und schwer an. Sein Schädel schmerzte, er schmeckte Blut.

»Hier«, sagte jemand leise und reichte ihm seine Brille. Als er sie aufsetzte, erkannte er Joe. Seine wachen Augen musterten ihn. »Na, ausgeschlafen?«, zwinkerte der Mann ihm zu. Er hatte seine braune Lederjacke abgelegt und saß in einem schmutzigen Unterhemd neben ihm. Benommen versuchte Roland, sich umzusehen. Aber Joe lenkte seinen Blick auf sich.

»Hier, nimm.« Er reichte ihm zwei Tabletten. Als Roland zögerte, erklärte er: »Gegen die Kopfschmerzen« und griff nach einer Wasserflasche, die neben ihm am Boden stand. Roland lag auf einer gepolsterten Bank und versuchte, sich ein Bild von der Umgebung zu machen, bevor er sich erinnerte, was geschehen war und er erschrocken auffuhr. Ein stechender Schmerz pochte in seiner Stirn. Eine Nadel steckte in seinem Arm und ein Schlauch führte zu einem Beutel, der an einem alten Garderobenständer hing.

»Beruhig dich. Ist nur Kochsalz, damit du uns nicht austrocknest. Ist halt doch nützlich, einen Krankenwagen zu überfallen.«

Joe schmunzelte. Roland schaute ihn verständnislos an.

Wie konnte der Kerl so locker sein? Er hatte zwei Menschen umgebracht. Das freundliche Gesicht von Tarek erschien vor seinem inneren Auge.

»Warum kannst du so etwas?«, flüsterte er.

»Ich habe in meinem freiwilligen Jahr beim Sanitätsnotdienst als Helfer gearbeitet.«

Roland betastete seine Armbeuge. Es zwickte und drückte. Violette Blutergüsse bedeckten sie.

»Ich habe ein paar Mal daneben gestochen, bevor ich die Vene fand ... Wie gesagt, ich war nur Helfer.«

Vorsichtig lehnte Roland sich wieder etwas zurück und nahm die Tabletten.

»Opa«, japste er, nachdem er die halbe Wasserflasche ausgetrunken hatte. Joe stand auf, um die Sicht freizumachen. An einem alten Holztisch saß sein Opa und atmete erleichtert aus, als er seinen Enkel erblickte. Dann widmete Fin seine ganze Aufmerksamkeit wieder einem Fleck an der Wand. Er nippte an einem Getränk, das wie Eistee aussah. Wie eine große Teetasse hielt er das Glas in beiden Händen, als würde er sich daran festhalten müssen.

Er hatte die Kleidung gewechselt, trug jetzt eine andere Hose und ein neues Hemd. Joe musste ihm die Sachen gegeben haben. Aber trotz der frischen Klamotten wirkte er abgekämpft und gebrochen. Er sah aus wie versteinert. Um Jahre gealtert.

Roland musste an Lara denken, wie sie in Fins Armen gelegen hatte, wie sie sich ansahen ... wie sie schließlich starb.

»Könnt ihr ihm die Nadel rausziehen?«, sagte Fin jetzt heißer, ohne von seinem Glas aufzusehen. Joe blickte zu dem Beutel. »Zwei Minuten. Er ist gleich leer.« Und an

Roland gerichtet: »Du solltest es ruhig angehen. Du hast ziemlich was abgekriegt.«

»Ja, wegen dir«, krächzte er. Seine Kehle fühlte sich noch immer rau und trocken an.

»Na, na, nicht so undankbar. Du hast mir schließlich keine Wahl gelassen.« Damit stand Joe auf und ging auf eine Theke zu. Es sah so aus, als würden sie sich in einem Kellergewölbe aus Backsteinen befinden. Ein paar Fenster knapp unter der Decke zeigten die Füße vorbeieilender Menschen und die Reifen parkender Autos dahinter. Draußen war es dunkel geworden und die orangen Straßenlaternen leuchteten in den düsteren Raum, der sonst nur von ein paar Kerzen und zwei breiten Fernsehbildschirmen erleuchtet wurde. Stumm liefen darauf irgendwelche Folk-Rock-Videos. Außerdem flackerte in einer Wandnische ein kleines, blaues Hologramm, das die Silhouette eines tanzenden Wassergeistes zeigte. Überall standen Tische, auf denen großteils umgedrehte Sessel waren, und auf einer Seite des Raums erstreckte sich eine lange Holztheke mit einer Bar dahinter. Es war eine Kneipe, die offensichtlich geschlossen hatte.

Als hätte Joe Rolands Gedanken gelesen, sagte er, während er mit Gläsern hantierte: »Keine Angst. Ihr seid in Sicherheit, der Laden gehört einem von unseren Leuten. Heute haben sie Ruhetag. Aber bis Mitternacht müssen wir hier raus sein.«

Dann stellte er ein Glas Bier auf den Tresen und aus dem Schatten einer Ecke trat ein Mann, den Roland bisher überhaupt nicht gesehen hatte. Er trug graue Hosen und ein zerschlissenes Hemd, das über dem dicken Bauch mächtig spannte. Es war einer der Kerle, die sie gestern

Früh entführt hatten. Aber war das überhaupt gestern gewesen?

»Wie lange war ich weg?«, fragte Roland.

»Na, so neun Stunden würde ich sagen. Auf der Fahrt bist du kurz munter geworden«, meinte Joe und trat mit zwei vollen Biergläsern hinter der Theke hervor. Eines stellte er auf den Tisch, an dem Fin saß. Vom zweiten trank er selbst, bevor er sich seinem Opa gegenüber hinsetzte.

An eine Autofahrt konnte sich Roland nicht erinnern.

»Ich muss dringend pinkeln …«

»Nimm den da, du solltest noch nicht aufstehen«, antwortete Joe freundlich und deutete auf einen Eimer neben der Bank.

Roland drehte sich verlegen zur Seite und urinierte, wobei einiges daneben ging, weil die halb sitzende, halb liegende Stellung ihn behinderte.

Danach konzentrierte er sich wieder auf die Füße der Menschen, die an dem Gebäude vorbeigingen. Sie wurden ständig mehr, und es sah aus, als würden es alle immer eiliger haben. Ein großes Durcheinander entstand. Rufe von draußen waren zu hören. Laute Pfiffe. Was ging da vor sich? Ein ungutes Gefühl stieg in ihm auf.

»Oho. Du musst ein Kind reicher Eltern sein! Du hast wohl noch nie eine Wasserlieferung miterlebt«, sagte Joe, der Rolands wachsende Nervosität spüren musste. Denn er hatte ihn nicht angesehen. Stattdessen saß er vor seinem Großvater, musterte ihn aufmerksam und trank dazu seelenruhig sein Bier.

»Aber du schon. Nicht wahr, Fin? Du schon.«

Fin antwortete nicht, während es draußen immer chaotischer wurde. Die Schreie nahmen zu, wurden mehr und schließlich zu einem anschwellenden Brüllen aus hunderten Kehlen.

»Trinkwasser ist ein rares Gut. Vor allem wenn es umsonst sein soll. Wir sind hier an der Grenze zu Gostenhof. Latif«, sagte er zu dem dickbäuchigen Typen mit dem zerschlissenen Hemd: »Erzähl doch unseren Gästen etwas über Gostenhof. Du kennst dich hier ja aus.«

Der dicke Mann an der Theke lachte kurz auf, schob die Ärmel seines grob karierten Hemds über die Ellbogen und legte die dicht behaarten, kräftigen Unterarme schwer auf den Tresen.

»Jo mei, wennst etwas über Gostanbul wissen willst, musst scho' selber rein. Das Problem is' nur, du wirst nimmer mehr rauskommen«, sagte er fast scherzend und trank sein Bier aus, wonach er sich mit dem einen Unterarm genüsslich den Mund abwischte.

Die Anspannung auf der Straße war bis in den Keller zu spüren. Draußen ertönten Lautsprecherdurchsagen. Der Lärm hatte so stark zugenommen, dass Roland ihn sogar fühlen konnte, als er seinen Fuß auf den Boden stellte. Erst jetzt wurde ihm bewusst, dass er barfuß war.

»Das Viertel steht unter der Kontrolle nordgriechischer und türkischer Clans«, erklärte Joe. Er sah dabei Fin unentwegt an. Ihre Blicke kreuzten sich und sie sahen dem jeweils anderen entschlossen und ohne zu blinzeln in die Augen. Roland verstand nicht, warum.

»Da traut sich nicht einmal die Polizei rein, geschweige denn das Trinkwasserunternehmen. Deswegen halten sie hier, und die ganzen Leute kommen jetzt raus, um sich ihren Anteil zu holen.«

Das konnte doch nicht normal sein. Da war zu viel

Gewalt, zu viel Lärm, zu viel Geschrei. Roland kannte Wasserlieferungen aus seinem Viertel, wenn es einmal einen Engpass gab. Das kam auch bei ihnen hin und wieder vor. Aber dabei ging es immer halbwegs gesittet zu. Manchmal teilte jemand eine Ohrfeige aus oder man stritt über einen nicht genehmigten Kanister. Aber das hier überstieg das übliche Chaos um ein Vielfaches.

Roland atmete tief ein, während der Lärm draußen noch lauter wurde. Ein Knall wie von einem großen Böller ließ die Fensterscheiben vibrieren.

»Aber das hier, das hat nicht nur mit dem Wasser zu tun«, sagte Joe mit einem schiefen Grinsen, das Roland nicht zuordnen konnte. Es wirkte nicht ehrlich. Es sah gekünstelt aus. Fast zynisch. Und noch immer sah er nicht herüber, sondern bloß Fin an, obwohl seine Worte offensichtlich Roland galten. »Die Maßnahmen der Rebellion, die Aktionen von SA:DE zeigen allmählich Wirkung.«

Joe fuhr sich durch das Haar und ließ seinen Kopf wie zur Entspannung kurz kreisen. Roland hörte das Knacken in seinem Nacken.

»Aber lass mich zu etwas Wichtigerem kommen.« Jetzt schaute er Fin nicht bloß an, er meinte auch ihn. »Lara hat euch etwas gegeben, bevor sie gestorben ist. Sie trug einen Datenstick bei sich, der von unschätzbarem Wert für die Rebellion ist. Wir müssen ihn wiederhaben.«

Fin blickte Joe nur stumm an. Er antwortete nicht.

»Was ist los, Fin? Hat es dir die Sprache verschlagen? Ich weiß, dass sie dir etwas zugesteckt hat, bevor sie gestorben ist.«

»Woher weißt du das?«, fragte Roland. Aber er wurde einfach ignoriert.

»Den einen Teil hat sie Dhaki, den anderen dir gegeben, Fin. Wir brauchen ihn dringend, um unsere Sache voranzubringen. Die Zeit drängt.«

Noch immer antwortete sein Großvater nicht. Aber warum? Was war mit ihm los?

»Opa? Hörst du nicht?«, sagte Roland, während er merkte, dass sich seine Zunge aus irgendeinem Grund etwas seltsam anfühlte. Er bemühte sich, klar zu sprechen, aber es hörte sich an, als würde er Lallen: »Wo ist Dhaki?«, fragte er. Aber Joe ging nicht darauf ein. Er sah ihn nicht einmal an.

Plötzlich wurde Roland bewusst, dass seit der Flut in Neapel fast zwei volle Tage vergangen waren und sie noch immer nicht in Italien, geschweige denn in Neapel waren. Er hatte keine Ahnung, wo seine Mutter war oder wie es ihr ging, ob sie verletzt war oder nicht.

»Wir müssen los«, krächzte er und richtete sich auf. Doch ein Schwindel erfasste ihn und in seinem Magen regte sich ein flaues Gefühl.

»Na, jetzt mal langsam. Das geht jetzt nicht mehr einfach so«, sagte Joe und wechselte auf einem der beiden TV-Schirme den Kanal. Nachrichten. Ein Korrespondent in einer Windjacke und mit einem Mikrofon in der Hand erschien. Blaulicht flackerte gegen die hohen Häuserfassaden, während er in die Kamera sprach. Roland verstand nicht. Jetzt wechselte Joe auch auf dem zweiten Gerät den Kanal. Er durchsuchte einige Sender, ehe er bei einem stehen blieb, auf dem zwei große Profilbilder gezeigt wurden. Ungläubig öffnete Roland den Mund.

Die Bilder zeigten ihn und seinen Großvater über dem Schriftzug *Gesucht*. Und daneben standen ihre Namen.

Darunter lief ein Nachrichtenticker: +++ Zwei Terroristen wurden gestern gewaltsam aus Rettungstransport befreit +++ Bilanz: Drei Tote, zwei Schwerverletzte. Darunter Polizei- und Rettungskräfte +++

Roland stieß einen Schrei aus. Es schüttelte ihn. Natürlich. Überall in der Innenstadt waren Drohnen und Kameras. Es war ein Wunder, dass sie überhaupt davongekommen waren. Er rollte sich von seiner Bank und fiel wie ein Stein auf den kalten Fliesenboden. Dabei riss er beinahe den Garderobeständer mit dem Kochsalzbeutel um. Er fühlte sich unglaublich kraftlos, konnte seine Beine kaum bewegen. »Was?«, stöhnte er erschrocken und betastete seine Oberschenkel. Es kribbelte fürchterlich.

Draußen dröhnte das Stimmengewirr der Menge. Die Protestschreie hatten nicht aufgehört. Es knallte und blitzte und einzelne, dumpfe Einschläge waren zu hören. Als würden Pflastersteine auf dem Boden einschlagen. Irgendwo zerbrach Glas. Flaschen vielleicht. Oder Fensterscheiben. Plötzlich war Latif, der dicke Bayer, bei ihm, und hievte ihn zurück auf sein provisorisches Bett.

»Warum bin ich so …«, brabbelte Roland und merkte, wie ihm Speichel aus dem Mundwinkel lief. Sein Großvater rührte sich noch immer nicht.

»Opa«, murmelte er. »Opa, hilf …« Er merkte, wie sich das Zimmer zu drehen begann. Das konnte nicht nur von dem Sturz und dem Autounfall herrühren. Irgendetwas stimmte ganz gewaltig nicht. Er wollte sich aufsetzen, wurde jedoch von den tellergroßen Händen des Bayern niedergehalten. Inzwischen begann es oben mächtig zu poltern. Durch ein Fenster konnte Roland sehen, wie eine Kartusche mit Rauchgas über den Asphalt schlitterte.

»Keine Sorge, Roland. Das sind nur die Medikamente«, sagte Joe, ohne ihn anzusehen. Stattdessen starrte er Fin unverwandt in die Augen. Seine Stimme hatte jetzt etwas Kaltes. Etwas Unmenschliches. Von draußen ertönten Pfiffe. Das Poltern wurde lauter. Und dann zerriss ein einzelner Schuss die Luft. Einen Atemzug lang war es leise, beinahe still, ehe wieder das Schreien und Lärmen und Brüllen und Schlagen begann. Plötzlich drangen dumpfe Geräusche in den Keller, die aus dem Haus stammen mussten. Etwas knackte. Ein Krachen ertönte und hallte die Treppe herunter. Joe sah zu seinem Helfer, der Roland bewachte. »Sieh nach«, befahl er. Latif tat, wie ihm geheißen, stand schnaufend auf und stieg umständlich die Stufen hoch. Joe wendete sich wieder Fin zu.

»Es geht dir bestimmt bald wieder besser«, sagte er zu Roland, starrte dabei aber immer nur seinen Opa an. »Nicht wahr, Fin? Und dann helfen wir euch sogar, nach Italien zu kommen. Das ist kein Problem. Wir haben Verbindungen. Aber zuerst muss ich deinen Großvater bitten, *mir* zu helfen.«

»W… was?«, schmatzte Roland. Seine Haut begann zu kribbeln. Ihm wurde unangenehm warm und kalt zugleich. Er versuchte, sich zu konzentrieren. Warum saß sein Großvater stumm und regungslos da, während er selbst drohte, in Ohnmacht zu fallen?

Fin und Joe starrten einander an, ohne sich zu rühren.

Roland wollte sagen: »Was geht hier vor?« Er wollte sagen: »Das ist unerträglich. Etwas stimmt nicht mit mir. Sagt mir, was hier vorgeht.« Aber es kam bloß ein leise geflüstertes Brabbeln über seine Lippen. Und dann wurden seine Augen groß. Er musste an die Tabletten denken, die ihm Joe gegeben hatte. »Warum?«, stöhnte er. Die Frage blieb unbeantwortet.

»Na gut. Dann anders«, murmelte Joe, nachdem Fin nach wie vor keinerlei Reaktion zeigte. Der Rebell sprang auf, sodass sein Sessel rückwärts zu Boden fiel, und beugte sich über den Tisch. Er stützte die durchgestreckten Arme auf die Tischkanten und sah aus wie ein Raubtier, das seine Beute anvisierte. Kurz war Fin zusammengezuckt, reagierte aber sonst nicht weiter darauf.

»Die Zeit läuft uns davon. Wo hast du den Stick versteckt? Hast du ihn jemandem gegeben? Sprich, Alter, oder ich prügel ihn aus dir raus.«

Roland wollte einschreiten.

»Gib ihm das Ding, Opa. Bitte … Mama … Wir müssen Mama finden«, wollte er sagen, musste aber feststellen, dass kein Wort davon verständlich war. Es war ein heißeres Krächzen von wirren Silben. Mehr nicht.

Joe stampfte hinter den Tresen. Dort riss er einen Kleiderhaufen hoch, warf ihn auf die Theke und durchsuchte die Taschen. In dem Knäuel erkannte Roland den dünnen Trenchcoat seines Opas. Es sah nicht so aus, als würde Joe so etwas zum ersten Mal tun.

Inzwischen spürte Roland, wie jedes Gefühl aus seinen Beinen wich. Was hatten sie ihm verabreicht? Seine Hände bewegten sich träge und wie in Zeitlupe.

Es knarrte laut, als Latif wieder über die Treppen herunterkam. Er hatte Oberschenkel wie Zementsäcke und schwitzte beim Gehen. »Oben geht's ziemlich ab. Die randalieren und plündern. I glaub, da is' sogar einer daschossen worden, deswegen machen die so 'nen Aufstand. Die Bullen haben scho' ziemlich zu tun.«

Und tatsächlich war der Lärm von draußen mittlerweile so laut, dass sie fast schreien mussten, um sich gegenseitig zu hören. Joe sah seinen Freund kurz an, schüttelte den Kopf und wuchtete Fins Kleider in eine Ecke.

»Mir reicht's. Ich verlier die Geduld für das alles hier«, schrie er. »Halt ihn fest, Latif.«

Er kam hinter der Bar hervor und steuerte auf Fin zu. Der öffnete jetzt den Mund und streckte die Zunge heraus. Darauf lag etwas kleines Schwarzes. Ein Teil von Laras Anhänger. Ein Datenstick. Joe wollte ihn aufhalten, aber Fin setzte das Bier an und trank es in gierigen Zügen aus, sodass er damit auch den Stick schluckte.

»Nein!«, wollte Roland rufen. Aber es ging nicht. Dafür schrie Joe entsetzt auf. Er erstarrte für einen Moment, bevor sich sein Gesicht zu einer hasserfüllten Grimasse verzog.

»Oh du verfluchter Drecksack!«, knurrte er und legte den Kopf schief, während sich seine Augen verengten.

Roland schrie innerlich. Er konnte nicht mehr sprechen, geschweige denn, sich bewegen. Alles begann zu verschwimmen. Das Bild wurde in die Länge gezogen. Da krachte es über ihnen erneut. Diesmal noch lauter.

»Halt ihn fest, Latif. Ich schneide das Ding aus ihm heraus.« Joe griff hinter den Tresen und holte ein langes Küchenmesser hervor. Latif fluchte und stapfte auf Fin zu, der aufstand und entsetzt zurückwich. Sie drängten ihn in eine Ecke.

Draußen erneute Schüsse. Diesmal mehrere. Schreie der Angst und des Zorns drangen laut zu ihnen. Rauchgas zog an den Kellerfenstern vorbei. Roland wollte brüllen.

Er wollte aufstehen. Wollte seinem Opa helfen. Er wollte alle diese Schweine verjagen. Er wollte kreischen und spucken und schlagen. Aber er konnte es nicht, er war wie gelähmt.

Fin stolperte rückwärts über einen Sessel. Mit einem Aufschrei fiel er zu Boden. Latif riss ihn hoch und wuchtete ihn auf den Tisch, sodass das leere Bierglas auf dem Boden zerbrach.

»Halt ihn fest«, schrie Joe, worauf Latif mit seinen schweren Händen Fin auf den Tisch presste.

Joe riss Fins Hemd auf, dass die Knöpfe nur so durch den Raum schossen, fuhr über den Bauchnabel und holte mit dem Messer aus.

Damals

Das Australian Pub war fast leer. Außer dem Tisch, an dem Fin, Lara und Sven saßen, waren nur noch zwei weitere besetzt. An der Theke, direkt neben ihnen, lehnte ein Mann mittleren Alters und trank dunkles Bier. Er redete auf den Besitzer der Bar ein, einem geselligen Kerl namens Sid, der aus Melbourne stammte und als einer der wenigen Lokalbesitzer in der Stadt galt, der an Jugendliche hin und wieder auch harte Getränke ausschenkte. Sid schien heute kein Interesse daran zu haben, mit Gästen zu quatschen.

»Ich verstehe es einfach nicht«, sagte Lara laut. Wenn sie wütend war, wurde sie automatisch lauter. Sie war enttäuscht. Sven nippte an seinem Kaffee und wischte auf seinem Smartphone herum.

»Ich auch nicht«, meinte Fin und streichelte ihren Oberarm, um sie zu trösten. Aber das war zwecklos. Sie streifte ihn ab und warf sich nervös einen Kaugummi ein.

»Wie kann es sein, dass nur so wenige gekommen sind? Das sind doch alles Feiglinge!«

Sie schüttelte den Kopf. Sven antwortete, ohne von seinem Telefon aufzuschauen: »Die Veranstaltung, die wir online erstellt haben, hatte zweihundert Follower. Und fast tausend haben auf »Bin interessiert« geklickt. Ich kapier es auch nicht … Ich lade euer Video trotzdem hoch.«

Fin wurde unruhig. Nackt auf einem Bus herumzuspringen und abzuhauen, bevor die Bullen kamen, war das eine. Aber es war etwas ganz anderes, das alles auch noch ins Netz zu stellen. Heute Vormittag hatte er vielleicht die mutigste und zugleich verrückteste Aktion seines Lebens abgezogen.

Sven schien seine Gedanken zu lesen. »Beruhig dich. Es sind sowieso schon drei Videos online von Leuten, die euch gefilmt haben. Ich liefere nur die bessere Perspektive«, grinste er.

Fin sah Lara an und wusste, dass er nicht widersprechen durfte. Er würde alles für dieses Mädchen tun. Vielleicht war sie verrückt. Und vielleicht steckte sie ihn mit ihrer Verrücktheit an. Aber das war ihm egal, solange er nur in ihrer Nähe sein konnte.

Sie hatte nichts von seinen Bedenken mitbekommen. Stattdessen wiederholte sie sich.

»Ich verstehe einfach nicht, warum nur so wenige gekommen sind«, sagte sie genervt.

»Na ja«, warf Sven ein, »so wenig waren es doch zum Schluss gar nicht.«

»Die haben doch alle keine Eier!«, erklärte Fin. Der Mann an der Theke unterbrach seine Plauderei mit dem Barbesitzer und drehte sich mit hochgezogenen Brauen zu ihnen. Sid nutzte die Gelegenheit, verzog sich in einen anderen Teil des Lokals und tat so als würde er Gläser polieren.

»Na, du dafür umso mehr, wie du heute bildlich unter Beweis gestellt hast«, entgegnete Sven schmunzelnd.

»Nein«, erwiderte Lara ohne darauf einzugehen, nachdem sich der Fremde wieder umgedreht hatte: »Nein. Es ist schlimmer. Die interessieren sich einfach nicht dafür!«

Fin rümpfte das Kinn. Er wollte sie besänftigen, wusste aber nicht, wie.

»Es ist ihnen egal«, schimpfte sie weiter: »Es ist ihnen einfach egal, was in fünfzig Jahren sein wird. Es ist ihnen sogar egal, was in zehn Jahren passiert. Ja, verflucht noch mal, es ist ihnen wahrscheinlich sogar egal, was morgen ist. Die sind zu dumm, um zu begreifen, dass sich etwas ändern muss, wenn unser Planet nicht zerstört werden soll.«

Fin sah sich in dem Lokal um, während er versuchte, eine gute Antwort zu finden. An den holzgetäfelten Wänden hingen Bumerangs, Didgeridoos und signierte Sporttrikots in Bilderrahmen. Auf einem Bildschirm wurde ein Rugby-Match übertragen.

»Ich weiß nicht. Vielleicht haben sie auch einfach nur Schiss«, meinte er schließlich.

»Ach, Schiss am Arsch«, fuhr ihn Lara fast an. »Die sind eben zu faul, sich darüber Gedanken zu machen. Die kapieren nicht, dass die ganze Kohle und das Benzin, das wir in die Luft blasen, uns alle umbringen wird. Und zwar früher als später. Und das Schlimmste ist …«

Sie konnte nicht mehr zu Ende sprechen. Denn der Kerl an der Bar hatte sich wieder zu ihnen umgedreht und mischte sich ein.

»Kinder! Habt ihr denn nichts Wichtigeres zu tun, als euch um solchen Mist zu kümmern?«

Sven blickte überrascht auf. Fin schluckte. Er wusste, was jetzt kommen würde. Lara holte tief Luft und damit zum Gegenschlag aus.

»Entschuldigen Sie bitte, aber finden Sie das nicht einigermaßen überheblich? Ich meine, Sie und Ihre ganze Generation haben uns den Mist schließlich eingebrockt!«

Der Fremde winkte ab, trank von seinem Bier und sah sich kurz um, als würde er noch überlegen, ob er mit den Schülern überhaupt reden wollte. Im hinteren Teil des Lokals kam Sid hinter der Theke hervor und nahm zwei Tische weiter eine Bestellung auf.

»Kümmert euch mal lieber um etwas wirklich Wichtiges«, sagte der Biertrinker: »Zum Beispiel darum, dass wir nicht zu Fremden im eigenen Land werden, vor lauter Flüchtlingen. Man muss sich als Deutscher heutzutage schon wirklich fürchten, wenn man vor die Tür geht.«

Lara entfuhr ein zorniges »Hach«. Dann richtete sie sich auf und sagte laut: »Was soll das denn heißen? Die Menschen aus Nordafrika kommen doch nur, weil wir mit unserem Gas und Öl und Kohle die Welt so verpestet haben, dass sie dort unten nichts mehr anbauen können und dass es dort kein Wasser mehr gibt, weil's so heiß ist … Dort kann man nicht mehr leben!«

»So ein Blödsinn«, konterte der Mann und drehte sich

zu Sid, der soeben die leeren Gläser von Fins und Laras Tisch abräumte: »Man müsste es machen wie die Landsleute des guten Sid hier. Die Australier lassen nämlich niemanden rein.« Dabei klopfte er ihm auf die Schulter. Zu spät hatte der Barbesitzer versucht, sich wegzudrehen. Er entzog sich vorsichtig dem Griff des Mannes und ging weiter seiner Arbeit nach.

»Und die, die doch noch durchkommen, werden directamente auf 'ne Insel im Pazifik verfrachtet. Da will niemand hin! Also kommen jetzt auch keine Flüchtlinge mehr nach Australien.«

Laras Augen traten fast aus den Höhlen. Fin wollte sie zurückziehen, aber sie drückte ihn zur Seite, stand auf und schrie: »Der Bürgerkrieg in Syrien konnte nur deswegen ausbrechen, weil sie in den vier Jahren vor dem Ausbruch die schlimmsten Dürrekatastrophen in der Geschichte des Landes hatten und die Bauern alle arbeitslos in die Städte gezogen sind!«

»Pfrrt«, presste der Mann Luft zwischen seinen Lippen hervor und grinste verächtlich. »Jaja. Wird schon sein«, sagte er lachend und schüttelte den Kopf. Er wollte sich wieder zurück zur Theke drehen.

»Faschistenschwein!«, schrie Lara.

»Na, hör mal! Sieh zu, dass du Boden gewinnst, du freches Luder!«

»He!«, schrie Fin und stand auch auf. Im nächsten Moment wurde ihm bewusst, dass er einem erwachsenen Mann gegenüberstand, der auch noch einen halben Kopf größer als er selbst war. Aber es war zu spät, er musste es jetzt durchziehen: »Jetzt entschuldigen Sie sich aber bitte!«

Der Mann rempelte Fin zur Seite, dass er gegen den Nachbartisch stolperte. Dann schnappte er sich Laras Handgelenk. Sven schrie irgendetwas, es zeigte keine Wirkung. Er wollte dem Kerl seinen heißen Kaffee ins Gesicht schütten, dieser stieß ihn aber mit einer einzigen Handbewegung um. Dann wurde Lara mit Gewalt hinter dem Tisch hervorgezogen und in Richtung Tür gezerrt.

»Raus mit dir!«, bellte der Mann.

Sie schrie auf, machte einen Schritt nach vorne und schlug dem Mann gezielt gegen den Hals.

Heute

»Aaaaah«, schrie Fin, rücklings regelrecht auf den Kneipentisch genagelt. Mit diesem Aufschrei stieß er Latif die Fingerspitzen seiner durchgestreckten Hand gegen den Kehlkopf, sodass dieser hochfuhr und zurückwich. Er hustete und röchelte und drohte, sich zu übergeben. Dann trat Fin Joe mit voller Wucht gegen den Kopf.

Fluchend stolperte er zurück, ließ das Messer fallen und vergrub sein Gesicht in den Händen. Er stöhnte. Blut tropfte zwischen seinen Fingern auf den Boden, während der Lärm der Unruhen von draußen lautstark zu ihnen hereindrang. Schwer atmend versuchte Fin sich vom Tisch zu rollen, aber sein Körper reagierte nicht.

Joe richtete sich inzwischen auf, betrachtete das Blut in seinen Händen und starrte Fin mit funkelnden Augen an. Er hatte ihm die Nase gebrochen. »Du wolltest es nicht anders«, zischte er. Er beugte sich zu dem Messer, das er fallen gelassen hatte, hielt aber plötzlich inne. Er griff sich ans Ohr, so wie Rolands Opa wenn er telefonierte, um besser hören zu können.

»Ich soll was?«, schrie er. Der Lärm von draußen war jetzt fast schon ohrenbetäubend.

»Was soll das heißen, so etwas machen wir nicht? Wir haben schon …« Er verstummte. Derweil kam Latif auf die Beine und nahm die Hände von seinem Hals.

»Joe, was soll das?«, fragte er verwirrt. Doch Joe beachtete ihn gar nicht, sondern sah bloß in eine Ecke des Raums. Dort blinkte plötzlich eine kleine, rote LED-Lampe auf. »Joe?«, fragte der Bayer wieder, als er seinem Blick folgte.

Aber er wurde ignoriert. Plötzlich klackte es und grelles Scheinwerferlicht aus unzähligen Quellen flutete die Kneipe.

»Das Verhör abbrechen? Warum?«, sagte Joe, als würde er mit sich selbst sprechen. Dann sah er nach oben, hinauf zur Decke. Dort krachte es. Die Haustür musste aufgebrochen worden sein.

»Ich dachte, ihr habt das unter Kontrolle …? Moment, was soll das heißen, ignoriert?«, sagte er. Latifs Augen wurden noch größer. Eine Sekunde taumelte er rückwärts. Dann fasste er sich, wurde ganz blass, ehe er begriff, was vor sich ging.

»Du Bastard! Du Ratte!«, brüllte er Joe fassungslos an. »Du bist vom Nachrichtendienst!«

Joe zog eine Pistole, die er hinter dem Gürtel getragen hatte, schoss in einer fließenden Bewegung über Fin hinweg Latif in die Brust und verstaute die Waffe wieder, noch bevor der Mann rücklings gegen den Tresen knallte und schwerfällig zusammenbrach. Joe beachtete es gar nicht, sondern drehte sich um, als hätte er eben eine alte

Zeitung in den Papierkorb geworfen und griff nach seiner Lederjacke, die über einem Sessel hinter ihm gelegen hatte.

Über ihnen rumorte es jetzt fürchterlich. Schritte waren zu hören. Sohlen, die auf dem Steinboden quietschten. Hallende Schreie. Zertrümmerte Möbel. Berstendes Holz.

»Jawohl«, sagte Joe und streifte seine Jacke über. Er zog den Reißverschluss zu und zückte die Pistole noch einmal, diesmal, um auf Fin zu zielen.

»Wir müssen hier weg. Aufstehen«, befahl er. Fin sah zu Roland, der unfähig war, sich zu bewegen. Er schrie innerlich. Aber nichts wollte ihm gehorchen. Die Panik raubte ihm fast den Verstand.

»Vergiss es. Dein Enkel bleibt hier. Los jetzt.«

»Nein!«, schrie Fin und wollte sich aufrappeln. Joe zielte und schoss als Warnung in die Tischplatte, ehe er wieder Fins Stirn ins Visier nahm.

Damals

Röchelnd ließ der Kerl Lara los und stolperte zwei Schritte zurück. Er umfasste mit beiden Händen seinen Hals dort, wo sie ihn getroffen hatte, und sah sie erschrocken an. Fin und Sven drängten sich an ihm vorbei, während Sid hinter der Theke hervorstürmte.

»Für Argumente zu blöd und fürs Kämpfen zu schwach. Ein schöner Deutscher bist du! Arschloch!«, schrie Lara noch, während Fin sie durch die Eingangstür drückte. Gemeinsam mit Sven rannten sie über die Straße und den Häuserblock entlang. Nach ein paar Metern rief Fin Lara zu: »Woher kannst du das?«

»Krav-Maga-Selbstverteidigung. Das einzig Sinnvolle, zu dem mich meine Eltern je gezwungen haben, Baby.« Als sie um die Ecke rannten, heulte sie übermütig laut auf, sodass sich einige Passanten verwundert zu ihnen umdrehten.

Heute

An einem der Kellerfenster zogen graue Rauchwolken vorbei. Das Geschrei wurde immer entsetzlicher und die Beine der Menschen, die an den Fenstern vorbeistolperten, wirkten desorientiert und hastig. Dort draußen musste eine Schlacht toben, während Joe Fin zwang, aufzustehen und zur Treppe zu gehen.

Roland erkannte große Tränensäcke unter den Augen seines Opas, die gestern noch nicht da gewesen waren. Seine Bewegungen waren fahrig und unsicher und er musste durch den halb geöffneten Mund atmen, weil seine Nase verstopft war. Tränen netzten seine alten Wangen und seine zerzausten Haare zitterten.

Panisch stellte Roland fest, dass er immer schlechter sehen konnte. Alles verzerrte sich und wurde trübe, als hätte jemand einen Weichzeichner aktiviert. Er wollte sich aufbäumen. Wollte sie aufhalten. Aber sein Kopf bewegte sich nur ein paar Zentimeter. Zu mehr reichte es nicht. Es fühlte sich an, als läge eine schwere Bleidecke auf ihm. Die Panik hatte sich tief in sein Herz gegraben und ließ ihn nicht mehr los. Er wollte nicht hierbleiben. Wollte nicht allein bleiben. Er wusste, dass er seinen Großvater nicht mehr wiedersehen würde, wenn er jetzt wegging. Aber er war machtlos. In seinem Inneren tobten Zorn und wilde Verzweiflung.

Am Treppenabsatz drehte sich Fin noch einmal zu ihm um. Er fasste das untere Ende des Handlaufs und hielt inne. In seinem Blick lag tiefes Bedauern. Dann wurde Fins Gesicht zu einem hellen Fleck.

Alles, was weiter weg war als drei Meter, löste sich auf. Das Licht der Scheinwerfer wurde heller, füllte bald den ganzen Raum aus. Die grellen Fernsehschirme flackerten und blendeten ihn. Um ihn herum wurden die Möbel zu schemenhaften Konturen. Roland glaubte blind zu werden. Aber warum wurde dann alles heller? Sein Gehör funktionierte auch nicht mehr richtig. Alle Geräusche wirkten dumpf und gingen in einem lauten Rauschen unter.

Opa!, schrie er so laut er konnte. Aber kein Ton war zu hören. Nichts regte sich. Eine drückende Schwere hatte sich auch auf seine Augenlider gelegt. Sie verlangten, dass er dem Gewicht nachgab.

»Weiter jetzt«, befahl Joe und drückte Fin die Pistole in den Rücken. Er reagierte nicht darauf. Bewegte sich nicht.

»Hörst du schlecht?«, fuhr ihn Joe an und schlug ihm mit dem Knauf seiner Waffe auf den Hinterkopf.

Nein!, brüllte Roland stimmlos. Sein Zustand machte ihn fast wahnsinnig. Er blinzelte Tränen weg, versuchte sich zu bewegen. Fin griff sich an den Hinterkopf – so viel konnte er noch erkennen – und weigerte sich weiterzugehen. Schließlich schob Joe ihn mit Gewalt die Treppen hoch. Fin stemmte sich dagegen, aber war für jede weitere Gegenwehr viel zu schwach. Sie nahmen die erste Stufe. Die zweite.

Roland konnte sie in dem gleißenden Licht längst nicht

mehr richtig erkennen. Aber sie mussten da sein. Seine Augen waren mittlerweile so schwer, dass er sie nicht mehr länger als zwei, drei Sekunden offenhalten konnte. Alles wurde immer heller. Und schließlich verschwanden sein Großvater und Joe aus seinem Blickfeld. Irgendwie spürte er noch das taube Kribbeln unter seinen Augen, als Tränen über die Wangen kullerten, bevor er sie schloss. Jetzt sterbe ich, dachte er verzweifelt.

Er hoffte einen kurzen Moment, dass es für ihn leichter sein würde, wenn er das akzeptierte. Aber das war es nicht. Da war nur Kummer und Trauer und Angst vor der Dunkelheit. Er dachte an seine Mutter, konnte sich aber an ihr Gesicht nicht mehr erinnern. Sein Verstand schien abzuschalten. Er wollte in den letzten Sekunden seines Lebens an etwas Schönes denken. Er wollte liebgewonnene Bilder von sich, seinem Opa und seiner Mutter wieder lebendig werden lassen. Wollte sehen, wie sie seinen Geburtstag feierten und Torte aßen. Wie er als kleines Kind auf der Schaukel saß und dabei von seinem Opa angeschubst wurde. Aber da war nichts. Kein Bild. Keine Vorstellung. Und mittlerweile war da nicht einmal mehr Panik. Nur noch Bedauern und Müdigkeit. Dunkelheit. Das Ende.

Plötzlich war ein fernes Geräusch zu vernehmen, das sich vom Rauschen in seinen Ohren deutlich abhob. Irgendwie öffnete er die zentnerschweren Augenlider doch noch einmal. Nur einen kurzen Moment. Sich nur für den Bruchteil einer Sekunde aus der tiefen Dunkelheit befreien. Dagegen ankämpfen. Zurück in das helle Licht. Denn alles war besser als diese Dunkelheit. Er konnte keine Möbel oder Einrichtung wahrnehmen. Es waren nur sehr schwache Konturen, die von der brennenden Helle verschluckt wurden. Die Kerzen wirkten wie Fackeln, die Fernsehbildschirme wie gewaltige Neonröhren, die in den Augen brannten wie Feuer und die Scheinwerfer tauchten alles in ein gleißendes Licht.

Ein kleiner, verschwommener Schatten polterte die Treppe herunter. Noch ein zweiter stürmte in den Keller. Dunkelheit. Plötzlich tauchte etwas vor ihm auf. Ein brauner Fleck, der sich auf und ab bewegte. Ein grelles Aufblitzen. Dunkelheit. Er merkte, wie sich etwas veränderte. Er konnte sehen, dass die Scheinwerfer ausgemacht wurden und der Raum wieder Konturen annahm. Er spürte, wie sich seine Position änderte. Dann war da nur noch Dunkelheit. Diesmal endgültig.

Damals

Nachdem Sven aus dem Taxi ausgestiegen war – sie hatten sich eins geteilt – sahen sich Fin und Lara lange an. Dann lächelten sie und küssten sich. Der Taxifahrer musste sie rausschmeißen, als er vor Laras Haus angekommen war. Schon am Weg zur Haustür konnten sie die Finger nicht voneinander lassen, und nachdem sie drinnen waren, gab es kein Halten mehr.

Am Abend klingelte es an der Tür. Lara vergrub sich zwischen den Kissen und brummte müde. Sie mussten beide eingeschlafen sein, nachdem sie sich geliebt hatten. Fin küsste sie auf die Schulter, die einzige Stelle, die von ihr zwischen den Laken und Kissen noch zu sehen war, und schälte sich aus dem Bett. Er zog das Kondom ab und kontrollierte kurz, wie er es immer tat, ob es nicht geplatzt war. Er schlüpfte in seine Hose und zog sich auf dem Weg zur Treppe ein T-Shirt über. Das Klingeln wollte nicht aufhören.

»Mann!«, bellte Sven, der durch die Tür drängte, sofort nachdem Fin den Schlüssel herumgedreht hatte. »Könnt ihr nicht ans Telefon gehen?« Er war aufgekratzt und schüttelte den Kopf.

»Was ist los?«

»Was los ist? Sag mal lebt ihr hinterm Mond?«, fragte Sven, fuhr sich durch seinen hellen Schopf und hastete ins Esszimmer. Er klappte Laras Laptop auf und stieg ins Netz ein.

»Woher kennst du ihr Passwort?«, fragte Fin verdutzt.

»Ich weiß alles«, gab Sven zurück und öffnete ein Video-Portal. Der Clip zeigte die Protestaktion der zwei Nackten auf dem Dach des Busses.

»Ja, und?« Fin zuckte mit den Achseln. Er wusste, dass ihm das Video vor Lara nicht peinlich sein durfte. Es diente ihrer Sache. Aber es *war* ihm peinlich. Unendlich peinlich. Was war er doch für ein Trottel gewesen. Alle Welt wusste jetzt, wie er aussah. Jeder konnte seinen Penis sehen. Er würde nie wieder in die Schule gehen. Er würde nie wieder in *irgendeine* Schule gehen. Am liebsten hätte er Sven gebeten, das Video zu löschen. Aber das war zwecklos. Es gab noch andere, die ihre Aufnahmen online gestellt hatten. Jetzt musste er dazu stehen, ihm blieb gar keine Wahl.

»Ja und?«, staunte Sven: »Schau auf die Klicks!«

Da stand: 149.320.

»Was zum …?« Fin wusste, was diese Zahl zu bedeuten hatte.

»Was ist los?«, fragte Lara. Sie hatte sich angezogen und war die Treppe heruntergekommen. Dabei unterdrückte sie ein Gähnen und rieb sich schlaftrunken die Augen.

»Wir sind viral gegangen! Das ist los!«, verkündete Sven aufgeregt.

»Mach keinen Scheiß!«, rief sie, plötzlich hellwach. Sie stürmte auf die beiden zu und glotzte in den Bildschirm.

»Nein …«, flüsterte sie ungläubig. »Das gibt's ja nicht.« Sie sah Fin und Sven an. Dann sprang sie jauchzend auf.

»Und schau dir erst die Kommentare an. Es gibt sogar schon 'nen Artikel auf Vice und Verlinkungen zu bekannten Youtubern.«

Lara lachte und drehte sich im Kreis. Dann fiel sie Sven in die Arme, dass er fast vom Sessel gerissen wurde. Sie umarmte und küsste ihn stürmisch links und rechts auf die Wange.

»Danke!«, säuselte sie in sein Ohr. »Wir werden berühmt!«, kicherte sie und umarmte jetzt auch Fin.

»Eher berüchtigt. Die Zahl der Hater ist auch nicht gerade klein«, warf Sven ein.

»Zeig her«, beugte sie sich wieder zum Computer. Sie überflog die Kommentare. Fin holte sein Smartphone, sie hatten die Telefone im Wohnzimmer gelassen, bevor sie oben miteinander geschlafen hatten. Auf allen Kanälen wurden unzählige neue Nachrichten gemeldet.

»Allein auf … Allein auf … ich habe über 150 neue Nachrichten! 39 Anrufe in Abwesenheit«, staunte er und wischte über den Bildschirm. Er öffnete eines seiner Social-Media-Profile. Von derben Glückwünschen bis zu wüsten Beschimpfungen war alles dabei.

»Das stößt einigen doch ziemlich auf«, sagte er.

»Das ist egal«, entgegnete Lara und drängte Sven aus dem Sessel, um sich hinter den Laptop zu klemmen. »Die beste Werbung ist schlechte Werbung.«

»Werbung wofür?«, fragte Fin.

»Für unsere Sache. Was meinst du, wie viele Leute unserem Profil bis Ende nächster Woche folgen werden? Ich fasse es nicht. 150.000 Views in … in wie viel? Wann haben wir es hochgeladen? In … 150.000 Views in etwas über zehn Stunden? Ich dreh durch!« Lara knallte ihre Handflächen auf den Tisch und lehnte sich zurück. »Ich fasse es nicht!«

Fins Telefon läutete. Seine Mutter. Er hob ab. Ihre Stimme dröhnte laut plärrend und in gehetztem Serbisch in seinem Ohr. Er glaubte, gleich taub zu werden.

»Mama!«, schrie er zurück. Immer wieder: »Mama, komm runter!«

Mit Mühe schaffte er es, sie etwas zu beruhigen. Schließlich legte sie auf. Lara und Sven sahen ihn an. Er war kreidebleich.

»Deine Eltern verklagen meine Eltern«, sagte er zu Lara. Ihm wurde schlecht.

Heute

Das Erste, an das Roland sich später erinnern konnte, war ein Malteser mit schmutzigem Fell, der ihn mit großen Augen ansah, aufgeregt hechelte, kurz schmatzte und dann wieder die Zunge heraushängen ließ. Als Nächstes fiel ihm auf, dass er wieder Schuhe trug. Es waren aber nicht seine eigenen. Sie drückten an den Zehen. Also spürte er wieder etwas! Hatte wieder Gefühl in den Beinen. Sein Kinn, seine

Wangen, ja sein ganzer Unterkiefer kitzelte. Roland wusste, dass er schon länger bei Bewusstsein war. Aber irgendwie konnte er sich nicht mehr daran erinnern. Ihm war schwindelig und es fühlte sich an, als wäre er sturzbetrunken. Zumindest bildete er sich das ein. Moment. Er sah diesen Hund ganz scharf. Er trug seine Brille. Träge drehte er sich herum. Er konnte sich bewegen!

»Opa«, wollte er sagen. Aber aus seinem Hals drang nur ein trockenes Krächzen. Ein plötzlicher Husten schüttelte ihn durch. Er krümmte sich, dann setzte er sich auf. Jemand reichte ihm eine Wasserflasche. Er trank hastig und zu schnell, sodass er sich dabei verschluckte. Dann erkannte er das Gesicht seines Großvaters. Aus gütigen Augen blickte ihn dieser erleichtert an. Er hatte eine altmodische Schiebermütze aufgesetzt. Roland umarmte ihn so fest er nur konnte. Er schluchzte.

»Ist gut, mein Junge.«

»Opa, was … wie?« Er sah sich um. Sie saßen auf der Rückbank eines kleinen Autos. Auf dem Platz hinter dem Lenkrad erkannte er den ausrasierten schwarzen Nacken: Dhaki.

»Wie?«, fragte er tränenerstickt. Ihm war schlecht und er hatte den Schock noch nicht überwunden.

»Sie war das«, antwortete sein Großvater und deutete auf Dhaki. Sie musste sie aus dem Keller befreit haben. Irgendwie. Roland schüttelte den Kopf. Er verstand nicht, warum. Aber er wusste, dass er in seinem Leben noch nie jemandem dankbarer gewesen war.

Dhaki schien das zu spüren. Sie nickte bloß leicht und sagte trocken: »Gern geschehen.« Dabei drehte sie sich nicht einmal zu ihnen um.

»Ich dachte, ich würde sterben«, stöhnte er.

»Das waren nur die Schmerz- und Schlafmittel. Es geht dir gut, abgesehen von einer kleinen Gehirnerschütterung«, beruhigte ihn Fin.

Erst jetzt bemerkte er, dass auch er eine Schildkappe trug. Er wollte sie abnehmen.

»Nicht!«, herrschte Dhaki ihn an. Er begegnete ihrem funkelnden Blick im Rückspiegel. Auch sie trug eine Baseballkappe. Dazu eine dunkle Sonnenbrille, über deren Rand hinweg sie ihn streng musterte, ehe ihr Blick sich wieder auf die Straße richtete. Als er sich abtastete, verstand er auch, woher das Kitzeln in seinem Gesicht stammte. Ein luftiger, schwarz-weißer Palästinenserschal war um seinen Hals geschlungen und reichte ihm fast bis unter die Nase, wenn er den Kopf senkte. Die Dinger waren unter manchen Jugendlichen wieder sehr beliebt, nachdem die neue Seeblockade im Nahen Osten errichtet worden war.

»Gesichtserkennung«, erklärte Dhaki knapp. Sofort zog Roland die Kappe tiefer in sein Gesicht und blickte sich um, obwohl er wusste, dass die allgegenwärtigen Kameras, deren Zahl allein in Deutschland in die Millionen ging, mit freiem Auge nicht auszumachen waren. Er musste an Joe denken. Er fragte sich, was mit ihm geschehen war. Hatte Dhaki ihn umgebracht, nachdem sie herausgefunden hatte, dass er ein Agent des Geheimdienstes war? Vorstellen konnte er es sich.

»Hast du ein Tablet oder einen VR-Zugang für mich?«, fragte er sie.

»Nein. Ist zu gefährlich.«

»Aber ich muss nachsehen, ob es Neuigkeiten über Neapel und meine Mutter gibt.«

»Genau deswegen ist es zu gefährlich.«

»Sag mal, geht's noch?«, fragte Roland. Aber Dhaki ignorierte ihn. Er wurde wütend und wollte gegen ihren Sitz treten.

»Was meinst du, wer jetzt die Suchbegriffe Neapel und den Namen deiner Mutter genau beobachtet. Wenn du einsteigst, orten sie uns innerhalb von Sekunden. Und fünf Minuten später sind sie da«, erklärte Dhaki, ohne sich zu rühren. Roland gab auf. Der Gedanke an seine Mutter bildete einen Knoten in seinem Hals. Er musste sich ablenken.

»Und Joe?«, fragte Roland und betrachtete den kleinen, weißblonden Hund, der zwischen seinen Beinen gesessen hatte und sich jetzt mit den Vorderpfoten erwartungsvoll auf seine Knie stützte. Er wollte gekrault werden.

»Liegt hoffentlich noch in dem Keller«, sagte Fin und lehnte sich zurück. Er schloss müde die Augen und rutschte im Sitz einen Zollbreit nach unten, nachdem er sich vergewissert hatte, dass es seinem Enkel gut ging. Vorsichtig blickte sich Roland um, während er den Hund, der seine feuchte Nase gegen seinen Handrücken drückte, hinter dem Ohr kraulte. Sie fuhren auf einer Schnellstraße. Bisher hatte er nur wilde Zeltplätze und die eine oder andere Raststation gesehen. Dann hatten sie irgendwann eine dreifache Zaunsperre passiert und jetzt reihten sich links und rechts von der Straße riesige Felder aus Photovoltaikpaneelen aneinander. Dahinter warf sich im Norden ein Gebirge auf, das Roland nicht kannte.

Es war der Bayerische Wald, dessen Hänge breitflächig von den Skeletten abgestorbener Bäume gesäumt waren. Nur ab und zu waren dunkle Nadelbäume vereinzelt oder in kleinen Gruppen zu sehen. Im Süden verschwanden die

Photovoltaikanlagen in grauem, tiefhängendem Rauch, der wie schmutziger Nebel aussah. Irgendwo musste schon wieder ein Wald abbrennen. Das war typisch für diese Jahreszeit.

Der Hund bellte auffordernd, nachdem Roland kurz aufgehört hatte, ihn zu kraulen.

»Er heißt Mücke«, sagte Dhaki leise.

Roland nickte und nutzte ihre Erklärung für einen Gesprächseinstieg. »Wo sind wir eigentlich?«, fragte er.

Dhaki tat so, als hätte sie ihn nicht gehört. Aber das war nicht möglich. Das Elektroauto verursachte keine Geräusche, im Wageninneren hörte man nur den Fahrtwind, der leise gegen die Karosserie drückte.

»In der Nähe der ehemaligen Österreichisch-Tschechischen Grenze«, gab Fin anstelle von Dhaki müde zurück. Er hatte sich nicht bewegt und hielt die Augen geschlossen. Seine Worte wurden begleitet von einem erschöpften Ausatmen.

»Wir sind in Tschechien?«

»Nein, Dummkopf«, entgegnete Dhaki: »Wir sind in Deutschland. Im Osten liegt Tschechien. Knapp darunter Österreich.«

»Und wie sollen wir über die Grenze kommen, als gesuchte … Terroristen?« Roland wurde wieder schlecht, als er es aussprach.

»Diese Grenze ist weniger das Problem. Schwierig wird's an der Grenze zu Italien. Oder zu dem, was davon übrig geblieben ist«, murmelte sein Opa.

»Na gut, wie kommen wir dann über *die* Grenze?«

»Na, wie wohl? Wir fliegen natürlich!«, sagte Dhaki.

»Wir fliegen? Einfach so über die Grenze?«, fragte

er und merkte zu spät, dass Dhaki sich über ihn lustig gemacht hatte.

Er wollte sie dafür anschreien, dass sie aus fast allem so ein Geheimnis machte und nie auch nur ein einziges Wort zu viel sagte. Mittlerweile war er zu der Überzeugung gelangt, dass sie das absichtlich tat.

»Kannst du nicht einmal richtig antworten?«, fragte er sauer.

»Dazu musst du die richtigen Fragen stellen, Einstein.«

»Poah eh, warum hilfst du uns eigentlich, wenn du uns nicht leiden kannst?«

»Deinen Opa kann ich ganz gut leiden. Nur mit dir habe ich ein kleines Problem.« Einen Moment lang nahm Roland verdutzt das Kinn zurück. Dann sah er im Rückspiegel, wie sie boshaft grinste. Es war ein Scherz gewesen. Er zwickte sie ins Ohr.

»Hee, Finger weg«, schrie sie und lachte. Mücke bellte übermütig und schnappte nach Roland. Er streichelte über seinen Rücken und kraulte ihm mit der anderen Hand den Kopf.

»Nein, aber jetzt mal echt. Warum hilfst du uns? Riskierst du damit nicht, auch geschnappt zu werden?«

Sie antwortete nicht, während sie den Wagen zu einer Tankstelle lenkte.

Zwei Dutzend Ladestationen ragten unter einem Schatten spendenden, hohen Dach aus dem Asphalt. Auf allem lag ein gelber Staubfilm. Nur ein paar der Ladesäulen wurden benutzt.

Auf dem großen Parkplatz zwischen Tankstelle und Raststätte standen vereinzelt Autos und Kleinbusse, zwischen denen Müllreste im Staub lagen. Über den

Mülleimern türmte sich Abfall, der auf allen Seiten ringsum den Boden bedeckte.

Dhaki fuhr auf eine der Ladestationen auf und aktivierte den Ladevorgang.

»Ihr bleibt hier. Ich hole etwas zu trinken«, erklärte sie, plötzlich wieder ganz ernst geworden, und stieg aus, um in den Tankstellenshop zu gehen.

»Was hat die für ein Problem?«, murmelte Roland und beobachtete zwei, drei hellgraue Drohnen in der Größe von kleinen Tablets, die scheinbar ziellos über den Parkplatz schwirrten, manchmal kurz neben einem Auto anhielten, und dann weiterflogen. Sie wirkten in ihrer grau-blauen Farbe fast unsichtbar, wenn sie sich nicht gerade bewegten.

»Das Problem sind wir«, antwortete sein Großvater, von dem er angenommen hatte, er würde schlafen. Auch jetzt bewegte er sich nicht. »Sie braucht unseren Teil des Datensticks. Lara wollte das Risiko aufteilen. Dhaki ist misstrauisch und will sichergehen, dass wir ihn zum richtigen Zeitpunkt einstöpseln. Wenn nicht, tut sie es selbst. Deswegen ist sie uns gefolgt … Zum Glück.«

Roland seufzte und sah sich um. Die Luft auf dem Parkplatz flirrte vor Hitze. Etwas abseits stand ein weißer Lieferwagen. Und davor: Polizisten. Ausgerüstet mit ihren Sturmgewehren, den schweren Westen und Helmen, kommandierten sie ein paar dürre Gestalten durch die Gegend. An der Seite des Wagens, mit dem Gesicht zur weißen Schiebetür, knieten ein paar der Verhafteten im prallen Sonnenlicht. Ihre Hände mussten sie hinter dem Kopf verschränkt halten.

Sie wurden von zwei Beamten bewacht, die ihre Sturmgewehre griffbereit hielten. Aus dem Laderaum wurden von zwei weiteren Polizisten noch mehr Menschen herangewinkt, die sich zu ihren Mitreisenden knien mussten. Ihre Gesichter waren ganz unterschiedlich. Einige sahen südländisch aus. Hatten einen etwas dunkleren Hautton. Griechen, Spanier, Italiener. Wer wusste das schon genau. Manche waren wütend. Oder hatten große Angst. Andere wirkten apathisch. Müde. Abgekämpft.

Einer der Polizisten stand etwas abseits und musterte mit dem Rücken zum Geschehen den restlichen Parkplatz. Er bedeutete vereinzelt vorbeikommenden Leuten, weiterzugehen oder zu fahren. Und dann sah er zur Tankstelle, sah in Rolands Richtung. Sofort zog dieser seine Kappe tiefer ins Gesicht und rutschte in seinem Sitz etwas hinunter. Mücke hechelte und stupste ihn auffordernd an. Roland schluckte. Noch immer sah der Polizist in seine Richtung. Er war mindestens zehn Meter entfernt und die Sonne musste ihn blenden. Außerdem würden doch sicherlich nicht alle Polizisten des Landes schon über Fin und ihn informiert sein. So wichtig waren sie nun auch wieder nicht. Hoffentlich. Aber der Mann sah noch immer zu ihm herüber. Als würde er ihn aus seinem Vollvisierhelm direkt anstarren.

Er spürte, wie sich sein Puls beschleunigte. Wo war Dhaki? Durch die Scheibe sah er sie am Kühlregal stehen. Sie holte eine Wasserflasche heraus und presste sie gegen ihren heißen Nacken. Im Auto war es dank der Klimaanlage angenehm kühl. Draußen aber musste es weit über dreißig Grad haben.

Bloß nicht bewegen, sagte sich Roland. Nicht verdächtig machen. Nicht schon wieder. Er sah nach unten und tat für ein, zwei Minuten so, als würde er auf einem

Tablett herumwischen. Aus dem Augenwinkel versuchte er zu erkennen, ob der Polizist ihn noch immer beobachtete. Und verdammt: Ja! Er tat es. Roland spürte, wie sein Puls zu rasen begann. Innerhalb von Sekunden nahm er derart heftig zu, dass er ihn in seinem Hals spürte.

Da ließ ihn ein Klacken hochfahren: Dhaki hatte die Tür geöffnet und war eingestiegen. Hastig sah er zurück zum Polizisten. Er hatte sich weggedreht, blickte jetzt in eine andere Richtung. Mit einem »Uff«, atmete Roland erleichtert aus und spürte, wie seine angespannten Muskeln locker wurden. Dhaki hob eine Augenbraue, bevor sie sich setzte, und schüttelte den Kopf.

Sie reichte ihm eine Wasserflasche. Keiner von ihnen merkte, wie eine der Drohnen zu ihnen herüberschwirrte. Während Dhaki ihren Hund auf den Beifahrersitz zog und kurz streichelte, während Fin erschöpft döste und Roland das Wasser trank, kam sie auf Höhe der rechten Hinterscheibe zum Stehen. Ein zerkratzter Aufdruck belegte ihre Herkunft: Eigentum des Innenministeriums. Roland schloss die Augen und lehnte sich zurück, während Dhaki den Wagen startete und sich das Objektiv der kleinen Drohne drehte. Die Linse korrigierte sich. Dann leuchtete ein kaum sichtbares, rotes LED-Licht daneben auf. Noch einmal wurde die Linse korrigiert, und ein zweites Mal blinkte die LED. Als der Wagen losfuhr, machte die Drohne kehrt und surrte unauffällig zurück zum Parkplatz.

Damals

»Es hat keinen Sinn«, sagte Lara, während sie sich auf das Sofa warf und ihr Smartphone auf den Wohnzimmertisch gleiten ließ. Sie knirschte mit den Zähnen. Tränen standen in ihren Augen.

»Die lassen nicht mit sich reden …« Ihre Stimme zitterte ein wenig. Fin sah nur kurz auf. Er saß in der Nische neben dem Kamin auf dem Boden und hatte seine Arme um die Knie geschlungen.

»Warum machen deine Eltern das?«, fragte Sven. Er hatte sich ein Bier geholt und lehnte am Esstisch.

»Weil sie es sich nicht leisten können, dass ihre Tochter so etwas freiwillig macht. Sie behaupten, Fin hätte mich dazu gezwungen.«

Fin wollte schreien. Er hasste Lara in diesem Moment. Er hasste sie und Sven und die ganze verfluchte Welt. Er wollte etwas zerstören. Sein Magen schmerzte, es war furchtbar. Es fühlte sich an, als würde er lebendig verbrennen, obwohl er zitterte.

»Ach, kommt schon. So wild wird es doch nicht sein«, versuchte ihn Sven zu beruhigen und nippte an seinem Bier.

»Da kennst du meine Eltern schle…«, wollte Lara sagen. Aber in diesem Moment sah Fin mit zuckenden Augen auf. Dann sagte er ganz leise, fast drohend: »Verschwinde jetzt, Sven.«

»Was?«, fragte dieser und drehte sich lächelnd zu ihm.

»Verschwinde oder ich bring dich um!«, brüllte er plötzlich so laut, dass Lara und Sven zusammenfuhren. Fin atmete heftig und bebte vor Zorn am ganzen Leib.

»Komm, ich bring dich raus«, sagte Lara und schob Sven durch die Tür. Als sie zurückkam, war Fin aufgestanden. Seine Beine fühlten sich taub an.

»Warum hast du ihn vorhin zuerst umarmt?«, schrie er. Lara schaute ihn verwundert an.

»Ist das dein Ernst, Fin? Darüber machst du dir jetzt Gedanken?« Sie trat auf ihn zu. Sie wollte ihn umarmen, aber er schlug ihre Hand grob beiseite und trat zwei Schritte zurück. Seine Augen funkelten.

»Das hat nichts zu bedeuten!«, beteuerte sie. »Wirklich!«

»Ach ja? Wirklich? Das ist Bullshit, Lara. Was willst du eigentlich von mir?«

»Was ich von dir? … Ich … Fin, du weißt, was du mir bedeutest!«, antwortete sie und merkte nicht, wie ihre Stimme sich dabei überschlug.

»Bullshit! Einen Scheiß!« Er ging um den Tisch herum. »Du bist so sehr mit dir selbst beschäftigt, dass dich sowieso nichts anderes interessiert … außer vielleicht noch die beschissene Umwelt. Du erbärmliche Egoistin!«

Lara taumelte gegen das Sofa. Sie griff sich an die Brust und rang nach Worten. Aber Fin dachte nicht daran, aufzuhören: »Meine Eltern sind arme Leute. Das bedeutet ihren Ruin. Die verstoßen mich dafür! Und daran bist du schuld. Du allein! Nur wegen dir habe ich das alles gemacht. Wegen dir! Und du umarmst *ihn*!«

Der Jähzorn und die Verzweiflung ließen ihn fast überschnappen.

»Nein!«, beharrte sie und schlug die Hände verzweifelt vors Gesicht. »Ich liebe dich doch, du Arschloch!«

»Von wegen. Du liebst mich *überhaupt* nicht! Du bist

doch nur mit mir zusammen, weil du Schuldgefühle hattest. Dein Freund hat mich für immer entstellt und deswegen hast du dich schlecht gefühlt.« Sein Kopf war kurz davor, zu platzen. Er konnte nicht mehr klar denken, geschweige denn reden. Aus ihm sprach jetzt die aufgestaute Wut der vergangenen Monate.

»Ich bin entstellt für den Rest meines Lebens. Ein Krüppel, der nackt auf einem Bus auf und abgerannt ist. Und wofür? Wofür, frag ich dich? Für nichts und wieder nichts! Ich bin eine verdammte Freakshow. Ein Monster!«, brüllte er und drehte sich dabei im Kreis. Er schlug eine Faust auf den Tisch, dass das Holz ächzte. Lara schwieg. Das machte ihn noch zorniger.

»Du willst dich einfach nur wichtigmachen und rebellierst deshalb gegen deine Eltern. Das ist alles! Es geht dir gar nicht um den Planeten oder um Klimaschutz oder sonst was. Das ist alles nur die verfluchte Ausrede einer verzogenen Göre!«

Sie antwortete nicht. Er sah ihren Gesichtsausdruck, sah, wie ihre Augen Enttäuschung und Verletzung widerspiegelten. Und er hasste sich dafür. Wütend nahm er einen Sessel und schlug ihn gegen den Türrahmen zur Küche. Das Holz splitterte. Noch einmal ließ er ihn so heftig dagegen krachen, dass ein Stuhlbein dabei abbrach. Dann sackte er zusammen.

Sein Zorn hatte sich schlagartig in pure Verzweiflung verwandelt und schüttelte ihn durch wie eine Gliederpuppe. Er schluchzte laut auf und wollte nur noch umarmt werden. Er wollte Laras Hand spüren und getröstet werden. Er wollte sich entschuldigen und um Verzeihung bitten. Wollte hören, dass ihm vergeben und alles wieder gut würde. Er weinte so ungehemmt, dass der Raum um ihn herum zu einem einzigen, düsteren Schatten verschwamm.

Als er schließlich aufblickte, war Lara verschwunden.

Heute

»Wohin fahren wir jetzt?«, fragte Roland, während die Tankstelle in der Heckscheibe immer kleiner wurde. Dhaki antwortete nicht. Er stupste sie an. Sie zuckte zur Seite, als würde sie eine Berührung ihres Körpers unter keinen Umständen dulden. »Du wirst schon sehen«, sagte sie genervt.

»Ich bitte dich, rede endlich mit mir.« Er fühlte sich von ihr behandelt wie ein kleines Kind.

Draußen zischte eine kleine, graue Drohne neben der Fahrbahn vorbei. Sie war von ähnlicher Bauart wie jene, die er an der Tankstelle beobachtet hatte.

»Mann, wir sind in 'ner halben Stunde da, verdammt!«, knurrte sie. Roland lehnte sich wieder zurück. Mücke sah ihn vom Beifahrersitz aus mit großen Augen an.

»Wie schaffst du es überhaupt, dass das System das Auto nicht erfasst, wenn du selbst fährst?«, fragte er dann, um sich von der nagenden Sorge um seine Mutter abzulenken.

Dhaki schnaufte und murmelte etwas. Dann sagte sie mit erzwungener Ruhe: »Ich fahre meist nicht selbst. Ich will nur jederzeit übernehmen können, deswegen sitze ich hinterm Steuer. Zumindest das ist nicht verboten … Noch. Und abgesehen davon, wir sind keine Amateure … Unsere Software täuscht das System, wenn wir selber lenken. Es simuliert einen Wagen, der autonom gesteuert wird.«

»Das könnt ihr?«

»SA:DE wird von einigen der besten Hacker der Welt unterstützt … Das Problem ist nur, die Regierung auch. Klar soweit?« Das Letzte klang wie die eindeutige Aufforderung, das Gespräch jetzt zu beenden. Gekränkt sah Roland zum Fenster hinaus. Die Landschaft hatte sich verändert.

Der Boden abseits der Straße bestand aus verwelktem, angesengtem Gras und Unkraut, das sich mit aufgebrochener, vertrockneter Erde abwechselte. Brachland, das aufgerissen nach Wasser schrie. Plötzlich sah er etwas, das ihn erstaunte. Mitten in dieser kränklich gelben Ödnis stach ein grüner Fleck heraus. Ein Grundstück von der Größe eines Fußballfeldes hob sich einige hundert Meter abseits der Straße deutlich vom Rest des Geländes ab. Auf einem von saftigen Pflanzen und einem englischen Rasen begrünten Hügel stand ein Haus, nein, eine prächtige Villa. Eine Mauer trennte den riesigen Garten, der das Gebäude umgab, von der kargen Landschaft.

Dem Haus vorgelagert sah Roland etwas, das er nur aus Filmen kannte. Einen Swimmingpool. Darin und davor spielten ein paar Kinder. Sie bewarfen sich mit Wasserbomben, die aufplatzten und ihr kostbares Gut in alle Richtungen verspritzten. Das verschwendete Wasser glänzte im Licht der untergehenden Sonne. Ihre rötlichen Strahlen brachen sich glitzernd in den Wellen des Schwimmbeckens, wenn ein Kind hineinsprang.

Roland schüttelte entgeistert den Kopf.

»Nobel geht die Welt zugrunde«, sagte sein Opa. Er war aufgewacht und Rolands Blick gefolgt, lehnte sich jetzt aber wieder zurück und rieb sich das Gesicht.

Dhaki räusperte sich. »Ja …«, sagte sie leise. »Zumindest

für die Superreichen. Der Rest muss elendiglich verrecken … Aber übermorgen ist es dann soweit. Am Vierundzwanzigsten sorgen wir für Gerechtigkeit.«

»Was für eine Schweinerei«, murmelte Roland, während sie das Anwesen hinter sich ließen und die Landschaft wieder in trostlosem Grau und Braun versank.

»Hat sie Joe umgelegt?«, fragte Roland seinen Großvater später flüsternd.

»Denk nicht weiter darüber nach. Es ist vorbei«, entgegnete er ruhig und legte einen Arm um seine Schulter.

Roland konnte nicht begreifen, in welches Chaos sie da hineingeraten waren. So etwas kannte man aus Filmen, aus Spielen. Aus Serien und Comics. Aber im echten Leben? Roland schluckte schwer. Sie waren erst vor zwei Tagen von zuhause aufgebrochen, aber es kam ihm vor, als würden es Wochen sein. Trotzdem waren schon zwei Tage viel zu viel. Er hatte keine Ahnung, wo seine Mutter war und ob sie überhaupt noch lebte. Aber daran konnte er im Moment nichts ändern. Es war sinnlos, darüber nachzudenken. Er hatte große Angst, seine Mutter könnte längst tot sein.

»Wenn wir in zehn Minuten da sind, warum mussten wir dann tanken?«, fragte er Dhaki rasch, um sich abzulenken.

»Weil ich so schnell wie möglich weiter will, wenn ich euch abgeladen habe«, sagte sie patzig.

»Du kommst nicht mit uns? Wohin fahren wir überhaupt?«

»Ja, warum sollte ich denn? Denkst du, ich habe euch da herausgeholt, weil ich auf dich steh?«

Roland sah sie fassungslos an. Unwillkürlich verschränkte er die Arme vor der Brust. Er sah zum Fenster hinaus. Diese ständigen Beleidigungen waren nicht zu ertragen. Jetzt war er es, der sich nicht mehr unterhalten wollte. Er betrachtete die Einöde, die allmählich von verstreuten, ums Überleben kämpfenden Waldinseln unterbrochen wurde. In einigen Metern Entfernung wurde er auf einen kleinen grauen Fleck aufmerksam, der sie zu begleiten schien. Konnte es möglich sein, dass das ein Vogel war? Ein Tier, das man heute meist nur noch in Dokumentationen zu sehen bekam? Aber welcher Vogel hatte schon graue Federn?

»Wenn ich euch an die Schlepper übergebe, gibt mir dein Großvater den Datenstick. Das ist der Deal«, sagte Dhaki plötzlich.

»Dir geht es also echt nur um die Daten?« Er war angewidert.

Fin bedeutete Roland, es sein zu lassen.

»Ja, was hast du denn gedacht? Ich habe Lara gesagt, dass sie ihren Baustein der Datenbombe nicht teilen sollte. Zwei Dutzend Datensticks auf der ganzen Welt reichen aus! Aber nein, sie wollte nicht auf mich hören. Das fiese Biest musste ja unbedingt deinen Großvater …«, sagte sie und verbiss sich alles weitere.

Er fragte sich, ob sie wusste, wo Laras Datenstick gerade war, und dass er erst noch den Dickdarm seines Großvaters verlassen musste, bevor sie ihn haben konnte.

»Red' nicht so von ihr!«, verlangte Fin. Sein Ton war bestimmt und duldete keinen Widerspruch.

»Sag du mir bloß nicht, wie ich sie nennen soll!«, schrie Dhaki. Ihre gewohnte Abgeklärtheit war plötzlich verschwunden. Sie schlug eine Faust auf die Armlehne, dass sie erzitterte.

»Ich nenne sie, wie ich will!«

Mücke bellte aufgeregt.

»He, das ist kein Grund zu …«, wollte Roland schon eingreifen. Aber Dhaki hörte ihn nicht.

»Ich nenne sie, wie ich will! Ihr habt keine Ahnung, was sie mir bedeutet!«, kreischte sie und schlug wütend auf das Lenkrad ein. Sie sah zu ihnen zurück und starrte sie ein paar Sekunden mit feuchten Augen an. Niemand wagte, etwas zu sagen.

Dann drehte sie sich wieder um und gab dem Auto den Befehl, ein Lied abzuspielen. Betreten blickte Roland zu Boden.

Damals

Das Ticken des mechanischen Metronoms auf seinem Schreibtisch verfehlte seine Wirkung. Nachts hatte es Fin nach der Sache mit Adnan geholfen, wenn er von Alpträumen geschüttelt aufschreckte und danach nur mehr schwer einschlafen konnte. Aber jetzt, als Fin da saß, die Ellbogen auf die Tischplatte und die Handflächen gegen seine Stirn presste, beruhigte es ihn keineswegs. Lara war nach ihrem Streit spurlos verschwunden. Ihre Eltern waren aus dem Ausland zurückgekehrt und hatten ihn gezwungen, bei der Polizei eine Aussage zu machen. Aber es half nichts.

Lara blieb unauffindbar. Seit fast einer Woche. Seine Mutter musste ihn zwingen, regelmäßig etwas zu essen. Er schlief kaum und litt an Schwindelanfällen. Wenn er den Mut fand, aus dem Bett zu steigen, verbrachte er seine Tage am Schreibtisch und starrte an die Wand, aus dem

Fenster oder in den Bildschirm seines Laptops, ohne etwas einzugeben. Manchmal verließ er das Haus und streunte stundenlang ziellos durch die Straßen. Sein Telefon hatte er an die Wand geschmettert, nachdem er am ersten Tag ihres Verschwindens zwölf Stunden lang alle Netzwerke durchsucht und sämtliche Leute, die etwas hätten wissen können, vergeblich angeschrieben hatte. Er hatte immer wieder versucht, Lara zu erreichen. Und schließlich war er fast durchgedreht, als er festgestellt hatte, dass es unmöglich war, ihre Aktion mit dem Bus aus dem Netz zu entfernen. Er hatte zwar den eigenen Clip gelöscht. Aber es waren immer wieder Aufnahmen von anderen Leuten hochgeladen worden. Selbst wenn die Plattform auf seine Beschwerden reagierte, wurde eine Stunde später dasselbe Video von einem anderen Account veröffentlicht. Es war zum Verzweifeln. Den Rest seines Lebens würden die Leute seinen Schwanz im Internet ansehen können. Sein altes Reservehandy hatte er zwar reaktiviert, allerdings benutzte er es kaum. Er hatte aufgegeben. Außerdem wollte er auf die vielen Fragen seiner Freunde nicht antworten. Er blieb stunden-, ja sogar tagelang offline. An Schule war nicht zu denken.

Dabei war nicht die Wut, die er empfand und die Schuld, die er sich dafür gab, das Schlimmste. Auch nicht die Tatsache, dass Laras Eltern noch immer beabsichtigten, ihn zu verklagen. »Jetzt erst recht«, hatte ihr Vater schäumend gesagt, nachdem sie mit der ergebnislosen Befragung bei der Polizei fertig gewesen waren. Es war nicht einmal das Nackt-Video, das ihm Kopfzerbrechen machte. Es war vor allem diese totale Hilflosigkeit, die ihm den Rest gab. Die völlige Ohnmacht, nichts tun zu können.

So manche Stunde lag er wie paralysiert im Bett und starrte an die Decke. Dann wieder schlug er blind vor Zorn auf seine Matratze ein. Er war wütend auf Lara, auf sich, auf ihre und seine Eltern. Schließlich auf die ganze Welt. Und dann ging alles wieder von vorne los.

Ein paar Stunden später hatte er sich einen Kaffee geholt und saß jetzt auf der Kaimauer. Seit sie ein Paar waren, war er hier mit Lara am liebsten gewesen. Stundenlang hatten sie sich hier unterhalten, hatten diskutiert und über Gott und die Welt geplaudert. Hatten über Serien und Musik geredet. Über die Comics, die er manchmal las. Sie hatte ihm Fakten und Prognosen über den Klimawandel aufgezählt und er hatte ihr von seinem letzten Videospiel vorgeschwärmt. Die meiste Zeit aber hatten sie geknutscht oder einfach das Treiben am anderen Ufer des Flusses beobachtet. Die Graffitisprayer und die Alkoholiker, die Spaziergänger und die alten Leute auf den Bänken.

Fin hatte gewusst, dass es nur noch schlimmer werden würde, wenn er hierherkam. Trotzdem hatte er nicht widerstehen können. Er badete in seinem Selbstmitleid, während die Sonne langsam unterging und ein rosiges Licht auf das Wasser zeichnete. Nachdem er stumm geweint hatte, war ihm aufgefallen, dass eine Biene auf seinem Becher gelandet war und sich an einem dicken, hellbraunen Tropfen seines Kaffees labte. Er hob den Becher auf, sodass sich der Tropfen verteilte und das kleine Tierchen niederdrückte. Fin wollte das nass gewordene Ding bereits von dem schwarzen Schutzdeckel herunterschnippen, zögerte aber. Die Biene lag am Rücken, zappelte wild und rutschte auf dem Kaffeefilm über das Plastik. Sie stieß die Fühler verzweifelt in die Luft, wischte mit den Flügeln über den Boden und krümmte ihren Körper, um sich zu drehen. Schließlich schaffte sie es, sich herumzurollen und wieder auf die Beine zu kämpfen. Nass und mit hängenden Flügeln tat sie einige Schritte, hielt inne und schüttelte sich dann entschlossen, sodass feine Kaffeepartikel in die Luft stäubten. Mit zwei ihrer sechs Beinchen putzte sie sich über den Kopf und musterte ihre Umgebung. Sie tapste klebrig über die Oberfläche zur Kante des Bechers. Dann stieß sie sich ab und surrte davon. Fin schaute dem Tier bewundernd nach und atmete tief ein, als er eine bekannte Stimme hörte.

»In den letzten dreißig Jahren ist der natürliche Bestand der Insekten in Deutschland schon um 75 Prozent zurückgegangen.« Es war jene von Lara. Er hatte zuerst sogar geglaubt, sie würde hinter ihm stehen, so sehr wünschte er sich das. Aber da war niemand. Die Geschichte von den Bienen hatte sie ihm erzählt, als sie das letzte Mal hier gesessen hatten. Sie hatten darüber diskutiert, woher denn dann der ganze Honig käme, waren sich darüber fast in die Haare geraten, aber schlussendlich hatte er ihr doch Recht geben müssen. Für sein überraschendes Einlenken hatte sie ihm neckisch in die Nase gebissen und sie hatten sich lange und stürmisch geküsst.

Jetzt musterte er den Kaffeebecher und den feuchten Deckel, von dem sich die Biene hatte befreien können.

»Drauf geschissen«, murmelte er, zog sein Ersatztelefon aus der Tasche und ging online.

»Ich finde dich Lara. Darauf kannst du wetten«, sagte er und biss sich auf die Unterlippe. Dann aktivierte er seine Kamera, richtete sie auf sich selbst und drückte auf den Aufnahme-Button.

Heute

Dhaki ließ den Evergreen „All Along The Watchtower" von Bob Dylan in der Version von Jimmy Hendrix in ohrenbetäubender Lautstärke laufen. Ihre Lippen bewegten sich stumm mit. Es schien sie irgendwie zu beruhigen. Sie starrte aus schimmernden Augen auf die Fahrbahn. Im Rückspiegel sah Roland, wie Tränen über ihre schwarzen Wangen liefen. Als sie seinen Blick sah, wischte sie sich mit dem Handrücken verlegen über das Gesicht. Sonst blieb sie vollkommen ruhig. Sie sah nur weiterhin konzentriert zur Windschutzscheibe hinaus, wo einige wenige Fahrzeuge durch die flirrend heiße Luft über den Asphalt schossen.

Roland musste kurz weggedöst sein, als Dhaki ein heißeres »He«, ausstieß und ihn so weckte. In diesem Moment flackerten alle Anzeigen, Lichter und Displays im Auto auf, dann wurde es plötzlich langsamer. Dhaki griff ins Steuer. Es war blockiert. Ein Warnsignal ertönte, wie wenn man seinen Gurt nicht angelegt hatte. Sie trat aufs Gas. Nichts.

»Fuck!«, schrie sie: »Das sind sie! Sie haben uns gefunden!«

Panisch sah sich Roland um. Fin schüttelte ungläubig den Kopf und blickte auf die Straße hinaus.

Aber nirgends war etwas zu sehen. Ein einzelner Pkw

überholte sie, während ihr eigenes Auto sich fast nur noch im Schritttempo fortbewegte. Ansonsten war da nichts. Nichts Auffälliges. Keine Polizei, kein Blaulicht. Dhaki tippte etwas in das Display des Autos, schrie irgendwelche Kommandos. Aber nichts bewegte sich. Das Warnsignal bohrte sich in Rolands Ohren, als er einige Meter neben ihnen eine ebenso langsam fliegende, graue Drohne sah. Es war eine, die aussah wie jene bei der Tankstelle. In dem Moment, in dem er begriff, was geschah, öffneten sich alle Fenster ihres Wagens gleichzeitig und von oben senkte sich rechter Hand ein gewaltiges, laut dröhnendes Hovercraft ab, dessen Rotoren das verdorrte Gras neben der Fahrbahn platt drückte und vereinzelten Müll und Unrat vom Bankett auf die Fahrbahn fegte. Der entstehende Wind presste schwere Luft in das Auto, sodass ihm und seinem Opa die Kappen von den Köpfen gerissen wurden.

»Aaaaa«, schrie Dhaki und riss das Fach unter der Armlehne auf. Sie zog einen Datenstick heraus und schob ihn in den Port neben dem Display. Weiße Zeilencodes erschienen darauf. Verzweifelt schlug sie gegen das Lenkrad. Bestätigte etwas auf dem Display, während eine mechanisch verzerrte Lautsprecherstimme ihre Ohren fast zum Platzen brachte: »Hier spricht die Polizei. Steigen Sie mit erhobenen Händen aus dem Fahrzeug. Leisten Sie keinen Widerstand. Machen Sie keine ruckartigen Bewegungen. Sonst sind wir gezwungen zu schießen.«

Roland krallte seine Finger in den Sitz. Er sah, wie Mücke hochsprang, seinen Kopf zum Fenster hinaussteckte und losbellte.

»Nicht«, schrie Dhaki und griff nach ihm. Aber zu

spät. Sein Schädel explodierte in einer Fontäne aus Blut, der kleine Körper fiel schlaff in den Fußraum.

Dhaki brüllte vor Entsetzen, während das Warnsignal, das unter dem Röhren des Hovercrafts kaum zu hören war, wieder verstummte. Fin packte Roland am Kragen und drückte ihn auf die Bank, während Dhaki das Gaspedal des frei gehackten Wagens durchtrat und sie mit quietschenden Reifen beschleunigten. Die Fenster wurden geschlossen, sie wurden rasch schneller. Die Anzeige sprang in Zwanziger-Schritten hoch, bis sie nach wenigen Sekunden bei 220 km/h angelangt war. Durch die Heckscheibe sah Roland, der sich aus dem schützenden Griff seines Großvaters herausgewunden hatte, wie das schwebende Polizeifahrzeug kleiner wurde, bis es auf die Größe einer Kaffeetasse zusammengeschrumpft war. Aber es setzte sich schnell vom Boden ab und flog ihnen hinterher. Es war riesig und beschleunigte nur langsam. Aber nachdem es einmal gestartet war, holte es schnell wieder auf.

»Sie kommen!«, schrie er. Es war viel lauter als nötig, nachdem die Fenster wieder geschlossen waren.

»Runter«, befahl sein Großvater und drückte ihn mit seinem ganzen Gewicht nach unten. Nur einen Augenblick später zerbarst die Heckscheibe in einem Schwall aus Splittern. Dhaki wechselte die Spur, riss das Lenkrad herum und steuerte den Wagen eine Abfahrt hinunter. Roland und Fin wurden in ihre Gurten geschleudert, und spürten grob die Kieselsteine des Banketts gegen den Fahrzeugboden prasseln. Sie schossen über eine Kreuzung und hielten auf ein Waldstück zu. Das Hovercraft stieß sich von der Autobahn ab und flog querfeldein über das Ödland in ihre Richtung. Es knallte, als ein Projektil in die Karosserie einschlug. Dhaki riss das Steuer erneut herum und fuhr zickzack so gut es ging, ohne den Wagen ins Schleudern zu bringen. Jetzt schrie sie nicht mehr, sondern steuerte das Fahrzeug mit äußerster Konzentration. Roland hyperventilierte. Das Adrenalin ließ ihn alle Kopfschmerzen, die er je gehabt hatte, vergessen.

Die Fahrbahn hatte sich geändert. Der Wagen begann zu holpern. Sie bretterten jetzt nicht mehr über Asphalt. Es krachte und knirschte bedrohlich. Die Sitze und ein Knie seines Opas trafen Roland in der Seite. Sie wurden heftig durchgerüttelt und im nächsten Moment, begleitet von einem markerschütternden Krachen, beinahe an die Decke des Autos geworfen. Dann verloren sie abrupt an Geschwindigkeit. Etwas zischte, ein Alarm heulte, die ganze Karosserie schien zu knirschen.

Das Auto hatte noch nicht gehalten, da war Dhaki bereits hinausgesprungen.

»Schnell!«, sagte sein Opa atemlos. Sie stiegen aus und standen mitten in einem vom rötlichen Abendlicht angeklatschten, kränklichen Pinienwald. Hinten schlug Dhaki den Kofferraum zu, sie hatte einen Rucksack und eine Umhängetasche herausgeholt. Das Dröhnen des Hovercrafts kam näher.

»Los jetzt!«, brüllte sie, aber die lauten Rotoren des Luftfahrzeugs übertönten ihren Befehl.

Damals

Nachdem Fin fertig war, drückte er die Stopp-Taste und sah sich den Clip direkt an. Er fand, dass er hässlich aussah, dass seine Narben deutlicher als sonst zu sehen waren und seine Haut fahl wirkte. Seine Haare waren zerzaust und die Augenpartien rot und aufgequollen. Einige Sekunden schwieg er in dem Video, blickte in die Kamera, schloss kurz die Augen und atmete lange aus. Dann begann er zu reden:

»Ich war nie sonderlich beliebt in der Schule. Ich war im Sport nie gut und meine Noten sind schlecht. Ich habe keine besonderen Talente. Ich bin kein Musiker, kein Sportler, kein Mathe-Genie und spiele auch nicht im Schach-Klub. Ich bin einfach nur ich. Es gibt Leute, denen gefällt nicht, wie ich bin. Ja, ich kann manchmal auch ein richtiges Arschloch sein und oft wirke ich überheblich oder zynisch, weil ich wenig rede. Voriges Jahr hatte einer ein so gewaltiges Problem mit mir, dass er glaubte, mir das Gesicht einschlagen zu müssen. Das hat mich nicht hübscher gemacht. Ich bin manchmal feige. Ich habe oft Angst und weiß nicht, was ich mit mir anfangen soll oder wie meine Zukunft aussehen wird. Ich könnte noch vieles andere über mich erzählen, aber das würde euch nur langweilen. Ich … Ich bin ein ganz normaler Mensch. Ja, ich habe zwar eins auf die Fresse bekommen, aber sonst bin ich ziemlich normal. Und lange habe ich mich dafür geschämt, dass ich bin, wie ich bin. Ohne Geheimnisse, mit keiner hervorstechenden Eigenschaft. Wenn, dann vielleicht mit einer echt beschissenen. Nämlich, dass ich sehr jähzornig bin … Aber sonst bin ich unauffällig und durchschnittlich, so würden mich wohl die meisten beschreiben, davon bin ich überzeugt. Und das ist heutzutage so ziemlich das Letzte, was man über jemanden sagen kann. Aber das war mir bisher immer egal. Ich habe erst einen wirklich guten Menschen treffen müssen, damit mir bewusst wurde und ich eingesehen habe, dass ich OK bin, so wie ich bin. Der Mensch, der mich das gelehrt hat, ist Lara. Ich war zu schwach und zu feige, um mich selbst zu mögen …«

Fins Stimme brach, er sah kurz auf die Seite und das Handy sank ein wenig ab, ehe er wieder ruhig in die Kamera blicken konnte, obwohl sich bereits Tränen in seinen Augen sammelten.

»Erst Lara hat es wirklich geschafft, mich davon zu überzeugen, dass ich kein Versager bin. Und ich weiß, dass sie das nicht nur bei mir geschafft hat. Lara gibt einem das Gefühl, echt in Ordnung zu sein. Selbst wenn sie einen anschnauzt oder herumschreit, bleibt sie immer fair. Lara ist ein Mensch, der es schafft, das Beste aus anderen herauszuholen. Sie ist jemand, der für Dinge brennt. Der sich für eine gute Sache einsetzt und bereit ist, viel dafür zu riskieren. Sie ist der mutigste Mensch, den ich kenne. Sie ist witzig und stolz und stark. Sie ist jemand, der so voller Energie ist. Sie kann natürlich auch stur sein. Sie kann gemein sein und verletzend. Aber etwas ist sie nie: Sie ist nie herablassend. Auch wenn ich das schon einmal gesagt habe, wiederhole ich es jetzt: Lara ist der beste Mensch, den ich jemals kennengelernt habe. Ich bin daran schuld, dass sie abgehauen ist. Sie wird seit acht Tagen vermisst, und ich weiß einfach nicht mehr weiter. Sollte also irgendwer wissen, wo sie jetzt steckt oder …

oder … bitte meldet euch bei mir. Ich habe schreckliche Angst … um sie.«

Er schluckte und musste eine kurze Pause machen, aber es half nicht. Er spürte, wie seine Lippen zitterten, sein Kinn auf und ab hüpfte und sein Tonfall hell und dünn wurde. Er weinte, seine Stimme brach.

»Lara … ich habe Angst, dass dir etwas passiert ist. Ich habe aber keine Angst, zuzugeben, dass ich an dem ganzen Mist schuld bin. Ich will auch gar nicht, dass du mir vergibst. Ich will nur, dass du keinen Scheiß baust, den du später bereust. Ich hoffe, dass es dir gut geht. Weil du es wirklich verdienst!«

Fin sah noch einige Sekunden in die Kamera, dann war das Video zu Ende.

Jetzt, nachdem er es noch einmal angesehen hatte, wischte er sich die Tränen aus den Augen und ging online. Er zögerte zuerst etwas, musste tief durchatmen, aber schließlich lud er den Clip mit zitternden Fingern hoch und veröffentlichte ihn.

Heute

»Wohin? Das ist doch aussichtslos!«, schrie Fin. Er brachte es kaum heraus, so sehr war er außer Atem. Sein faltiges Gesicht war schweißnass und glühte. Roland versuchte, ihn zu stützen. Dhaki stürmte voraus durch den dichter werdenden Wald.

»Das ist unsere einzige Chance!«, brüllte sie. Über ihnen wummerten das Hovercraft und die Lautsprecherdurchsagen. Roland hatte es aus dem Blick verloren. Er sah nur noch, wie die Bäume sich unter dem heftigen Luftdruck bogen und einige dicke Äste mit einem trockenen Ächzen abbrachen. Dennoch boten ihnen die Baumkronen und die dunkler werdende Abenddämmerung zumindest im Moment ein wenig Sichtschutz. Sein Großvater hinkte, sie stolperten über eine Wurzel und kamen beinahe zu Fall.

Fins Gewicht wurde deutlich schwerer, als Roland den Nacken unter die Achsel seines Opas stemmte. Er schrie vor Anstrengung laut auf, als er seine Knie durchdrückte und sie wieder weiterlaufen konnten. Plötzlich war Dhaki verschwunden. Und einen Augenblick später war der Boden unter Rolands Füßen weg. Sie rutschten über den Abhang einer Böschung, stürzten und überschlugen sich dabei. Erde und Äste und tote Blätter wirbelten durch die Luft. Er versuchte, sich irgendwo festzuhalten, griff aber ins Leere. Der trockene Boden gab nach und sie rutschten immer weiter ab.

Staub schoss ihm in den Mund und er spürte einen stechenden Schmerz in seiner Schulter. Der Hang schien nicht enden zu wollen. Roland hatte die Sicht verloren, wusste nicht, wo sein Großvater war. Die Schwerkraft schleuderte ihn die Böschung hinunter wie einen alten Autoreifen. Er schlug auf, flog durch die Luft und krachte erneut auf den steilen Boden. Alles drehte sich und sein Körper gehorchte ihm nicht mehr. Irgendwie schaffte er es dann doch, seine Unterarme um den Kopf zu schlingen und seine Brille ans Gesicht zu drücken, bevor er mit der Hüfte gegen etwas krachte, das berstend nachgab, und weiterflog. Schließlich schlug er in etwas Weiches ein.

Sein Körper lag still, aber noch immer drehte sich alles

in seinem Kopf. Neben ihm krachte etwas nieder, doch er konnte nicht erkennen, was es war.

Noch ganz benommen versuchte er sich aufzuraffen, schaffte zwei Schritte und kippte wieder zur Seite. Dickflüssiger Speichel tropfte aus seinem Mund. Roland kniete auf der Erde und musste ausspucken. Dann ließ er seine Brille los, die von Schmutz und Schweiß und Blattwerk völlig verschmiert war. Aber er konnte jetzt wenigstens seinen Großvater sehen.

Beide waren in einem ausgetrockneten Bachbett gelandet, in dem sich eine Decke aus längst abgestorbenem Laub und Nadeln aufgetürmt hatte. Dhaki zerrte Fin, der halb vergraben und fast bewegungsunfähig in der Mulde lag, mit Kräften, die man ihrem schmalen Körper nicht zugetraut hätte, wieder auf die Beine. Das Lärmen des Hovercrafts hatte aufgehört. Roland war unendlich heiß und jeder Teil seines Körpers wurde von brennenden Schmerzen geplagt.

»Rennt, Kinder!«, schrie sein Großvater und stieß Dhaki von sich weg. Dadurch kippte er selbst zur Seite und gegen den Erdwall, der das Bachbett begrenzte. »Rennt schnell!«

»Nein!«, schrie Roland zurück und stemmte sich in die Höhe. Er sah kurz den Abhang hoch, den sie heruntergekracht waren. Er hatte die Höhe eines Baukrans.

Roland taumelte auf seinen Opa zu. Ein Geruch von Moder und Staub und Erde durchzog die Luft. Fin schüttelte nur den Kopf und rang so heftig nach Atem, als wäre er minutenlang unter Wasser gewesen. Aus dem zerrissenen Hemdsärmel seines Unterarmes ragte ein Knochen heraus. Es war ein offener Bruch.

»Um Gotteswillen!«, rief Roland schockiert aus, während im Hintergrund schon eine kläffende Hundemeute zu hören war. Blaulicht warf sich gegen die Bäume am oberen Ende des Steilhangs.

Damals

Lara hatte sich nicht gemeldet. Und niemand hatte ihm ernst zu nehmende Hinweise geben können, wo sie war. Fin hatte sich nicht nur sprichwörtlich, sondern mit dem neuen Video auch im übertragenen Sinne nackt in die Öffentlichkeit gewagt. Er hatte seine intimsten Gefühle laut ausgesprochen und sie jedermann zugänglich gemacht. Aber es hatte nichts gebracht. Es war Tage her, seit er das Video online gestellt hatte, und abgesehen von ein paar hundert Klicks und dem einen oder anderen höhnischen Kommentar hatte sich nicht viel getan.

Die Uhr zeigte Viertel vor sechs. Heute würde er wieder in die Schule müssen. Seine Eltern zwangen ihn dazu. Da war nichts zu machen. Er hatte sich die ganze Nacht schlaflos hin und her gewälzt, hatte vergeblich versucht, eine Entscheidung zu treffen. Er hatte Laras Social-Media-Profile durchforstet, war allerdings nur immer wieder über Videos und Links und Aufrufe und Hinweise gestolpert, die er bereits kannte. Über Warnungen und Appelle. Über Fakten und Tatsachen zur Umweltzerstörung. Über die grässlichen Bilder und die himmelschreiende Ungerechtigkeit, die mit dem Klimawandel einherging.

Die Leute scherte das tatsächlich einen Scheiß. Lara hatte vollkommen recht. Die Welt ging unter und niemanden kümmerte das. Ohnmächtige Wut stieg in ihm auf, die noch genährt wurde von seiner Hilflosigkeit, nichts dagegen tun zu können. Ihm war bewusst, dass er Lara nicht finden konnte und der Planet gleichzeitig vor die Hunde ging. Die Menschen wussten zwar Bescheid, aber sie verdrängten es gut.

Seine Augen brannten und seine Haut spannte, als es an seiner Zimmertür klopfte. Es war seine Mutter. Er antwortete nicht. Auch nicht, als sie es wenig später erneut versuchte und ihn sanft zum Aufstehen aufforderte. Um halb sieben wurde das Klopfen lauter.

»Lasst mich in Ruhe«, schrie er und hielt sich die Ohren zu. Sollten sie doch machen, was sie wollten. Sie hatten überhaupt kein Verständnis für seine Probleme. Und die Zukunft war ihnen auch egal. Sie konnten ihm gestohlen bleiben.

Um Viertel vor sieben versuchte es sein Vater. Fünf nach sieben trommelten die Eltern gemeinsam gegen die Tür. Er ertrug es nicht mehr. Er schlug von seiner Seite wütend mit der flachen Hand dagegen und schrie: »Aufhören! Sofort aufhören!«

Aber sie gaben nicht auf. Im Gegenteil. Sie rüttelten so lange an der Tür, bis endlich sein Schlüssel aus dem Schloss fiel. Er merkte zu spät, was sie damit bezweckten. Von der anderen Seite wurde jetzt ein Schlüssel ins Schloss geschoben und sein Vater trat ins Zimmer.

»Sag mal, was ist denn hier eigentlich los?«

»Verzieh dich, du …!«, schrie Fin schluchzend und warf sich auf sein Bett.

Seine Mutter wies ihn zurecht. »Wie redest du mit deinem Vater? So haben wir dich nicht erzogen, Fin!« Mehr noch als die Mutter provozierte ihn aber sein Vater. Er sah ihn bloß an. Vorwurfsvoll, verständnislos und verärgert.

»Ich lebe in einer Welt voller Scheiße!«, schrie Fin plötzlich, dass sein Vater unwillkürlich zusammenfuhr. Fins Augen waren zorngerötet und an seinem Hals bildeten sich dicke Venen, als er von seinem Bett aufstand.

»Wenn ich so alt bin wie ihr, wird es mehr Hitzetote und Überschwemmungsopfer als Verkehrstote geben«, brüllte er noch lauter.

Er zog sich hastig seine Straßenkleidung an und riss den Schrank auf, um die Sporttasche herauszuholen. Den Inhalt kippte er auf den Boden und begann Shirts und Unterwäsche hineinzupacken. Seine Eltern standen völlig verdattert daneben. Sie waren außerstande etwas zu sagen.

»Es wird sauren Regen regnen«, schrie Fin weiter, während er die Tasche packte. Es war ein spontaner Entschluss gewesen. Hier konnte er nicht bleiben. Er wollte nur noch weg. Abwechselnd wendete er sich seinen Eltern zu, schrie sie an und kümmerte sich dann wieder um die Tasche, die er so ungestüm mit Klamotten vollstopfte, dass das Bett darunter ächzte. Er war so außer sich, dass er spuckte beim Reden.

»Überhaupt nichts mehr wird in der verseuchten Erde wachsen. Das ist eine Tatsache. Wir werden Würmer fressen und um Wasser kämpfen und nicht mehr wissen, was saubere Luft ist! Und nur ihr und eure verfluchten Eltern und Großeltern tragen dafür die Verantwortung. Ihr beschissenen Benzinfresser. Ihr Gasschnüffler. Ihr Kohlebrenner. Ihr habt längst gewusst, was passieren wird. Aber es war euch scheißegal. Ihr wusstet, dass eure Kinder und Enkel elendiglich verrecken werden. Aber das hat euch niemals interessiert! Die Forscher haben euch immer und immer wieder davor gewarnt! Alle notwendigen Beweise liegen schon lange auf dem Tisch. Aber ihr schaut einfach weg. Ihr Heuchler! Und ihr wollt jetzt nichts mehr damit zu tun haben. Ich sage euch: Ihr seid daran schuld, dass die Welt untergeht und niemand sonst!«

Er hatte sich durch den Flur gewunden, seine Schuhe angezogen und knallte jetzt die Eingangstür derart heftig zu, dass ihm davon die Ohren wehtaten. Und dann rannte er weg, so schnell er konnte.

Heute

Roland war nicht fähig zu denken. Er konnte nicht reden. Er konnte kaum atmen und sich nicht umsehen. Alles, was er noch tun konnte, war einen Fuß vor den anderen setzen. Das Gewicht seines Großvaters wog schwer auf seinen Schultern. Sein Körper fühlte sich an wie ein Trümmerfeld.

Es war dunkel geworden und hinter ihnen irrte Scheinwerferlicht durch den Wald. Das Bellen der Hunde war noch näher gerückt. Plötzlich schlüpfte Dhaki unter Fins anderer Achsel heraus, sodass sie beinahe zu Fall kamen. Sie stürmte einige Meter voran und sah sich um.

»Ruh dich aus«, krächzte Roland zu Fin und sah ihr nach. An einen Baum war ein großes Schild genagelt, auf dem eine rote Hand »Halt« gebot. Darunter stand: Achtung! Migrantensammelstelle Niederbayern in 1,5 km. Betreten verboten.

Dhaki wollte sie in ein Flüchtlingslager schaffen. Natürlich! Wo Flüchtlinge waren, waren auch Schlepper.

Das Husten seines Großvaters riss Roland aus seinen Gedanken. Schweiß lief in Bächen über Fins Gesicht. Sein Hemd war völlig durchnässt und sein Atmen glich dem Röcheln eines Sterbenden. Dhaki drehte sich derweil im Kreis. Sie fluchte. Stampfte mit einem Fuß auf den Boden. Dann ließ sie sich fallen und wischte Laub und Zweige zur Seite, sprang auf und ließ sich an einer anderen Stelle erneut fallen, um den Boden zu durchwühlen.

»Wo ist sie verdammt?«, zischte sie. Roland ignorierte es. Er sah nur seinen Opa an. Irgendwie musste er ihn doch beruhigen können. Fins Augen flatterten wild, er atmete schwer. Er erkannte Roland nicht mehr. Wie ein Blinder fuhr er mit seiner Hand durch die Luft, weil er dort Rolands Gesicht vermutete.

»Hier«, sagte er und führte Fins Hand an seine Wange. Die aufgerissenen Finger seines Großvaters waren eiskalt.

»Hier, Opa. Ich bin hier«, stammelte Roland, selbst ganz außer Atem. »Verdammt, Dhaki, er braucht Wasser!«, rief er leise. Das Bellen kam immer näher. Die Scheinwerfer hinter ihnen wurden schnell heller. Rollten unaufhaltsam auf sie zu.

»Es tut mir so leid. Das alles tut mir so … leid mein Junge«, presste sein Großvater zwischen den Zähnen hervor und rang nach Luft. Roland schüttelte bloß den Kopf.

»Ich hätte nicht mit dir aufbrechen sollen«, beharrte er. Seine Augen waren offen, aber er sah mit weiten Pupillen geradeaus ins Nichts.

»Hör auf«, flehte Roland.

»Wir … hätten zu Hause bleiben sollen«, beharrte Fin

stimmlos und saugte Luft mit einem so garstigen Röcheln ein, dass es Roland eine Gänsehaut über die Unterarme jagte.

»Nein!«, schrie Roland und merkte nicht, dass er dabei weinte. Er griff an den Kragen seines Opas.

»Ich bin ein alter dummer Mann, der geglaubt hat … noch einmal jung sein zu können. Aber ich bin zu nichts mehr zu gebrauchen.«

»Opa! Hör auf. Ich will das nicht mehr hören. Es ist noch lange nicht vorbei!«, sagte er, während er sein Gesicht an die Brust seines Großvaters drückte. Aber er glaubte es selbst nicht mehr.

»Nicht Opa, nicht!«, bettelte er.

Fin versuchte etwas zu erkennen, drückte Roland ein wenig von sich weg und fuhr ihm über das Gesicht. Seine Finger betasteten ihn, als er leise murmelte: »Verzeih mir, mein Junge.«

Er ließ die Hand sinken und schloss die Augen.

DRITTES BUCH

Heute

Das Unwetter über Neapel dauerte nun schon vier Tage. Manchmal ließ der Wind ein wenig nach, manchmal wurde der Regen etwas schwächer. Aber nie hörte er ganz auf. So sehr die Sonne wochenlang die Küstenstadt am Vesuv aufgeheizt hatte, so wenig ließ sie sich jetzt blicken. In den ersten Stunden nach Einsetzen des Regens hatten die Menschen ihn begeistert begrüßt. Endlich Abkühlung. Die meisten Bewohner dieser Stadt, die vor Jahrzehnten von den Behörden aufgegeben und seitdem von tausenden Flüchtlingen aus Südeuropa, Afrika und dem Nahen Osten besiedelt worden war, konnten sich keine Klimaanlage leisten. Überhaupt hatten nur die wenigsten regelmäßig Strom. So spielten Kinder anfangs ausgelassen im Regen und glückliche Erwachsene tanzten auf den nassen Straßen.

Als aber die schon in trockenen Zeiten nur leidlich funktionierende Kanalisation endgültig zusammenbrach, als das Abwasser aus den Gullys herausquoll und die Kanaldeckel mit Gewalt aufdrückte, tanzte niemand mehr. Das Hafenviertel traf es am schlimmsten. Jene, die Verwandte in den höher gelegenen Gebieten der Stadt hatten, waren mit den wenigen Habseligkeiten, die sie besaßen, dorthin übersiedelt. Die anderen, weniger Glücklichen, mussten bleiben und zusehen, wie das Wasser immer höher stieg und in die Häuser eindrang. Denn es gab keinen Ort, wohin sie flüchten konnten.

Maja stand auf dem Dach des Krankenhauses der Heiligen Annunziata, einem ehemaligen Kinderkrankenhaus, das in einem Gebäude aus dem 17. Jahrhundert untergebracht worden war. Seit über zehn Jahren unterhielt die Organisation *Ärzte ohne Grenzen* hier ein Hospital, das die Bewohner des Viertels gratis behandelte.

Sie hatte in ihrer Pause das Dach aufgesucht, um dem Gestank der überlaufenden Kanäle wenigstens für ein paar Minuten zu entgehen. Die Kapuze ihrer Regenjacke zog sie etwas tiefer ins Gesicht, während sie an einem zähen, durchgeweichten Sandwich kaute. Es schmeckte nach Gummi und altem Kohl. Dabei bekam sie als Mitglied der Ärzteschaft noch richtig gute Verpflegung, zumindest im Vergleich zu dem, womit Menschen in der Stadt auskommen mussten. Maja seufzte, nahm einen weiteren Bissen und sah durch den Regenschleier auf den alten Hafen hinunter, der vielleicht fünfhundert Meter entfernt vor ihr lag.

Das Hafenbecken wurde nicht mehr genützt. Es war bereits Mitte des Jahrhunderts für die Schifffahrt gesperrt worden, um das ansteigende Meerwasser abzuhalten. Den eigentlichen Hafen hatte man verlegt. Gegen die alte Dammmauer, die zwei ehemalige Molen miteinander verband und die das Hafenviertel vor dem in den vergangenen Jahrzehnten rasant angestiegenen Meeresspiegel schützte, brandeten gewaltige Wellen, die sich jedes Mal meterhoch auftürmten, ehe ein Teil der Wassermasse über die Mauer walzte.

Aus den ehemaligen Hafengebäuden, den Lagerhallen und alten Werften dort unten, kräuselten sich dünne Rauchsäulen. Die Menschen mussten heizen. Die Temperatur war in den vergangenen Tagen um mehr als fünfzehn

Grad gesunken. Maja setzte ihre Brille auf, wollte Roland anrufen, aber das Netz war, wie so oft, überlastet. Sie machte sich Sorgen, wollte wissen, ob alles in Ordnung war. Ob ihr Vater auch seine Medikamente nahm und ob es Roland gut ging. Seit Tagen hatte sie sich nicht mehr melden können. Aber es war nichts zu machen. Sie seufzte, verstaute die Brille wieder und stand auf. Ihre Pause dauerte noch gut eine halbe Stunde. Sie wollte es später noch weiter oben versuchen, wo das Gelände hügelig wurde und sich die Terrassen der Stadt über die Bucht erhoben. Dort hatte man manchmal, mit ein wenig Glück, einen besseren Empfang.

Im Treppenhaus auf dem Weg nach unten kam ihr ein Kollege, Paulo, entgegen. »Olá«, sagte er müde.

»Olé«, antwortete sie heiter und rang ihm ein Lächeln ab. Das war ihr Ding, seit sie sich kannten. Paulo war meist schlecht gelaunt. Er haderte mit dem Elend, mit dem sie jeden Tag zu tun hatten. Majas falsch ausgesprochener, spanischer Gruß hatte ihn damals, als sie in ihrer ersten Woche nach Dienstschluss bei einem Glas Wein gesessen hatten, aufgeheitert. Seitdem funktionierte dieser kleine Scherz fast immer. Sie mochte ihn, aber er kannte nur seine Arbeit. Es sah aus, als würde er sich mit Gewalt dazu zwingen, Maja anders, als auf kollegialer Ebene zu begegnen. Er streifte an ihr vorbei, drehte sich aber ein halbes Stockwerk später noch einmal nach ihr um. »Maja«, rief er. Sie musste sich über das Geländer beugen, um ihn sehen zu können.

»Wollen wir heute Abend bei mir etwas trinken?«, sagte er. Sein Bart tropfte. Er musste von draußen gekommen sein. Sie sah hoch, zögerte ihre Antwort hinaus und gab vor, erst darüber nachdenken zu müssen. Er wartete.

»Hm«, sagte sie. »Warum eigentlich nicht? Allerdings

nur, wenn du versprichst, dabei nicht wieder einzuschlafen.«

»He!«, rief er ihr hinterher, als sie bereits die Treppe hinunterlief. »Du warst genau so müde.«

»Aber du bist eingeschlafen!«, warf sie frech über die Schulter zurück. Sie hörte sein Lachen noch, als sie im Erdgeschoss durch die Tür trat. Sie freute sich. Auch wenn es unendlich anstrengend war, nach den Doppelschichten noch munter zu bleiben. Aber es ging nicht anders, sie waren von Anfang an hoffnungslos unterbesetzt.

Als sie durch die Notaufnahme ging und in Richtung Umkleide einbog, um ihren Arztkittel abzulegen, sprang die diensthabende Krankenschwester, Elena, hinter dem Aufnahmeschalter hoch. Sie hielt das Funkgerät in Händen, mit dem die NGOs und Hilfsorganisationen untereinander Kontakt halten konnten, auch wenn der Strom wegblieb oder das Netz nicht funktionierte.

»Doktor«, rief sie laut.

Maja hatte bereits nach der Türklinke gegriffen. Sie drehte sich um.

»Ja?«

»Ein Notfall«, sagte Elena auf Englisch.

Außer sie selbst schien es niemand zu interessieren. Dabei kauerten unzählige Menschen in dem Aufnahmeraum. Es waren viel mehr, als es Plastiksessel gab. Die meisten brauchten gar keine Behandlung. Sie waren nur hergekommen, weil es im Krankenhaus etwas wärmer war als draußen oder in ihren kleinen Wohnungen. Und weil es Trinkwasser gab, manchmal sogar Tee oder Suppe. Es waren Menschen aus allen möglichen Ländern. Solche, die bereits in zweiter Generation hier lebten, und andere, die erst vor wenigen Wochen aus Tunesien, aus Griechenland,

Bulgarien, dem Tschad oder Nigeria hier angekommen waren. Junge und alte. Männer und Frauen.

»Am Hafen gibt es einen Kreislaufstillstand«, sagte die Schwester. »Wahrscheinlich Herzinfarkt. Kannst du?«

Maja zögerte nicht. Sie schlüpfte in die Ärmel ihrer Jacke, zog den Reißverschluss zu. »Wo genau?«

»Ristorante Siciliano.«

»Alles klar.« Sie nahm einen der beiden Sanitäter-Rucksäcke, die neben der Tür zum Personalzimmer immer griffbereit dastanden.

»Warte! Bei dem geht der Defi nicht gut. Nimm den anderen.«

»Scheiße, verfluchte«, murmelte Maja, tauschte den Rucksack und eilte hinaus. Sie lief die Treppen hinunter und durch den überschwemmten Innenhof. Der Regen hatte wieder zugenommen. Einen Augenblick lang überlegte sie, umzukehren. Sie hatte vergessen, ihren langen Arztkittel auszuziehen und stattdessen einfach die Regenjacke übergestülpt. Jetzt behinderte er sie beim Laufen.

Sie rannte die Via Lavinaio hinunter, eine enge Gasse, wie es sie nur in Italien gab. Die vierstöckigen Häuser schienen sich über der Gasse aufeinander zuzubeugen, wie im Wind erstarrte Baumwipfel. Die vielen kleinen Geschäfte, die vor einem halben Jahrhundert Sonnencreme, Gummireifen und Taucherbrillen verkauft hatten, waren längst umfunktioniert worden zu Läden, in denen mit Schwarzmarktware gehandelt oder irgendwelche Dienstleistungen angeboten wurden. Aber auch die waren jetzt geschlossen. Einige der Menschen, die die Geschäfte besetzt hatten, versuchten, das eindringende Wasser mit aufgestapelten Platten aus alten Möbeln abzuhalten.

Andere hatten es aufgegeben und ihre Waren in höher liegende Stockwerke verfrachtet.

Sie kam an der Kirche Santa Maria del Carmine Maggiore vorbei und winkte einem Caritas-Mitarbeiter, der auf den Treppen saß und dem Regen zusah. Sie kannte ihn, wie man sich generell kannte, unter Mitgliedern der Hilfsorganisationen in der Altstadt. Er hieß Anis, stammte aus Berlin und leistete sein freiwilliges soziales Jahr in Neapel ab, bevor er mit dem Studieren anfangen wollte. Maja verstand nicht, wie er es fertiggebracht hatte, dafür eine Genehmigung zu erhalten. Die deutsche Regierung ließ ihre Jugendlichen mittlerweile nur noch innerhalb der Landesgrenzen Sozialdienst tun. Aber nicht im südlichen Europa.

»Ich könnte deine Hilfe gebrauchen«, rief sie im Laufen. Sie merkte, wie ihr allmählich die Luft ausging.

»Wofür?«, rief er zurück.

»Notfall beim Hafen. Kannst du?«

Er sprang auf und setzte ihr hinterher.

Nachdem sie die Via Nuova Marina, die letzte Hauptstraße vor der Küste, überquert hatten, mussten sie langsamer werden. Hatte das Wasser bisher bis zu den Knöcheln oder den Unterschenkeln gereicht, so stand es hier noch höher. Und dazu schlug der Sturmwind, der über das Meer raste und gegen die Stadt peitschte, jetzt wo keine Hausmauern sie mehr schützten, mit voller Gewalt zu.

Über den Kreisverkehr, der nur ein paar Meter vom Hafenbecken entfernt lag, mussten sie bereits waten. Denn er war völlig überschwemmt. Maja wünschte, sie hätte Gummistiefel mit nach Neapel genommen. Aber die würden jetzt wahrscheinlich auch nicht viel nützen.

Das Regenwasser stand hier unten bereits so hoch, dass es sicher von oben in die Stiefel hineinplatschen würde.

Sie steuerten auf das Ristorante Siciliano zu, einer kleinen Bude direkt an den ehemaligen Docks.

Jemand trat aus der Tür und winkte sie zu sich. Maja winkte zurück, als eine Folge von kleinen Blitzen am Horizont aufleuchtete. Doch es waren keine Blitze aus dem Himmel, sie schienen vielmehr aus der Dammmauer zu kommen. Alle paar Meter blitzte es und Beton wurde in die Luft geschleudert und vom spritzenden Meerwasser der anbrandenden Wellen geschluckt. Und dann, eine Sekunde später, spürte sie die Druckwelle, gefolgt von dem Donnern der Explosionen. Noch während sie versuchte, zu begreifen, was da geschehen war, musste sie sehen, wie die alte Mauer an den Stellen, an denen es aufgeblitzt hatte, eingedrückt wurde. Wie der Beton und die groben Felsen, die angeschüttet worden waren, von den Wassermassen in das Hafenbecken geschoben wurden. Die Löcher wurden breiter und breiter. Immer mehr Stellen der Mauer wurden vom Meer gefressen, bis kaum mehr etwas von ihr übrig war. Das hereinflutende Wasser baute sich zu einem ersten Kamm auf, der mit jedem Meter, den es zurücklegte, weiter anschwoll. Gerade noch kniehoch, wuchs es im nächsten Moment schon auf die Höhe eines Pkws, dann eines Bungalows, einer Fabrikhalle.

»Weg hier!«, trieb Maja Anis an. Sie rannten in die Richtung, aus der sie gekommen waren. Aber das Regenwasser machte sie langsam. Anis stürzte. Sie drehte sich um, sah, wie weiter hinten die erste Welle gegen die Kaimauer schlug und sich hoch in den Himmel türmte, darüber hinwegspülte und das ganze Ristorante Siciliano verschluckte.

Es knirschte und krachte und sie glaubte, einen Schrei zu hören, als sie weiterlief.

»Warte!«, hörte sie jetzt Anis hinter sich kreischen. »Wa...« Dann war da nichts mehr, als das Dröhnen der Flutwelle in ihrem Rücken. Sie hatte es über den Kreisverkehr geschafft, war auf die Hauptstraße gesprungen und hatte nur noch wenige Meter bis zur ersten Häuserreihe, als es über ihr schwarz wurde und sie eine riesige Welle erfasste.

Damals

»Der Mensch ist ein Tier«, sagte Fin in das Mikrofon, das in einem Metallständer steckte und an dem er sich festhielt. Er stand, in einen dicken Mantel gehüllt, auf der Bühne. Es war Winter. Seine Narbe war zum Teil von einem jugendlich schütteren Dreitage-Bart verdeckt.

Als die Kamera kurz über den Platz schwenkte, wurde sein Publikum sichtbar. Einige hielten Transparente hoch, andere applaudierten zustimmend. Ein paar redeten in kleinen Gruppen miteinander, hörten nur halbherzig zu. Aber er ließ sich davon nicht beirren. Hunderte waren gekommen.

»Er ist das intelligenteste Tier, das jemals auf diesem Planeten gelebt hat«, fuhr er fort, hielt kurz inne und verkündete lauter werdend: »Aber er ist auch das grausamste. Und weil der Mensch nicht mehr schnell genug aus seinen Erfahrungen lernt, wird er immer dümmer.«

Pfiffe und johlende Zustimmung waren abwechselnd aus dem Publikum zu hören.

»Jeder Hund, jede Katze, jeder Vogel und jedes Schwein weiß, dass man nicht dorthin kackt, wo man lebt. Der Mensch aber tut genau das. Er scheißt den ganzen Planeten voll.« Fin hatte sich in Rage geredet. Im Publikum sprach jetzt niemand mehr. Alle hörten gebannt zu. Seine Stimme dröhnte durch die Lautsprecher und hallte über den Platz. »Er ist zu blöd dafür, zu verstehen, dass er sich das eigene und zugleich das einzige Zuhause zerstört, das er hat.« Mit diesen Worten zog er eine Schneekugel aus der Tasche zu seinen Füßen und hielt sie in die Luft. In ihr schwirrten kleine Flocken um ein altes Schlösschen mit einem großen Turm.

»Unsere Alten haben beschlossen, in ihrer Schneekugel zu bleiben und die Augen vor dem zu verschließen, was auf uns zukommt. Oder es ist ihnen egal. Um ihre Kinder und Kindeskinder kümmern sie sich nicht. Es ist ihnen egal, welche Sauerei sie uns hinterlassen. Sie lassen uns sehenden Auges verrecken. Dagegen protestiere ich. Dass ich vor anderthalb Jahren gemeinsam mit meiner Freundin nackt auf einem Bus herumgesprungen bin, war vielleicht nicht die beste Idee.« Er grinste verschämt.

Das Publikum lachte. Manche klatschten oder pfiffen. Er schob das Mikrofon einen Augenblick von sich weg, blickte zu Boden und spürte, wie er langsam errötete. Das brachte ihm einige zusätzliche Lacher ein. Er nickte grinsend. Dann wurde er wieder ernst: »Aber das war nur unsere erste Aktion. Wir haben weitergemacht. Und wir haben noch eine Menge vor. Ich sollte seit September an einer Uni studieren. Aber dafür habe ich jetzt keine Zeit mehr. Es gibt Wichtigeres als meine persönliche Zukunft. Wenn ich eines Tages sterbe, möchte ich meinen Enkeln in die Augen sehen und ihnen sagen können: Ich habe vielleicht vieles falsch gemacht, aber ich habe wenigstens versucht einen kleinen, aber verdammt nochmal wichtigen Beitrag zu leisten. Und sei es nur, dass ich einige Leute dazu gebracht habe, über den Klimawandel zu diskutieren und zu erkennen, welche Probleme auf uns zukommen … Ich wollte die Welt ein klein wenig besser machen. Für euch und für alle, die nach euch kommen werden!«

Dann schleuderte er die Schneekugel so heftig zu Boden, dass sie klirrend zerbrach.

Fin lehnte sich zurück. Das Video, das er von seiner Rede angesehen hatte, war zu Ende. Sie hatten es »Schneekugel« genannt. Er sah sich die Zahl der Views an und zupfte dabei an seinem Kinn. Das hatte er sich angewöhnt, seit er den spärlichen Bart trug, der ihm im letzten Sommer gewachsen war und den er sich nicht abrasierte, auch wenn er kaum als Bart durchging.

Er sah über den Laptop hinweg durch das schmale Plastikfenster des Wohnmobils. Draußen breitete sich ein weitläufiges schneeverkrustetes Feld vor einer bewaldeten Bergflanke aus. Seine Nase war verstopft, der viele Staub machte ihm zu schaffen, aber um zu lüften, war es zu kalt und zu früh. Die Sonne schob sich in mattem Weiß gerade erst den diesigen Winterhimmel hoch.

Fin musste nicht aufstehen, um sich Kaffee einzuschenken. Es reichte, sich nach vorne zu beugen und den Espressokocher vom Gasherd zu nehmen, der gleichzeitig auch als Heizung diente. Er öffnete einen der Schränke über der kleinen Kochstelle, um nach einer Tasse zu suchen.

So wie beinahe jede freie Fläche war die Schranktür mit Zeitungsartikeln, Bildern und Social-Media-Einträgen beklebt. Aufnahmen von Umweltkatastrophen wie abbrechenden Eisbergen und Waldbränden wechselten sich mit riesigen Schlagzeilen ab. »Schwedisches Mädchen schwänzt Schule für mehr Klimaschutz«, hieß eine. Und: »Schüler in mehr als hundert Staaten demonstrieren für mehr Klimaschutz«, war unter dem Bild eines YouTube-Videos zu lesen. Und: »12.000 Forscher unterstützen Fridays for Future«, prangte auf der Kopie eines Zeitungsberichts. Dazwischen: »Jugendliche Klima-Aktivisten gehen mit Nackt-Video viral«, und: »Greta Thunberg für den Friedensnobelpreis nominiert«. »Grüne Jugend: Die Welt brennt!« und: »Climate crisis: 6 million people join latest wave of global protest« und: »Social Media als Plattform für Klima-Aktionismus. Zwei deutsche Teenager machen es vor«.

Er sah noch einmal auf das YouTube-Video und schüttelte den Kopf, als Lara sich aus der Dusch- und Toilettenkabine zwängte. Sie hatte sich ein Handtuch um die Brust und eines um die Haare gewickelt und wurde von einem Schwall aus Dampf begleitet. Es war so eng, dass sie sich nur leicht hinunterbeugen musste, um Fin von hinten zu umarmen. Er reagierte nicht.

»Na, worüber denkst du denn so angestrengt nach?«

»Ach nichts«, sagte er, sah dabei aus dem Fenster und nippte an seinem Kaffee.

»Jetzt sag schon. Haben dir wieder deine Eltern geschrieben?«, fragte sie und küsste seinen Nacken. »Oder schlimmer«, setzte sie nach: »Etwa meine?«

Er schüttelte den Kopf »Mm. Ich meine, ja. Schon.«

»Und hast du die Mail etwa gelesen? Wir haben doch ausgemacht, wir löschen sie gleich. Auch wenn sie von einer Adresse aus geschickt werden, die die Blockierung umgeht.«

»Ja. Ich hab's trotzdem gelesen. Aber nein, darum geht's auch gar nicht.«

»Worum dann?« Sie sah auf und legte ihr Kinn auf seinen Kopf, um herauszufinden, was sein starrer Blick fixierte.

Fin beobachtete eine dürre Krähe, die im gefrorenen Schnee etwas entdeckt haben musste und hartnäckig versuchte, es mit dem Schnabel aufzuhacken.

Lara kitzelte ihn, versuchte, ihn aufzumuntern. Aber er ließ es nicht zu, zog ihre Hände unter seinen Achseln hervor und verschränkte sie vor seiner Brust.

»Die Videos, in denen nur ich zu sehen bin, kriegen nicht mal halb so viele Klicks, wie die, in denen wir beide sind. Oder du allein.«

Sie löste sich von ihm und lehnte sich gegen die Rückseite des Beifahrersitzes.

»Darum geht's dir? Wer beliebter ist?«

»Nein«, gab er zurück, wiegte den Kopf hin und her und rümpfte das Kinn.

»Ein bisschen vielleicht. Wichtiger ist aber, dass wir insgesamt mehr Views bekommen.«

Sie sahen jetzt beide aus dem Fenster auf das Schneefeld. Es übte eine fast hypnotische Wirkung auf sie aus, wie es grell und vegetationslos zu ihnen in den Wagen hereinstrahlte. Die Krähe hatte inzwischen aufgegeben und war davongeflogen.

»Warum?«, fragte sie.

»Warum? Weil es das ist, was wir tun. Das ist unser Beitrag. Sind doch deine Worte.«

»Ja, was das betrifft«, sagte Lara leise, »bin ich mir nicht mehr so sicher, ob das noch ausreicht.«

»Was ausreicht?«

»Na ja, auf Fridays for Future-Demos quatschen, Proteste mitmachen und Stellungnahmen schreiben und so 'n Quatsch.«

»Was willst du denn sonst machen?«

»Etwas Echtes. Etwas, das ein Zeichen setzt.«

»Zum Beispiel?«

»Keine Ahnung. Eben wieder so Aktionen wie voriges Jahr.«

»Nackt auf 'nem Bus tanzen?«, lachte Fin.

»Nein. Ja … Wenn es sein muss. Das ist ja nicht das Einzige, was wir durchgezogen haben. Aber ich meine etwas Handfesteres. Nicht bloß Protest. Etwas, das wirklich etwas … ändert. Was Echtes eben.«

»Zum Beispiel? 'nen Staudamm sprengen oder so 'nen Scheiß?«, fragte Fin und schüttelte den Kopf.

»Sei nicht albern. Aber … Wie die Sache in Wien. Im Oktober.«

»Als wir mit den Extinction Rebells die Rahlstiege im VI. Bezirk vollgekleistert haben? Das hat genau nichts gebracht. Außer, dass ich gelernt hab: Kunstblut kriegt man so gut wie gar nicht mehr aus den Klamotten.«

»Aber wir haben es in alle Medien geschafft«, erwiderte sie und ließ ihn los.

»Ist ein Argument.«

»Fin … Warum willst du mehr Follower auf Insta oder YouTube?«

»Um etwas zu bewirken.«

»Und hast du das Gefühl, das tust du damit?«

Fin räusperte sich. »Ich würde sagen, wir tragen dazu bei. Und außerdem: Biogas und Biodiesel sind teuer. Und wir müssen essen … und trinken. Ich will mal wieder in ein Lokal. Ausgehen … Und das geht nun mal momentan nur mit mehr Geld, das heißt mit mehr Views.«

»Es wird sich schon ausgehen«, wendete sie sich ab und trat vor den Spiegel, der der Duschkabine gegenüber neben der schmalen Eingangstür hing.

»Und gegen das Essen kannst du wirklich nichts einwenden, das ist tipptopp, in der Regel«, sagte sie und schielte zu den Lebensmitteln, die nicht nur in den kleinen Schränken der Küche, sondern auch auf der schmalen Fläche neben der Herdplatte gestapelt waren. Sie hatte recht. Indem sie die Müllcontainer bestimmter Lebensmittelketten nach Ladenschluss plünderten, wo völlig intakte Ware aus verschiedensten Gründen einfach weggeworfen wurde, kamen sie in den meisten Städten ohne Probleme über die Runden.

»Ja, OK, aber ich habe mal wieder Lust auf … keine Ahnung, Containern ist schön und gut, aber wie wär's mal wieder mit einer frischen Pizza?« Fin merkte im selben Augenblick, wie quengelig er klang. Es ärgerte ihn.

Sie löste das Handtuch von ihrem Kopf und begann sich die feuchten Haare durchzukämmen. Einige Zeit war nur das »Rtsch, Rtsch«, zu hören, das die Bürste machte. Dann brach Fin das Schweigen: »Weißt du, deine Eltern schreiben, dass sie uns Geld schicken wollen. Gern auch auf unser Paypal-Konto. Sie stellen auch überhaupt keine Forderungen mehr und …«

»Du hast eine Mail von *meinen* Eltern gelesen?«,

unterbrach sie ihn. »Das geht dich überhaupt nichts an. Ich sagte sofort löschen!«

»Ach, ich bitte dich. Als hätten wir noch Geheimnisse voreinander. Nach all der Scheiße. Lara, wir kurven seit anderthalb Jahren auf vier Quadratmetern durch halb Europa. Da wird es ja wohl in Ordnung sein, dass …« Er hielt kurz inne und versuchte es etwas ruhiger, wurde aber von Lara unterbrochen.

»Das ist eine Frage des Prinzips. Wir hatten es so ausgemacht.«

»Ja, eine Frage des Prinzips wäre es auch, sich an die eigenen Forderungen zu halten. Ich meine, Lara, wir fahren einen zwanzig Jahre alten Campingbus. Gut, mit Biodiesel. Und wir kochen und heizen mit Biogas. Aber trotzdem ist das eine Dreckschleuder. Die Dinger hast du früher mit Scheiße beworfen.« Er musste grinsen, als er sich an ihre erste Begegnung erinnerte, und vergaß einen Moment, dass sie ernsthaft diskutierten.

»Das Thema hatten wir schon hundert Mal. Es ist für uns Wohnung und Auto zugleich. Unsere Ökobilanz ist überdurchschnittlich gut. Ich weiß nicht, wie oft ich dir das noch vorrechnen soll.«

»Ja, aber willst du denn ewig in diesem verdammten Camper leben?«

»Es geht nicht darum, was ich will!«, fuhr Lara aus der Haut und stieß sich den Kopf an der niedrigen Decke.

»Ich versuche ja nur, an die Zukunft zu denken«, erwiderte Fin.

»Zukunft? Welche Zukunft denn bitte? Wenn wir nicht bald gravierend etwas ändern, ist Schicht im Schacht. Nichts ist dann mehr von Relevanz.«

»Aber das schaffen wir doch nicht allein. Komm schon.«

»Mit »wir« meine ich nicht uns, du Idiot. Die Menschen. Die Alten«, belehrte sie ihn.

»Hör mal, ich liebe dich, du blöde Kuh!«, schrie Fin in das Schneefeld hinein und klammerte sich an dem kleinen Esstisch fest. »Deswegen habe ich keine Sekunde dir die Schuld dafür gegeben, dass Adnan mich fast zum Krüppel geschlagen hat. Deswegen habe ich dich wochenlang gesucht, nachdem du abgehauen bist. Deswegen habe ich an dich geglaubt und folge dir von einer Demo zur nächsten, bin bei jeder Aktion dabei. Deswegen lade ich unsere Videos hoch und versuche irgendwie mit dir über die Runden zu kommen. Und deswegen sitze ich immer noch in diesem verdammten Gefängnis auf Rädern und fresse tagein tagaus Karottenpüree und Dosenravioli, statt endlich meinen Schulabschluss nachzuholen!«

Er war laut geworden und schlug zum Schluss mit der flachen Hand auf den Tisch, dass der Wagen wackelte. »Aber wenn du ehrlich zu dir selber bist, dann ist das alles für dich doch nur ein großes Abenteuer. *Ich* bin ein Abenteuer. Und wenn es dir nicht mehr in den Kram passt und zu unbequem wird, kriechst du wieder zu deinen reichen Eltern zurück und setzt dich brav auf Papas Schoß und hältst die Hand auf. Aber ich kann das nicht. Ich muss daran denken, was ich in …«

Er zuckte zusammen, als die Haarbürste gegen seinen Hinterkopf knallte. Fin fuhr durch die Luft fuchtelnd herum und rutschte von seinem Hocker. »Sag mal spinnst du?«, schrie er und rieb sich die Stelle, wo ihn der Rahmen der Holzbürste getroffen hatte.

Lara antwortete darauf mit einem Blick, der ihn

vernichten sollte. Sie atmete laut durch die Nase aus, legte den Kopf ein wenig schief und die feuchte, rote Strähne baumelte vor ihren zorngeröteten Augen. Schließlich drehte sie sich wortlos um, stieg in die Bettnische und zog die braune Falttür hinter sich zu.

Heute

Roland schälte langsam eine halb verdorrte Mandarine ab. Die aufgehende Sonne warf lange Schatten. Er hatte nicht mehr einschlafen können, nachdem er zu früh aufgewacht war. Seine Augen brannten. Er stand auf einem von mehreren Friedhöfen auf dem Gelände. Vor ihm lag ein frisches Grab, die Erde war noch ein wenig feucht.

Er schob sich die einzelnen Mandarinenspalten in den Mund und kaute lustlos. Seine Bewegungen waren langsam, sein Blick schweifte über das Gelände, wo sich kleine Gräber für die Holzurnen aneinanderdrängten wie Maulwurfshügel. Am westlichen Ende ging der Friedhof nahtlos in den Wohnbereich des Lagers über, der kilometerweit reichte, ehe er an das dreifache Stacheldrahtsystem stieß. Über rostige, manchmal doppelt aufgebockte Container spannte sich ein dichtes Netz aus Stromdrähten, die von viel zu wenigen, meist schiefen Masten gehalten wurden.

Der Gestank von Verwesung, Schweiß und Unrat wehte zu ihm herüber. Dabei war die Luft hier, am Friedhof, noch am besten. Ein kühler Morgenwind ließ das graue Hemd flattern, das man ihm gegeben hatte. Es war abgewetzt, aber sauber. Die Ärmel hatte er bis zu den Ellbogen hochgestreift und trug es offen, sodass der Sommerwind über sein weißes Unterhemd strich. Er hatte auch eine neue, alte Jeans an, die ein wenig scheuerte, sonst aber in Ordnung war. Es tat gut, saubere Kleidung zu tragen.

Er sah hinauf zu den dunkelgrauen Wolken, die von Westen her über den stahlblauen Himmel dem Sonnenaufgang entgegenwallten. Dort, wo sich die Container des Lagers an einer Hügelflanke hochzogen. Dann betrachtete er noch einmal, während er das letzte Stück der Mandarine hinunterschluckte, das Grab zu seinen Füßen. Es stand kein Name darauf. Er wischte sich den Saft vom Kinn, drehte sich um und trottete zwischen zwei alten, einst blauen Metallcontainern wieder in das Lager zurück. Er trug endlich wieder Schuhe, die ihm passten. Trotzdem schmerzte jeder Schritt. Der Sturz über die Böschung würde ihm noch länger im Gedächtnis bleiben. Seine Schulter war steif und den einen Arm konnte er nicht höher als bis zu seiner Nase heben. Beim Gehen hinkte er leicht.

Der grässliche, allgegenwärtige Gestank verdichtete sich rasch und raubte ihm fast den Atem, als er die Container hinter sich ließ. Schon davor hörte er das Knistern der brennenden Reifen und das Knacken der Alu-Tonnen, in denen kleine Lagerfeuer brannten. Ein Gewirr unzähliger Stimmen lag in der Luft. Murmeln, Schluchzen, Streitereien, Diskussionen in verschiedenen Sprachen. Dazwischen unschuldiges Kinderlachen. Kinder finden immer etwas, worüber sie sich freuen können.

Er schlängelte sich zwischen alten, bunten und vielfach geflickten Zelten in allen Größen durch, passierte verschmierte, zerkratzte und provisorisch um- und ausgebaute

Wohncontainer und war froh, festes Schuhwerk zu tragen, denn der Boden war trotz der großen Hitze an einigen Stellen matschig.

Die Kanalisation des bayerischen Dorfs, das hier einmal gestanden hatte, war längst außer Betrieb, der Ort selbst schon lange von seinen ursprünglichen Bewohnern aufgegeben worden. Er bildete das Zentrum des Flüchtlingslagers, das in den vergangenen Jahren zu einer großen, fiebrig pulsierenden Stadt angewachsen war, die mittlerweile ein kilometerlanger Gürtel aus Zelten und Containern umgab. Überall waren Menschen. Es war noch nicht einmal sechs Uhr früh, aber wohin man sah, hockten und standen, knieten und saßen sie. Sie unterhielten sich, starrten ins Nichts, säugten Babys oder schliefen einfach, wo sie niedergesunken waren. Und das waren nur die, die wirklich gar keinen Platz in den vollgestopften Unterkünften mehr ergattern konnten.

Roland hielt auf das Zentrum zu. Er sah zwar zu Boden, um keine Aufmerksamkeit zu erregen, wurde aber trotzdem immer wieder angepöbelt, angeschrien, oder zur Seite gestoßen. An jeder Ecke war mit Ärger zu rechnen in diesem überfüllten Zwangslager. Einige Meter ging er eine ehemalige Bundesstraße entlang, deren mit Kinderkreiden bemalter Asphalt aufgebrochen war von der sengenden Sonne unzähliger Sommer. Niemand hatte sich mehr darum gekümmert, seit das Lager vor Jahren errichtet worden war.

Die Häuser, die einst den Dorfrand markiert hatten, waren zum Teil nur mehr fensterlose Ruinen, von denen der alte Außenputz bröckelte. Aber vor manchen von ihnen waren neue Maschendrahtzäune aufgestellt worden. Diese

Häuser waren intakt. Sie gehörten jenen, die es sich im Lager gerichtet hatten. Vor ihnen patrouillierten Männer, die für ihre Sicherheit garantierten, weil sie dafür bezahlt wurden. Jene, die sie bewohnten, waren Leute, die Waren in das Lager schmuggelten. Waren, wie die VR-Linsen, die Roland nach seiner Ankunft gekauft hatte. Er sah jetzt wieder unvergleichlich scharf. Aber die VR-Funktion war ein Witz, denn es gab keinen freien Netzzugang in der Stadt. Und damit auch keine Möglichkeit, mit der Außenwelt zu kommunizieren. Das Schicksal seiner Mutter blieb ihm weiterhin verborgen.

Er bog in eine künstlich errichtete Seitengasse ein, die von Containern und Zelten gebildet wurde, und blieb an dem Wrack eines Kleinbusses stehen, der vor Jahrzehnten einmal türkis gewesen sein musste. Es handelte sich dabei nur noch um die Karosserie und den Unterboden des Wagens, der halb eingesunken im Dreck lag, eingeklemmt zwischen weiteren Baracken aus Blechwänden und Holzverschlägen. Die längst eingeschlagenen Fenster waren von innen mit Stoff verhängt. Roland klopfte mit der Faust so heftig gegen den Rahmen neben der Eingangstür, dass es schepperte.

Nach ein paar Sekunden wurde die Tür mit einem metallischen Ächzen aufgezogen und ein klein gewachsener, junger Mann mit Vollbart und krausen schwarzen Haaren zeigte sich.

»Was kann ich für die ehrenwerten Herren tun?«, sagte er und kratzte sich den behaarten Bauch. Roland sah sich um, aber er musste ihn gemeint haben. Erst in diesem Moment wurde ihm bewusst, dass der Mann vollends nackt war. Offensichtlich verlor man alle Scham, wenn man auf so engem Raum zusammenlebte. Es schien ihn nicht zu kümmern.

»Dhaki schickt mich. Sie sagt, du hast was für mich.«

»Ah ja, stimmt. Moment, ähm … Ich habe noch andere Geschäfte mit ihr zu erledigen. Ich komme mit. Warte kurz.« Er verschwand im Wageninneren. Als er wieder auftauchte, trug er immerhin Klamotten.

Die Stadt erwachte allmählich, während sie sich auf ihr Zentrum zubewegten. Die verfallenen Gebäude waren über und über mit Graffitis und Malereien beschmiert. Nicht nur auf dem rissigen Putz, sondern auch auf den nackten Ziegelmauern, wo er abgebröckelt war. Noch mehr Menschen kamen aus ihren Baracken, in denen die Luft unheimlich stickig sein musste, und gesellten sich zu den unzähligen Obdachlosen, die auf der Straße übernachtet hatten. Sie unterhielten sich an den kleinen Feuerstellen oder rieben sich schlaftrunken die Augen unter den vielen Wäscheleinen, die überall zwischen den Behausungen gespannt waren und auf denen allerhand fleckige und zerschlissene und aufgerissene Kleidungsstücke zum Trocknen hingen. Der Wind war abgeflaut und sofort war eine schwüle Hitze entstanden, die von dem seit Wochen aufgeheizten Boden aufstieg und von der aufgehenden Sonne noch verstärkt wurde.

Genervt klatschte sich der Fremde – er hatte sich als Mark vorgestellt – in den Nacken und sah nach, ob er die Stechmücke erwischt hatte.

»Ich bin seit neun Jahren hier drin. Aber an die habe ich mich noch immer nicht gewöhnt. Die verdammten Biester sind einfach in jedem Winkel. Man kann ihnen nicht entgehen. Und dann die Malariaausbrüche und Gelbfieberseuchen, die sie alle paar Monate mitbringen. Man möchte kotzen, wenn man was im Magen hätte.«

»Ich finde es nicht so schlimm«, gab Roland zurück.

»Warte nur, bis es wieder Regen gibt. Wie es aussieht, hast du das große Los gezogen. Heute wird es vielleicht ein Unwetter geben. Der erste Regen seit sieben Wochen. Und in zwei, drei Tagen bricht die nächste Seuche aus, wenn sich die Viecher erst mal ordentlich in dem Schlamm vermehrt haben.«

Da bin ich längst über alle Berge, dachte Roland.

»Seit wann bist du hier?«, fragte Mark und drückte sich an zwei Spaniern vorbei, die rauchend die Straße überquerten. Allmählich wurde es richtig eng.

»Wo wollen die Leute denn alle hin?«, fragte Roland, anstatt auf Marks Frage einzugehen.

»Nirgendwohin. Gibt ja kein Entkommen von hier.«

»Ja, aber wohin gehen sie denn?«

»Im Kreis.«

»Im Kreis?«

»Ja, um nicht wahnsinnig zu werden. Sie haben hier nichts zu tun. Sie vertreten sich die Beine. Und das ist nur ein Bruchteil der Bewohner. Warte, bis es erst mal Vormittag ist. Dann kommst du hier keinen Schritt mehr weiter vor lauter Menschen.«

Am vorherigen Tag, dem Tag nach seiner Ankunft, hatte Roland fast durchgehend geschlafen. Er war erst nach Einbruch der Nacht erwacht und hatte das Lager noch nicht bei Tag erlebt.

»Wie hältst du es hier aus?«

Mark zuckte mit den Achseln. Er zog eine Blechdose

aus der Tasche und öffnete sie. Darin waren getrocknete Feigen. Er nahm eine Halbe heraus und riss sie entzwei. Ein Stück reichte er Roland.

»Danke«, sagte er, steckte sie in den Mund und zerkaute sie.

»Nicht!«, keuchte Mark. »Mann, die sind Gold wert! Du musst sie dir vorsichtig zwischen Zähne und Oberlippe schieben. Da hast du viel länger was davon!«, sagte er und zeigte es ihm vor. »Mann, du bist wirklich noch nicht lange hier, was?«

Roland sah ihn an. Er meinte es tatsächlich ernst. Er schien ihm ein großes Geschenk mit dem kleinen Feigenfetzen gemacht zu haben und war fast gekränkt, dass Roland es so geringschätzte und gleich hinunterschlucken wollte.

»Seit vorgestern«, antwortete Roland auf seine Frage von vorhin. Marks Miene hellte sich auf.

»Dafür kennst du den Weg aber sehr gut.«

»Eidetisches Gedächtnis.«

»Echt jetzt?«

»Nein. Aber ich passe auf, wo ich hintrete«, sagte er ernst.

»Ich passe auf, wo ich hintrete …«, äffte Mark Roland nach: »Mann, mach dich locker!«

Er schüttelte den Kopf. Roland fluchte innerlich. Er durfte Mark nicht verärgern. Sie brauchten etwas von ihm. Etwas Wichtiges.

»Warum sprichst du eigentlich so gut deutsch?«, fragte er dann.

»Weil ich gebürtiger Deutscher bin.«

Roland sah ihn verdutzt an.

»Ja, da staunste, was?«, lachte Mark, als sie sich langsam durch das Menschengewühl des ehemaligen Marktplatzes schoben. Hier wurde allerhand Hehlerware angeboten. Haltbar gemachte Lebensmittel in zerbeulten Dosen, weiche Beutel mit Flüssignahrung und grobe Päckchen mit Mehl und Mais-Sterz. Die Essensrationen, die aus der Luft in das Lager abgeworfen wurden, wurden hier zum Tausch feilgeboten. Aber auch fleckiges Obst sah er, das auf Dächern der Baracken gezogen wurde. Dazu stinkendes, weiches Gemüse und Dörrfleisch, das in Fetzen von schmierigen Wäscheleinen hing, und von dem Roland gar nicht wissen wollte, aus welchen Tieren es herausgeschnitten worden war. Außerdem gab es Schwarzmarktware jeglicher Art. Von gebrauchten Tablets, über Messer, VR-Brillen, Kosmetikartikel und Tabak bis hin zu unterschiedlichsten Drogen reichte das Sortiment. Ja sogar getrocknete Frösche entdeckte er an einem der Stände, die aus klapprigen Blechteilen zusammengeschustert worden waren.

Irgendwo wurde etwas geröstet. Menschen stritten sich um die besten Stücke. Jemand lachte hysterisch auf und irgendwo schrie ein Kleinkind. Immer schrie irgendwo ein Kleinkind.

»Ich hatte einmal eine Doppelstaatsbürgerschaft«, erzählte Mark, während sie den Platz verließen und durch das aus der Wand gebrochene Portal einer alten Grundschule hindurchgingen. Das Gebäude ragte mit seinem bröckelnden, von getrocknetem Schimmel zerfressenem Außenputz wie ein abgefaulter Zahn aus der Erde. Sie gingen in den Keller der Schule, wobei sie über Menschen, die hier in großer Zahl auf dem Boden kauerten, hinwegsteigen mussten, um vorwärtszukommen.

»Meine Eltern kommen aus Bulgarien und der Türkei. Die deutsche Staatsbürgerschaft wurde mir deswegen aberkannt, als ich neun wurde. Meine Eltern wurden ausgewiesen, wir sind über die Alpenroute wieder ins Land gekommen und dann hier gestrandet. Seitdem ist diese Stadt mein bescheidenes Heim.«

»Dann hast du ja seit Jahren nichts mehr außerhalb des Zauns gesehen«, murmelte Roland und blieb stehen.

»Seit sieben Jahren. Aber spar dir dein Mitleid. Davon kann ich mir auch nichts kaufen. Also, wohin?«, fragte er und Roland wies ihm den Weg. Die Wände waren bis in Hüfthöhe mit trockenem Dreck und staubenden Schlammresten von der letzten Überschwemmung bedeckt. Aber die Menschen, die zu beiden Seiten des Flurs, den sie hinabgingen, saßen oder lagen und meist apathisch vor sich hinstarrten, nahmen keine Notiz von ihnen. Es roch nach Schwefel und fauligem Abfall. Die Türen der meisten Räume waren längst herausgebrochen und weggeschleppt worden.

Sie betraten ein kleines Zimmer. Es musste einmal eine Abstellkammer gewesen sein, denn an den Wänden lehnten noch die Überreste alter Metallregale. Nur standen keine Kisten und Putzutensilien und Toilettenpapier darauf, sondern sie waren neu zusammengefügt worden zu insgesamt drei Betten. Auf einem davon, eingegraben in filzige Decken und speckige Kissen, lag ein schlafender Mann, der sein Gesicht zur Wand gedreht hatte.

An einem kleinen Schreibtisch, der zwischen ihnen eingeklemmt am hinteren Ende an der Wand stand, saß Dhaki, die Kommandos in die Tastatur eines Tablets klopfte. Sie drehte sich gar nicht um, als Roland eintrat. Denn während sie auf den Bildschirm sah, musste sich seine Gestalt darin gespiegelt haben. Das einzige Licht in dem Raum lieferte abgesehen von dem Bildschirm ein kleines Kellerfenster aus gebrochenem Milchglas, das direkt unter der Decke angebracht war.

»Wo warst du?«, fragte Dhaki.

»Frische Luft schnappen am Friedhof«, antwortete er müde, obwohl er wusste, wie absurd das klang.

»Hast du's?«, fragte sie, während sie weitertippte.

»*Ich* hab's«, antwortete Mark für Roland, während er sich hinter ihm hereinzwängte.

»Gut.«

Roland achtete nicht weiter auf die beiden und setzte sich auf ein Bett. Er sah an dem schlafenden Mann herab und erkannte den verletzten Arm, der sich unter den Decken abzeichnete. Vorsichtig legte er eine Hand auf die Schulter seines Großvaters und schloss die Augen. Er spürte, wie sie begannen zu brennen.

»Opa«, flüsterte er leise.

Damals

»In zwei Wochen gibt es in Berlin eine Demo. Die Ortsgruppe mobilisiert in großem Stil«, sagte Fin und durchforstete die Social-Media-Kanäle. Er hatte im letzten Sommer einen späten Wachstumsschub gehabt und passte gerade so in die kleine Bettnische. Mit dem Kopf auf seinem Bauch lag Lara in der anderen Richtung, sodass ihre Beine über die Bettkante baumelten, und wischte ebenfalls auf ihrem Smartphone herum. Sie waren nackt, hatten sich irgendwie in die Laken verwickelt. Die Luft in dem engen Wohnmobil roch nach frischem Schweiß und Sex. Die Scheiben waren von der Feuchtigkeit innen angeschlagen und der alte Plattenspieler aus den 80ern, der über dem Herd eingebaut war, spielte ihren gemeinsamen Lieblingssong. Er wusste, dass sie noch immer wütend auf ihn war, obwohl er ihr Recht gegeben und sich sofort entschuldigt hatte. Aber er wusste auch, dass es schnell vorübergehen würde. Und er spürte, dass sie ihn wirklich liebte.

»Welche? Fridays, Extinction oder eine andere?«

»Alle.«

»Schaffen wir es bis dahin nach Berlin?«

»Wir haben fast vollgetankt. Wir schaffen es überallhin in der Zeit. Aber … hast du nicht gesagt, dass dir das nicht genug ist?«

Sie schwieg zustimmend.

»Tim und ein paar andere haben was für das Kohlekraftwerk in Karlsruhe geplant«, sagte er irgendwann und blinzelte. Es war dunkel geworden, seine Augen begannen, vom grellen Licht der Displays zu schmerzen.

»Wär' das was?«

»Das bringt doch wieder nichts. Das sind wieder drei Tage, ein paar Schlagzeilen in den lokalen Nachrichten, vielleicht auch in der »Welt online« und das war's«, gab sie zurück.

»Weißt du noch im August? In Mannheim?«

»Mit Ende Gelände?«, lachte sie.

»Da hast du ziemlich blöd aus der Wäsche geguckt, als ich auf das Förderband gesprungen bin.«

»Du hättest dir dabei das Genick brechen können«, erwiderte sie.

»He! Nichts da, ich habe dafür gesorgt, dass was

weitergeht. Da waren immerhin fast hundert von uns da, aber keiner hat was zustande gebracht. So haben wir es zumindest zu einer Polizeiaktion geschafft.«

»Ja«, gab sie zu, »aber erstens war das von Anfang an so geplant. Und zweitens: Du hast es auch geschafft, eine Nominierung für den dümmsten Banner-Spruch aller Zeiten zu ernten.«

»Ich bin noch immer der Meinung, dass das Krokodil und die Überschrift »Kein Koko-Deal« zu meinen ganz großen Würfen gehören«, witzelte er.

»Ja, bestimmt … Phillip meint es ja gut, aber es geht einfach nichts weiter. Das gleiche Problem haben Fridays und Extinction Rebellion und wie sie sonst noch heißen mögen. Gewaltloser Protest und ziviler Ungehorsam sind schön und gut, aber was, wenn das nichts bringt?«

»Sag das Ghandi. Indien hat es die Unabhängigkeit gebracht.«

»Und Martin Luther King eine Kugel. Ja, du bist nicht der Einzige, der Bücher liest.«

»Das hast du vom Musste-wissen-Channel«, lachte er und stupste sie an. Sie kicherte, wurde aber schnell wieder ernst. »Komm schon, das meine ich nicht. Es bringt einfach alles nichts.«

»Oh doch. Es dauert nur etwas.«

»Die Zeit haben wir aber nicht.«

»Die Diskussion verändert sich. Die Leute haben wenigstens langsam angefangen, darüber zu reden. Und Gewalt würde zu nichts führen. Da schalten die Alten sofort auf stur«, konterte er.

»Jetzt komm schon, Fin, was bringt es, zehn Stunden eines von neun Förderbändern eines einzelnen

Kohlekraftwerks in Deutschland zu blockieren? Vor allem in Anbetracht der Tatsache, dass Indien in den nächsten Jahren über *fünfhundert* solcher Kraftwerke baut.«

»Wenn wir Aufmerksamkeit bekommen, reden die Leute darüber. Und wenn sie darüber reden, wird es auch für die Politik immer brisanter. Ich glaube daran, dass Aktionismus und friedlicher Protest etwas bewirken.«

»Ich stimme dir zu, was die Aufmerksamkeit betrifft. Aber ich glaube im Gegensatz zu dir nicht, dass Sitzstreiks und Gebäudebesetzungen weit genug gehen. Das interessiert doch heutzutage keine Sau mehr. Ich meine, allein in diesem Sommer bin ich so oft bei irgendwelchen Verkehrsblockaden auf meinem Arsch gesessen und hab mich von Polizisten davontragen lassen, dass ich mehr Feinstaub eingeatmet habe, als ein Kettenraucher. Und gebracht hat das überhaupt nichts. Nicht mal in Madrid. Es ist den Alten einfach egal. Es geht nichts weiter.«

»Glaube ich schon. Es dauert nur länger.«

Sie schnaufte und wischte wieder auf ihrem Telefon herum. »Wir drehen uns im Kreis. Daniel Seminaro hat in Madrid gesagt, wenn sich nichts ändert, dann eskalieren die Proteste 2020.« Dabei setzte sie sich auf und sah Fin durchdringend an. »Wir haben quasi 2020. Es ist an der Zeit, zu eskalieren.«

»Und das heißt? Willst du als Kriminelle gejagt werden? Wir sind Aktivisten, Lara. Keine Terroristen.«

»Terror ist, was die Alten den Menschen seit siebzig Jahren zumuten. Nur dass sie es nicht den Lebenden, sondern den noch Ungeborenen antun.«

»Ich will nicht in den Knast!«

»Kapierst du nicht, dass es nicht um dich oder mich

geht? Sondern um die unzähligen Milliarden Menschen der Zukunft?«

Lara sah ihn fordernd an. Er versuchte, ihrem Blick standzuhalten, konnte es aber nicht.

»Die Welt versinkt im Müll, Fin«, sagte sie eindringlich. Ihre Stimme brach.

»Eben, Lara. Egal was wir heute tun, wir können die Zukunft einfach nicht mehr retten.«

»Das will ich aber nicht glauben!«

»Ich doch auch nicht. Ich will auch, dass sich etwas ändert, verdammt noch mal. Unbedingt. Sofort! Heute! Aber es ist zu spät, fürchte ich. Und ich bleibe dabei. Ich werde nicht«, flüsterte er, »den Weg der Gewalt gehen.«

»Dann habe ich mich wohl sehr in dir getäuscht, Fin.«

Es versetzte ihm einen Stich. Er griff sich unwillkürlich an die Brust, als er sich wegdrehte und leise sagte: »Heute ist schon zu spät.«

Heute

Während er auf dem Bett neben seinem Opa saß, musste Roland an die Nacht vor zwei Tagen denken. An ihre Flucht und wie sie es in dieses Camp geschafft hatten. Das Bellen der Hunde war immer lauter geworden. Die grellen Lichter waren schon ganz nahe gewesen.

»Da!«, hatte Dhaki gezischt und tief ins Laub gegriffen. Sie hatte etwas festgehalten, hatte sich hochgestemmt und schließlich eine Klappe im Boden aufgerissen. Es war ein schwarzes Loch ins Nichts. Sie schleiften seinen bewusstlosen Großvater dort hinüber, als sie das deutliche Knacken von Ästen auffahren ließ. In der Dunkelheit konnten sie nur die Umrisse der Hunde erkennen, die von den Leinen gelassen wurden und laut kläffend über den Waldboden sprinteten. Aus Lautsprechern hinter ihnen tönte es barsch: »Stehenbleiben! Sofort stehen bleiben!«

Hastig zerrten sie Fin weiter. Als ein Schuss knallte, stolperten sie vor Schreck, nur einen Meter von der Luke im Waldboden entfernt. Dhaki sprang hinunter. Roland packte seinen Großvater unter den Armen und drückte seine Beine durch. Wieder knallte es. Er hörte die Kugel pfeifen, so nah war sie. Ebenso wie das wütende Bellen der Hunde. Es klang, als würden sie ihn schon im nächsten Moment erreichen. Er ächzte unter der Anstrengung, seinen Opa zur Luke zu schleifen.

Im letzten Moment, als direkt hinter ihm schon das grässliche Kläffen ertönte, verlor er die Kontrolle und stürzte rücklings in die Tiefe. Sein Opa fiel mit ihm gemeinsam hinunter und über ihnen fegte der dunkle Hund hinweg, krachte mit den großen Vorderpfoten gegen die Kante und verschwand aus seinem Blickfeld. Dhaki sprang hoch, riss die Luke zu und sofort schlug jemand wie wild dagegen. Das Hundegebell war nur mehr gedämpft zu hören. Sie lauschten einen Moment lang angestrengt und wagten nicht, sich zu rühren. Sie waren völlig durchgeschwitzt.

Eine alte, strombetriebene Laterne leuchtete matt in den Stollen.

»Schnell«, schrie Dhaki: »Gib mir die dort!« Sie zeigte auf eine Schaufel, die an der Wand lehnte. Roland streckte sich danach und erreichte sie nur mit Mühe. Sie führte den Schaft wie einen Schutzriegel durch zwei Handgriffe, die auf der Unterseite der Eisenklappe angebracht waren.

»Das dürfte sie kurz beschäftigen«, keuchte sie.

Erst jetzt konnte Roland, noch halb unter seinem ohnmächtigen Großvater liegend, wieder richtig atmen. Sofort musste er husten. Die trockene Luft brannte in den Lungen. Und sein Rücken schmerzte höllisch. Er war aus fast anderthalb Meter Höhe auf den Boden gestürzt. Es grenzte an ein Wunder, dass er sich dabei nicht die Wirbelsäule gebrochen hatte. Dann merkte er, dass sie beide auf Sand gelandet waren.

Oben hatte das Hämmern inzwischen aufgehört. Schritte waren zu hören. Und schließlich wurde die Luke hochgezogen. Aber der Schaft der schweren Schaufel blockierte sie nach wenigen Zentimetern.

»Los«, sagte Dhaki und trat über Roland hinweg.

»Hilf mir auf!«, verlangte er. Aber sie hatte anderes zu tun. Irgendetwas klapperte hinter ihm. Möglichst rasch und ohne seinen Großvater zu gefährden, kämpfte er sich unter diesem hervor und wollte sich aufrichten. Er musste jedoch in der Hocke bleiben, denn der Stollen war sehr niedrig.

»Los. Wir legen ihn hier drauf«, befahl sie. Sie hatte zwei Metallkisten von einem schmalen Rollbrett geschoben.

»Was ist das hier?«, fragte Roland atemlos und spürte, wie jedes Wort in seiner Brust schmerzte.

»Ein Tunnel.«

»Wofür?«, fragte er, ohne es wirklich wissen zu wollen. Denn das Reden brachte ihn auf andere Gedanken. Es war eine gute Ablenkung. Denn alles in ihm verlangte herrisch danach, dass er sich zusammenkauerte, seine Knie umklammert halten und dabei die Augen schließen konnte. Er hatte schreckliche Angst. Über ihnen wurde jetzt wieder brutal gegen die Falltür geschlagen. Er glaubte, so etwas wie Funksprüche zu hören.

»Für Schmuggelware«, sagte Dhaki und griff nach der Laterne. Gemeinsam mit Roland nahm sie die Haltestange des Rollbretts und beide begannen, seinen Opa in den Stollen zu ziehen.

»Schmuggelware wofür?«

»Für das Lager.«

Sie hatten erst ein paar Meter gut gemacht, als hinter ihnen dumpf so etwas wie eine Säge oder ein Winkelschneider zu hören war. Roland drückte sich um seinen Opa herum, schob mit der einen Hand an und versuchte, ihn mit der anderen Hand auf dem Brett zu halten. Dhaki zog. Sie mussten schneller werden.

Nach ein paar Metern hatten sich Wände und Decke verändert. Waren sie am Eingang noch aus Beton gewesen, handelte es sich hier um schwarze Erde und Fels, der von rostigen Stützpfeilern daran gehindert wurde, auf sie zu stürzen. Dann hörten sie, wie sich eine Säge in die Eisenluke fraß, durch die sie gekommen waren.

Damals

Vier Tage hatte Lara nicht mit Fin gesprochen. Schließlich hatten sie sich wieder versöhnt, aber kein weiteres Wort mehr über ihre Pläne verloren. Doch auch jetzt, zwei Wochen später, traute Fin dem Frieden nicht ganz. Er stieg aus dem Wohnmobil und blickte über den kleinen See.

Es war ein klarer, kalter Wintermorgen. Er hatte lange hinter dem Steuer gesessen, fühlte sich müde und war vor allem froh, endlich am Ziel angekommen zu sein. Dabei würde die Arbeit erst jetzt so richtig losgehen. Die Autobahn, die direkt hinter dem See verlief, an dem sie angehalten hatten, war großteils noch abgesperrt. Die Fahrzeuge fuhren in langsamem Tempo auf zwei, statt auf vier Fahrspuren an ihnen vorbei. Dort, wo der Tanklaster ins Schleudern geraten war, klaffte ein breites Loch in der Leitschiene. Man hatte sie in der Nacht bereits davon informiert.

»Der Fahrer ist schwer verletzt, hat aber überlebt. Die Polizei tippt auf Sekundenschlaf«, sagte ein Kerl mit rotem Haar und sommersprossigem Gesicht. Er trug eine gelbe Jacke mit der grünen »Greenpeace«-Aufschrift. Mit einem freundlichen Lächeln reichte er Fin zur Begrüßung einen Becher mit dampfendem Kaffee.

»Danke, dass ihr gekommen seid. Wir können jede Hilfe brauchen«, sagte er müde.

»Klar, Robin«, antwortete Fin und umarmte ihn kurz.

»Ich wusste nicht, dass ihr überhaupt noch in der Gruppe seid, ich habe seit Monaten nichts mehr von euch gehört.«

Fin erinnerte sich daran, wie er im vergangenen Sommer den Greenpeace-Aktivisten kennengelernt und wie sie auf einem Festival drei Tage mit gemeinsamen Freunden und Bekannten verbracht hatten. Sie waren sich gleich sympathisch gewesen, hatten danach aber nur noch selten Kontakt.

»Ja, wir waren ziemlich viel unterwegs und sind gerade erst zurück in der Gegend …«, sagte Fin und versuchte sich einen Überblick zu verschaffen.

Der See war zu einem guten Drittel von einem in

der Morgensonne blau und gelb und grün schillernden Ölteppich bedeckt.

»Ich hätte euren Aufruf wahrscheinlich nicht gesehen, aber Lara ist in jeder Ortsgruppe von euch präsent. Und wir waren in der Nähe«, nickte Fin.

Lara hatte schon ihre Schutzmontur angelegt und war im Begriff, in das Wasser zu steigen. Während ein Dutzend Feuerwehrleute versuchten, das Öl von der Wasseroberfläche abzupumpen, und einige Polizisten etwas ratlos am Ufer herumstanden, kämpften sich fünf, sechs Freiwillige – darunter auch Lara – durch den dicken Ölteppich und schöpften mit Keschern nach vergifteten Fischen, die im Todeskampf zuckend herumtrieben. Aus den Mündern der Menschen traten kleine, weiße Wölkchen, so kalt war es an diesem Morgen. Fin zitterte allein beim Gedanken daran, ins Wasser steigen zu müssen.

Und es war genau so kalt, wie er befürchtet hatte. Die ersten Sekunden hielt die wasserdichte Fischermontur, die Greenpeace zur Verfügung stellte, die Kälte ab, aber schnell kroch sie in seine Glieder, obwohl er Thermounterwäsche trug. Fin hatte sich ebenfalls einen Kescher geschnappt und war gemeinsam mit Robin in einen dichten Schilfgürtel gewatet, in den das Öl mittlerweile eingedrungen war. Unzählige Sonnenbarsche und zwei, drei Karpfen schwammen schon leblos mit dem Bauch nach oben, sodass er sie beiseiteschieben musste, um weiterzukommen.

Robin war irgendwo im dichten Schilfwald verschwunden, während Fin einem Laut folgte, der sie überhaupt erst hierher gelockt hatte. Es war ein schnarrendes, klagendes »Ueiarr«, das nur sehr leise zu hören war. Während sich Fin vorsichtig näherte, ging es in ein trauriges Krr-krr-krr über, und als er in eine kleine Bucht trat, wo der stinkende Ölteppich nur mehr bis zu den Knien reichte, verstummte es plötzlich.

Er entdeckte ein Schwanenweibchen, das über und über von schwarzem Öl verklebt, nur unter großer Anstrengung langsame Schwimmbewegungen machen konnte. Es atmete schwer und erzitterte unter den giftigen Dämpfen, doch das alles schien das Muttertier nicht zu kümmern. Denn zerzaust, verkrampft und beinahe leblos, lagen ihre drei Jungen, die noch ihr graues Federkleid trugen, im Wasser. Und daneben trieb der mächtige Körper des Schwanenvaters, ebenso verklebt und genauso tot wie bald der Rest seiner Familie. Als die Mutter auf Fin aufmerksam wurde, hielt sie kurz inne und blickte ihn aus schwarz geränderten Augen vorwurfsvoll an. Dann stupste ihr ölverschmierter Schnabel ein letztes Mal nach einem ihrer Jungen. Sie streckte ihren langen Hals noch einmal durch, schlug mit letzter Kraft ein ums andere Mal mit den Schwingen, so als erhoffte sie sich noch Rettung und Freiheit in den Lüften. Dabei stieß sie in einem nicht enden wollenden gurgelnden Schnarren kummervolle Klagelaute aus, ehe sie völlig entkräftet zusammenbrach.

Fin musste laut aufschluchzen, während er hastig auf das Tier zu watete, es an sich presste und durch den Schilfgürtel ans Ufer stolperte. Er sah jetzt, wie der große Tanklaster ans Ufer gezogen wurde, der diese Katastrophe ausgelöst hatte, und bedeutete den anderen hektisch, ihm zu helfen Wasser zu besorgen, Handtücher, irgendetwas. Doch gleichzeitig wusste er, dass es keinen Sinn hatte.

Das Schwanenweibchen sah ihn mit auf die Seite gelegten Kopf aus unendlich müden und traurigen Augen an und starb ohne einen Laut. Fin erbebte.

Ein paar Feuerwehrmänner, die sich am Autowrack zu schaffen machten, schauten zu ihm herüber. Einer nickte ihm verständnisvoll zu. Ein anderer schüttelte nur den Kopf. Ein weiterer zuckte mit den Schultern und drehte sich schnell wieder um. War es erst die Trauer, so stieg in ihm jetzt eine unbändige Wut auf, die ihn die beißende Kälte schnell vergessen ließ. Es war eine Art Raserei, die ihn übermannte, sodass ihm der Schweiß aus allen Poren trat. Tränen liefen über seine Wangen und seine Augen brannten vor Zorn und Hilflosigkeit.

Heute

»Soll das ein Witz sein?«, schrie Dhaki und starrte Mark aus großen Augen an, während Roland noch immer am Bett neben seinem Opa saß.

»Was denn?«, fragte Mark und kratzte sich am Kopf. Er sah sie unschuldig an, während er ein in Folie gewickeltes kleines Päckchen, nicht größer als ein dicker Radiergummi, zwischen Daumen und Zeigefinger hielt. Es wurde von Gummibändern zusammengehalten. »Das ist echter, somalischer Kaffee. Ich mache ihn auf türkische Art.«

»Ich wollte ein Abführmittel. Du hast mir doch ein Abführmittel versprochen!«

»Das lässt sich aber momentan nicht auftreiben. Ist einfach nicht drin.«

»Jetzt macht schon, Kinder«, unterbrach sie Rolands Großvater. Fin hielt zwar noch seine Augen geschlossen, war aber inzwischen aufgewacht. Sein Arm steckte in einem geschienten Verband und war mit einem Tuch um seinen Hals fixiert.

»Wir haben nicht ewig Zeit«, sagte er trocken. »Um Punkt sechs Uhr abends müssen wir bereit sein. Und außerdem: Einen echten Kaffee hatte ich schon seit Jahren nicht mehr. Das lasse ich mir nicht entgehen.«

Sein Gesicht wirkte nicht mehr ganz so fahl und eingefallen, wie am Tag zuvor, und nachdem sie Dhaki gestanden hatten, dass sich der Datenstick in Fins Verdauungstrakt befand, hatte er sogar kurz auflachen müssen, beim Anblick ihres entgeisterten Gesichtsausdrucks.

»Halt einfach die Klappe, Fin«, zischte Dhaki. Roland wollte sie sofort zurechtweisen. Nicht nur, dass er es nicht leiden konnte, wenn jemand keinen Respekt vor seinem Opa hatte, sondern es war auch einfach nicht in Ordnung, so mit einem alten Menschen umzugehen.

»Wie kannst du so unverschämt sein?!«, sagte er scharf.

»Du hast schon richtig gehört. Dein Opa hat uns das alles erst eingebrockt«, erwiderte Dhaki. »Wir können froh sein, dass die Sticks, die wir verwenden, wasserdicht und im Grunde kaum kaputt zu kriegen sind.« Dann starrte sie wieder Mark an, der ihr nach wie vor unverhohlen ins Gesicht grinste.

»Wenn du Idiot wüsstest, was da dranhängt. Wenn ihr das alle bloß wüsstet, verdammt noch mal!«, fluchte sie und gab Mark ein Zeichen, dass er sich darum kümmern sollte. Dann drehte sie sich wieder zu ihrem Bildschirm.

»Jaja, dauert nur eine Sekunde«, zwinkerte er ihr zu

und verschwand. Er wollte wohl am Markt draußen nach einer Kochgelegenheit suchen.

Einige Zeit war nur zu hören, wie Dhaki wütend auf die Tastatur einhämmerte. Und daneben das flache, erschöpfte Atmen von Fin, der wieder weggedöst zu sein schien. Sie hatten ihm Schmerzmittel gegeben, Roland hatte darauf bestanden, dass Dhaki welches für ihn besorgte. So sehr sich Fin auch bemühte, rüstig und zuversichtlich zu wirken, war Roland klar, dass es schlecht um ihn stand. Die Reise, der gebrochene Arm, die Sorge um seine Tochter, all das setzte ihm zu. Doch am meisten, das war deutlich zu erkennen, wenn Fin sich unbeobachtet fühlte, schmerzte ihn Laras Tod. Er trauerte still, da konnten seine Witze und seine zynischen Kommentare nicht darüber hinwegtäuschen. Und dabei hatte Roland diese Frau gar nicht gekannt. Sein Opa hatte ein ganz anderes Leben geführt, bevor er seine Großmutter kennengelernt hatte.

»Was machst du?«, fragte Roland schließlich, nur um die Stille zu brechen.

»Geht dich nichts an«, gab Dhaki zurück.

»Bereitest du den Upload vor?«

»Nein. Es reicht, die beiden Sticks um 18:00 Uhr einzustöpseln, solange die Verbindung nach draußen stabil ist.«

»Ist sie das?«

»Bis jetzt, ja. Es gibt im Lager vielleicht ein Dutzend dieser Anschlüsse, und der einzige Grund, warum wir nicht schon längst umgebracht worden sind von den Leuten hier, ist ausschließlich der, dass sie sonst nicht an den Anschluss kommen, weil unsere Organisation das Viertel hier regiert. Und …«

»Sag mal«, fiel er ihr ins Wort, »hast du eine völlig freie Verbindung nach draußen?«

»Warum?«

»Das heißt, ich kann nachsehen, ob es etwas Neues von meiner Mutter …«

Ein Donnern unterbrach ihn. Es grollte irgendwo im Freien, aber es klang nicht nach einem Gewitter. Im Flur neben ihrer Kammer brach so etwas wie ängstliche Hektik aus. Die Menschen schienen plötzlich aus ihrem trägen Halbschlaf zu erwachen. Von oben hörte man Gespräche, von draußen aufbrandendes Geschrei.

Dhaki blickte besorgt zum kleinen Fenster unter der Decke.

»Sag schon«, fragte Roland. »Können wir endlich herausfinden, was mit meiner Mutter los ist? Gibt es Neuigkeiten aus Neapel?«

Er stand auf und trat ganz nahe an Dhaki heran. Sie antwortet nicht, sondern hämmerte jetzt wieder auf die Tastatur ein. Sie schien sich in einem Chat zu unterhalten, aber er kannte die Sprache nicht, in der sie schrieb. Er wollte sie schon einfach wegschieben und sich ihres Computers bemächtigen. Aber Dhaki nutzte ein Betriebssystem, das aus den Anfängen des Internets zu stammen schien. Nur grüne Schrift auf schwarzem Hintergrund. Er hatte keine Ahnung davon.

»Ich bin beschäftigt«, sagte sie schließlich.

Roland schnaufte. Er sah zu seinem Großvater, der innerhalb von wenigen Augenblicken besorgniserregend tief eingeschlafen war.

»Scheiße«, murmelte er ratlos.

Ein altes Mütterchen, das im Flur kauerte und Roland

unter ihrem Kopftuch verrunzelt und zahnlos anschaute, schüttelte leicht den Kopf und schenkte ihm ein warmes und zugleich auch irgendwie wissendes Lächeln. Als wüsste sie genau, was dort draußen vor sich ging. Es beruhigte ihn nicht. Ganz und gar nicht.

Er verschränkte die Hände hinter dem Kopf, drehte sich im Kreis und versuchte einen klaren Gedanken zu fassen. Aber er wusste nicht weiter. Die Sorgen um seine Mutter machten ihn krank.

»Warum kommt man eigentlich so einfach hier rein wie wir?«, fragte er, um sich abzulenken.

»Einfach war es ja mal nicht«, antwortete Dhaki nebenbei und sah nicht einmal eine Sekunde lang auf. »Aber es gibt eben Routen. Der Schwarzmarkt hier drin ist für manche draußen sehr lukrativ. Diese Menschen dürfen diesen Ort nicht verlassen und sich auch nichts kaufen. Das macht es zu einem guten Geschäft, Ware hier reinzuschmuggeln.«

»Aber wie kann es sein, dass die Behörden nichts dagegen tun? Wie kann es sein, dass sie den Stollen nicht längst dichtgemacht haben? Heute braucht man dafür doch nur einen einzigen Scan.«

»Solange es nicht zu auffällig ist, machen sie keine Probleme. Und die Beamten schneiden gut mit, von den kleinen Wachen bis hinauf in die höchsten Kreise.«

Roland schüttelte den Kopf. »Das ist verrückt … Und was ist, wenn Leute durch den Stollen herauskommen?«

»Die Stollen.«

»Hm?«

»Mehrzahl. Oder denkst du, das ist der einzige Zugang?«

»Meinetwegen. Also was passiert, wenn Leute durch die

Tunnel herauskommen?« Es ärgerte ihn, immer nur mit ihrem Rücken sprechen zu müssen.

»Daran haben die Besitzer der Stollen wenig Interesse. Und außerdem kann sich kaum jemand den Durchgang leisten.«

»Ja gut, aber wie willst du die Menschen daran hindern? Das muss sich doch herumsprechen.«

»Hat es«, sagte Mark, der plötzlich hinter ihm aufgetaucht war. Er war ein wenig außer Atem.

»Als es vor ein paar Jahren zu Tumulten kam, und die Leute es geschafft haben, sich bis zu einem Durchgang durchzuschlagen, haben die Anführer der Schmuggler den Stollen einfach gesprengt und die ersten Familien lebendig begraben, die durchwollten. Seitdem wird es nur noch selten versucht.«

Er hatte eine dampfende Blechkanne in der Hand, die einen aromatischen Duft verströmte. So etwas Intensives hatte Roland noch nie gerochen. Fin schien allein schon von dem Geruch zu erwachen und setzte sich langsam auf.

»Aber wir haben jetzt ganz andere Probleme«, erklärte Mark. »Da draußen braut sich was zusammen. Etwas Schlimmes.«

»Ich weiß«, murmelte Dhaki.

»Es ist ernst!«, sagte Mark und aus seinem Gesicht war plötzlich die unbeschwerte Fröhlichkeit gewichen, von der Roland geglaubt hatte, dass sie ein unveränderlicher Teil seines Wesens war. Er sah ihn besorgt an und reichte Fin den Becher, den er mitgebracht hatte.

Plötzlich knallte draußen ein einzelner Schuss und hallte über das Lager. Einen Moment lang war es völlig still, man konnte sogar das leise Surren irgendeines Generators hören. Dann folgte eine ganze Salve. Daraufhin ein ohrenbetäubendes Krachen, so als wäre soeben eine echte Bombe detoniert. Weit entfernte Schreie mischten sich mit aufgeregten Rufen auf dem Markt.

Damals

Der Schnee knirschte unter seinen Stiefeln. Fin zitterte und das lag nicht daran, dass in dieser Nacht Minusgrade herrschten, denn er war gut in die alte Ski-Jacke eingepackt, die sie im vorigen Winter in einem Secondhand-Laden gekauft hatten.

Er wusste, dass es eine verrückte Idee war. Aber er wusste auch, dass er es mit Lara durchziehen würde. Er hatte keine Lust mehr auf Mitschnitte von ihnen beiden bei Demos und Protestaktionen oder Videos davon, wie er mit den PV-Modulen auf dem Dach ihres Wohnmobils experimentierte oder ausprobierte, wie man selber Biotreibstoff – theoretisch, aber bisher noch erfolglos – herstellt. Und vor allem hatte er keine Lust mehr, tatenlos zuzusehen, wie unschuldige Lebewesen wegen der ignoranten Menschheit zugrunde gingen. Der Tod des Schwanenweibchens hatte ihm den Rest gegeben. Er wollte etwas Sinnvolles machen. Lara hatte vollkommen recht. Es brauchte mehr. Sie mussten zumindest versuchen, etwas zu ändern.

Abgesehen davon musste er auf sie aufpassen. Ohne ihn würde sie zu immer extremeren Mitteln greifen, davon war er überzeugt. Und das konnte er nicht zulassen, dafür liebte er sie zu sehr.

»Da«, flüsterte sie und wies mit dem Zeigefinger in eine bestimmte Richtung.

»Was?« Sie hatte ihn aus seinen Gedanken gerissen.

»Wir sind da.«

In einer Senke, einer Lichtung mitten im Wald, umgeben von sehr alten, mächtigen Bäumen, lag eine moderne Villa aus Stahlbeton und Glas. Warmes Licht fiel dort durch die breite Fensterfront, wo das Wohnzimmer sein musste, und legte sich auf eine große Terrasse und einen noch größeren Badeteich, auf dem man jetzt gut Schlittschuh fahren könnte.

Sie stapften einige Meter den Hang hinunter, ehe Lara sich rücklings in den Schnee fallen ließ, ihren Rucksack vor die Brust zog und ein Fernglas herausnahm.

»Unglaublich«, sagte Fin leise, während er versuchte, etwas zu erkennen. Lara brummte zuerst nur, während sie durch den Feldstecher sah.

»Was denn?«, fragte sie, als sie merkte, dass er auf eine Reaktion wartete.

»Dass es keine Kameras gibt. Keine Sicherheitsleute oder eine Mauer. Nicht mal einen Zaun.«

»Das ist doch kein Hollywood-Promi … Erinnerst du dich noch an den Zaun, wo wir den Wagen abgestellt haben?«, gab sie zurück.

»Ja?«

»Das war der Zaun!«

»Das war der Zaun? Wir sind fast zwanzig Minuten lang durch den Schnee gestapft.«

»Ich sagte dir doch, dass der Typ hier unverschämt reich ist.«

»Siehst du etwas?«

»Ja«, sagte sie leise und schwieg dann wieder.

»Ja, und was?«

Sie reichte ihm als Antwort das Fernglas. Er brauchte einen Moment, ehe er den gewaltigen Esstisch sah, der aus einem einzigen Baumstamm gefertigt zu sein schien. An ihm saß ein altes Ehepaar beim Abendessen. Sie trugen ganz normale Kleidung, soweit Fin das sehen konnte, aber etwas unterschied diese beiden, vor allem den Mann, vom gewöhnlichen Durchschnitt. Er konnte nicht erklären, was es war. Vielleicht die sündhaft teure Uhr an seinem Handgelenk? Oder die fast schon klischeehafte, dreireihige Perlenkette an ihrem Hals? Oder der Wein-Dekanter, der aussah, als würde er einen Jahreslohn seiner Eltern kosten, obwohl es nur eine schlichte Karaffe war, in die man den Wein hineinkippt. Oder es war die Erkenntnis, dass diese Menschen unfassbar reich sein mussten, weil sie sich ein Haus inmitten eines Geländes bauen konnten, das eigentlich Teil eines Naturschutzgebietes war.

»Komm mit, von unten haben wir eine bessere Sicht«, sagte Lara und stand auf.

»Warum kennst du dich hier so gut aus?«

»Weil ich als Kind schon mal hier gewesen bin.«

»Was zum …?«

Heute

»Fuck!« Dhaki klappte den Bildschirm zu und stand auf, nachdem sie noch eine Nachricht gelesen hatte.

»Was?«, fragte Roland.

»Wir müssen hier weg.«

»Wir müssen hier weg? Was soll das heißen, weg? Du hast alles darangesetzt hierher zu kommen. Warum in aller …«

Sie ignorierte ihn, zog einen Rucksack unter dem Tisch hervor und kramte darin herum.

»Roland?«, fragte Fin verwirrt. Er trank den heißen Kaffee langsam und in schlürfenden Zügen. Noch ehe er antworten konnte, wurde Roland von Dhaki beiseitegeschoben. Sie hatte eine Waffe aus dem Rucksack gezogen und ihn dann über die Schulter geworfen, ehe sie Fin unter den Arm griff, um ihn zum Aufstehen zu zwingen.

»Was soll das?«, wollte Roland sie aufhalten, aber sie stieß ihn zurück und zog Fin so heftig hoch, dass er vor Schmerz aufschrie.

»Sag mal, spinnst du?« Er packte Dhaki am Hosenbund, sie stieß ihm den Ellbogen gegen die Brust, sodass er gegen Mark prallte. Er raffte sich auf und riss Dhaki herum, die ihm als Antwort dafür eine Ohrfeige verpasste.

»Was soll das?«, schrie Roland.

»Wir müssen hier weg«, brüllte sie zurück und drehte sich abermals nach Fin greifend um, der sich mühsam aufrichtete. Mark war inzwischen im Gang verschwunden.

»Warum? Was ist los? Rede endlich mit mir, verdammt noch mal!«

»Wenn wir nicht in fünf Minuten von hier verschwunden sind, sind wir dran!«, zischte sie.

»Warum?«

»Verstehst du nicht? Sie kommen nicht einfach so. Das ist keine normale Razzia. Sie machen das wegen uns!«

»Spinnst du? Was glaubst du, wie mächtig diese Leute sind?«

»Das sind keine Pfadfinder«, herrschte ihn Dhaki an. »Das ist der Geheimdienst. Das ist die Regierung, das Regime. Denen stehen unbegrenzte Mittel und Ressourcen zur Verfügung!«

Roland verstand überhaupt nichts mehr.

»Diese Regierung geht über Leichen! Hast du noch immer nicht kapiert, worum es hier geht, verdammt?« Sie fasste sein Hemd unter dem Kragen und drehte es in der Faust herum, dass sich ein schmerzhafter Knoten in seine Brust bohrte. In ihren Augen blitzte und funkelte eine wilde Entschlossenheit, die Roland Angst machte.

»Die machen keine …«

Über ihren Köpfen explodierte etwas so heftig, dass die Erschütterung sie in die Knie zwang. Dhaki musste von ihm ablassen. Für Sekunden war nur ein helles, fiependes Pfeifen zu hören und Rolands Glieder fühlten sich an, als wären sie von einem Stromschlag getroffen worden.

»Wir müssen hier weg!«, schrie Dhaki, aber Roland konnte sie kaum verstehen. Sie schob sich unter Fins Arm, der sich halb aufgesetzt hatte, und zog ihn hoch. Am Gang ergriff Roland den Gürtel seines Großvaters und versuchte so, ihn zu stützen.

»Wohin?«, schrie er, noch immer halb taub, während sie die Treppe hinaufstiegen. Nur noch wenige Menschen hockten mit schreckgeweiteten Augen am Boden und starrten ins Leere. Sie konnten ihnen nicht helfen.

»Zur nächsten Station mit einer Verbindung nach draußen!«, gab Dhaki zurück und sie verließen die alte Schule durch das ausgebrochene Portal.

Am Marktplatz zerschnitten einzelne Salven die Luft. Die Menschen stoben auseinander wie Funken eines

Lagerfeuers, in das man einen Stein geworfen hat. Sie rafften ihre Habe zusammen, verstauten die wenigen Waren der Marktstände in Säcken oder verknoteten Leintüchern, die sie auf dem Rücken wegtrugen. Sie arbeiteten schnell, ließen sich kaum beeindrucken, für die meisten war Krieg und Gewalt nicht neu. Sie zuckten auch nur selten zusammen, wenn irgendwo etwas detonierte oder Schüsse knallten.

Noch während sich Rolands Augen an das Tageslicht gewöhnten, wallte im Norden eine breite Staubwolke hoch und verteilte sich über den Dächern des ehemaligen Dorfs.

Aus einer Gasse lief Mark auf sie zu, ihm folgte ein Kerl in einer abgewetzten Latzhose und mit einem roten Band auf der Stirn.

»Er hat gesagt, sie sind im Norden durchgebrochen und arbeiten sich schon bis hierher vor«, rief er noch im Laufen. »Station Beta und Delta sind schon gefallen. Sie sind schnell.«

»Ich weiß, Delta hat mir das geschrieben.« Dhaki überlegte kurz, ehe sie den Entschluss fasste, sich nach Süden zu wenden. »Sehen wir zu, dass wir nach Epsilon kommen.«

»Nein!«, protestierte der Fremde mit dem Stirnband. Er sprach mit südländischem Akzent. Er hatte sie am Oberarm gepackt und um ein Haar hätte Dhaki Fin fallen lassen, als sie ihm reflexartig an die Kehle fuhr.

»Für so etwas haben wir jetzt keine Zeit«, beruhigte sie der Typ, den Mark mitgebracht hatte, während sich ihre Finger fester um seinen Hals schlossen. »Da kommen wir nicht durch. Sie haben einen Keil ins Lager getrieben.«

»Woher weißt du das?«

»Ich habe es selbst gesehen.«

Einen Augenblick brannte sich ein flammender Blick in seine Augen.

»Fuck!«, fluchte sie schließlich und ließ ihn dann endlich los. »Sicher?«

Das Stirnband nickte. Sein Gesicht war dunkel, seine Miene todernst. Eine lange, hart ratternde Salve eines schweren Maschinengewehrs dröhnte über den Platz. Sie mussten ganz nahe sein. Jemand schrie irgendetwas und durchbrach damit die bedrückende Stille der Flüchtenden, die dabei waren, die letzten Reste der Marktstände abzumontieren und fortzutragen, sodass schließlich nur ein leerer, schmutziger Platz übrigblieb.

»Dann bleibt als einzige Option nur noch Station Omega«, sagte Dhaki entschlossen und fuhr herum. »Die anderen sind viel zu weit weg.«

»Das schafft ihr nie!«, rief Mark. Dhaki ignorierte seinen Einwand und schleppte Fin mit sich.

»Dann hilf uns, Schmuggler«, forderte sie ihn auf.

Mark trat von einem Bein aufs andere.

»Meine Eltern … ich m-m-muss nach ihnen sehen …« Er stotterte, schüttelte den Kopf und lief plötzlich in die gleiche Richtung zurück, aus der er am Morgen mit Roland gekommen war. Dhaki schrie ihm hinterher: »Wichser!«

Der Fremde in der Latzhose sah sich einen Augenblick um, überlegte kurz und sagte dann: »Kommt. Ich helfe euch.«

Damals

»Ganz im Ernst, ich weiß nicht, ob ich das hinkriege«, sagte Fin zu Lara. Sie ignorierte ihn und hielt ihm zur Probe ein weißes Hemd und ein Sakko vor die Brust. Sie waren am Morgen nach ihrer »Besichtigung« im Wald in die Stadt gefahren und standen jetzt in einem kleinen Secondhand-Laden, dessen Besitzerin sehr freundlich, aber überaus misstrauisch an der Ladentheke saß und vorgab, einen Roman zu lesen. Sie mussten vorsichtig sein.

»Du schaffst das«, nickte sie und wendete sich an die Verkäuferin. »Haben Sie auch eine Fliege und eine Krawatte, die zu dem hier passen könnten?«

»Du hast früher die Schauspielschule besucht … Überhaupt bist du viel …« Er suchte nach dem richtigen Wort, während Lara dem Wink der Frau hinter dem Verkaufstisch ans andere Ende des Raums folgte.

»… selbstsicherer«, jammerte Fin und schlurfte langsam hinterher.

Sie hielt Sakko, Hemd und Krawatte sowie eine schwarze Fliege an seinen Hals und nickte.

»Gekauft.«

»Lara!«, warf er empört die Hände in die Luft, während sie den Großteil ihres gemeinsam Ersparten für den Anzug ausgab.

»Oh, und die da«, sagte sie noch und deutete auf zwei Halbgesichtsmasken, wie man sie zum Karneval in Venedig trug und die angestaubt hinter der Verkäuferin an der Wand hingen. Als sie den Laden verließen und in den lebhaften Innenstadtverkehr gerieten, empfing sie der beißende Geruch von Autoabgasen. Lara warf einen Blick auf ihr Telefon und überquerte forsch die Straße. Fin folgte ihr widerwillig zu der Starbucks-Filiale, die sie ansteuerte.

Als sie in der Warteschlange standen, flüsterte er ihr über die Schulter, während sie konzentriert auf ihrem Telefon herumwischte, zu: »Ich bin von dem Plan nicht mehr so überzeugt. Wenn sie uns erwischen, wandern wir beide wahrscheinlich in den Knast. Ganz zu schweigen davon, was passiert, wenn etwas schief geht. Das ist kein Kinderspiel. Und wir könnten eine Menge Schadenersatz zahlen.«

Doch Lara hörte ihm gar nicht zu. Er verbiss sich eine Beleidigung. Nachdem sie ihren Kaffee bekommen hatten, setzten sie sich auf einen Platz direkt in der breiten Auslage des Geschäfts.

»Behandle mich nicht, wie deinen Angestellten. Rede offen mit mir!«, forderte er, während sie an ihrem Kaffee nippte und den Blick schon wieder auf ihr Telefon richtete. Mechanisch gab sie ihm eine Antwort, die ihn jetzt nicht interessierte.

»Seine Frau und er selbst werden morgen um halb neun dort auftauchen. Heute Abend machen wir einen Testlauf.«

»Sag mal, ignorierst du mich absichtlich? Und was zur Hölle macht dich so sicher? Hast du keine Angst?«

Sie warf ihm einen Blick zu, wie ihn ein Lehrer aufsetzen würde, wenn man ihm eine dumme Antwort auf eine einfache Frage gab. Fin biss sich auf die Lippe.

Dann musste sie lächeln. Es machte etwas mit ihm. Ihm wurde warm ums Herz, denn in ihrer Reaktion lag nicht nur keine Überheblichkeit mehr. Da war auch noch etwas anderes, das er nicht ganz zu deuten vermochte. Etwas Schönes.

»Ich ignoriere dich nicht. Ich versuche nur, alles zu tun, damit es klappt«, sagte sie milde. »Und ich habe sehr wohl Angst und bin genauso unsicher wie du. Aber was nützt es, sie zuzulassen?«

Sie lehnte sich zurück und sah dem städtischen Treiben auf der Straße zu.

»Wir sind uns doch einig. Wir wollen das durchziehen. Wir wollen, dass ganz Deutschland hinschaut und vielleicht endlich einmal beginnt, nachzudenken. Und das ist das Risiko wert. Denkanstöße geben, das ist das Beste, was wir tun können. Das sind doch deine Worte.«

»Ja, aber damit habe ich nicht gemeint, dass … Es ist gefährlich!«

»Das ganze Leben ist gefährlich!«

»Ach Lara, komm mir jetzt nicht mit Plattitüden«, schnaubte er und verbrannte sich die Zunge an seinem Kaffee.

»Und warum trinken wir das Zeug hier eigentlich? Du wetterst selbst regelmäßig gegen Konzerne wie dem hier. Und zwar öffentlich. Das ist doch so, wie Wasser predigen aber Wein saufen.«

»Fin, zum hundertsten Mal, man verbessert die Welt nicht, wenn man permanent auf alles verzichtet, was Spaß macht.«

»Ja, aber vielleicht sollte man bei sich selbst anfangen.«

»Stimmt. Aber wenn man übertreibt, und sich nichts ändert, ist das nur frustrierend. Es braucht eine Debatte, es braucht Gesetze, es braucht ein Bewusstsein, damit sich etwas ändert. Das beginnt bei dem Wähler, der seine eigene Meinung vertritt, und endet dann auch nicht bei bloßem Aktionismus. Und genau das ist es, was wir tun. Ist es denn

OK, was die Zulieferer solcher Firmen mit den Regenwäldern anstellen, um Kaffee zu pflanzen? Nein. Ändert sich etwas, wenn ich darauf verzichte, mir einmal im Monat einen Latte Macchiato mit Karamellsirup zu gönnen? Nein. Was aber daran etwas ändert, ist, wenn Gesetze beschlossen werden, die solche Dinge verbieten. Dann werden umweltschonende Alternativen gefunden werden müssen.«

Er nickte. Sie hatten schon oft darüber gesprochen, aber jedes Mal hielt Lara ihm einen Vortrag, wenn es um dieses Thema ging. Als würde sie ihre Überzeugungen immer wieder laut aussprechen müssen, um ihre Argumente auf ihre Richtigkeit überprüfen zu können.

»Solche Gesetze werden aber nur beschlossen, wenn Parteien erkennen, dass die Bevölkerung diese Ungerechtigkeit nicht mehr hinnimmt. Der Druck aus der Bevölkerung zwingt die Parteien dann in die Knie, sie wollen ja wieder gewählt werden. Dass die Bevölkerung so etwas tatsächlich fordert oder bei Telefonumfragen der Parteien als notwendig ansieht, gelingt nur, indem man sie zwingt, darüber nachzudenken. Und das schafft man nur, wenn man darauf aufmerksam macht. Und dazu braucht es manchmal scheinbar blöde und überzogene Aktionen. Aber was soll's? Warum nicht, wenn sie wirken? Der Zweck heiligt die Mittel, sagt man. Denn wie sieht unsere nahe Zukunft denn aus? Die Erde wird ein von Gewalt und Katastrophen zerrissener Planet sein. Und ich möchte dann wenigstens sagen können, dass ich versucht habe, einen echten Beitrag zu leisten, um das zu verhindern. Auch wenn es schief gehen sollte. Und wenn du mich fragst, ob ich bereit bin, dafür in den Knast zu gehen, dann sage ich: Ja, das ist es mir wert!«

Heute

Fin ächzte unter den Schmerzen seines gebrochenen Arms, weil Dhaki und Roland ihn links und rechts gepackt hatten und ihn mehr trugen, als zu stützen.

Sie schlängelten sich an Menschen vorbei, die in den Gassen eine Zuflucht suchten. Es waren hunderte. Sie sammelten sich in den Hauseingängen, schoben sich hinein, drückten und stießen einander vorwärts, um wenigstens ein wenig geschützter zu sein. Und dennoch hockten unzählige von ihnen unter freiem Himmel, kauerten an den Wänden, umschlossen ihre Knie und zogen die Köpfe ein, weil es sonst keinen Platz mehr für sie gab.

Der Typ mit dem roten Stirnband und der Latzhose, er hieß Abdel, hatte eine Pistole gezogen und rannte voraus, als sie in eine Menschentraube gerieten, die die Gasse verstopfte.

»Das kannst du vergessen, hier geht es nicht weiter«, rief er laut, während er sich zu ihnen zurückkämpfte.

»Lass ihn nicht aus den Augen. Wenn er irgendwas Verdächtiges macht«, flüsterte Dhaki Roland zu, »dann …«

Sie sprach es nicht aus. Wieder hallten Schüsse über die Dächer. Sirenen heulten auf. Verzerrte Rufe aus einem Megafon. Aufforderungen. Anweisungen.

Sie kehrten um.

»Da!«, stöhnte Fin, als sie zurück auf den Platz mit der alten Schule kamen, und wies über den aufgerissenen Asphalt hin zu einer Straße, die in den Platz einmündete.

Dort war ein Fahrzeug aufgetaucht. Es war weniger ein Auto, als vielmehr ein fahrender Haufen aus beschmierten

Wellblechplatten, Aluträgern und Blechteilen in allen erdenklichen Farben, die im Wind abblätterten. Möglicherweise war es einmal ein Strand-Buggy gewesen. Das war diesem Ungetüm aber kaum mehr anzumerken, am ehesten hätte man es für einen Schrotthaufen halten können, wenn es parkte. Doch jetzt kam es auf sie zu.

Hinter dem Lenkrad – so etwas wie eine Windschutzscheibe hatte das Fahrzeug wohl nie besessen – saß Mark. Er riss es herum und kam seitlich vor der Gruppe zu stehen.

»Zu Fuß kommt ihr da nie hin. Beeilt euch!« schrie er und zog eine abgegriffene Pistole. Er zielte auf die Menschen, die von überall her auf sie zu rannten. Verzweifelt und wild entschlossen, das Fahrzeug, es war wahrscheinlich das einzige funktionstüchtige im ganzen Viertel, in ihre Gewalt zu bringen.

»Los!«, brüllte er, nachdem Roland und Fin noch zögerten. Er feuerte in die Luft. Es half nicht. Ein halbes Dutzend war ihm offensichtlich schon längere Zeit hinterhergerannt und hielt weiter auf sie zu. Er schoss vor die Verfolger in den Boden.

Roland und Dhaki schoben Fin auf die Rückbank und stiegen ein. Abdel sprang auf den Beifahrersitz. Sie mussten sich am Rahmen festhalten, um beim Start nicht aus dem Wagen zu fliegen.

»Schnallt euch an!«, schrie Mark und drückte das Gaspedal durch. Der Stromantrieb griff sofort und Staub aufwirbelnd ratterten sie über den Platz. Die Verfolger sprangen auseinander, aber Mark verriss den Wagen und krachte durch einen verlassenen Verkaufsstand. Die Bretter flogen in alle Richtungen, während die Insassen durchgeschüttelt wurden.

»Raus!«, schrie ihn Dhaki an und schob sich nach vorne. Wütende Schreie der Verfolger wurden laut, sie setzten hinterher. Mark wechselte über die Außenseite nach hinten. Er hatte sich eine Platzwunde am Lenkrad geschlagen, die stark blutete. Abdel feuerte Warnschüsse in die Luft, die Roland beinahe das Trommelfell zerfetzten.

Und dann war Dhaki in ihrem Element. Der E-Buggy wurde herumgerissen und die Verfolger waren bereits aus Rolands Blick verschwunden, als er zurücksah. Sie raste in einer Geschwindigkeit über den Platz und durch das Dorf, dass ihm sofort schlecht wurde. Es war für ihn unmöglich zu erfassen, was neben ihnen geschah. Oder vor ihnen. Wie Dhaki es schaffte, zu steuern, war ihm unbegreiflich. Er klammerte sich an seinen Sitz und bemühte sich, nicht hinauszufallen, als sie um die Kurven schlitterten. Sein Großvater hielt ihn an sich gedrückt und ließ ihn nicht los.

Sie ließen die Gebäuderuinen hinter sich, flogen an einstmals blauen und weißen und gelben und vor allem verrosteten Containern vorbei. Quetschten sich durch enge Gässchen, zwischen Bretterverschlägen, Schrotthaufen, Bergen aus Mist und Schmutz hindurch.

Überall waren Menschen. Menschen auf der Flucht. Sie rutschten durch die von Müll und Unrat überschwemmten Wege, fuhren über einen halb umgefallenen Maschendrahtzaun und durch eine lose Bretterwand und waren schließlich auf der anderen Seite des Dorfes angelangt. Aber mit dem, was sich hinter dieser Wand verbarg, hatten sie nicht gerechnet.

Dhaki musste das Tempo reduzieren, denn die Straße war zwar breit, aber völlig verstopft. Sie rumpelten über ein uraltes Kopfsteinpflaster, das von zweistöckigen Gebäuden flankiert wurde. Einsatztruppen stürmten in die Häuser. Schwer gepanzerte Soldaten der Terrorabwehr und Einheiten der Polizei schlugen in ihren Rüstungen mit Vorschlaghämmern und Rammböcken Türen ein. Stürmten zu sechst oder siebt in die Hauseingänge. Davor standen gepanzerte Lkws, in die die Lagerbewohner hineingestoßen wurden. Aus den Fenstern flogen Kleidung, Papiere, Möbelstücke und Menschen.

Roland sah, wie man Männer, Frauen und Kinder brutal aus den Häusern zerrte. Einige wurden in die Lkws verfrachtet. Anderen wurden die Hände mit Handschellen hinter den Rücken gebunden. Einsatzkräfte pferchten sie in bereitstehende Fahrzeuge.

Dhaki nahm eine Abzweigung. Aber auch hier bot sich ihnen dasselbe Bild. Überall waren Soldaten.

Alles, was sie in dieser Situation noch retten konnte, war der Überraschungsmoment.

Dhaki erhöhte die Geschwindigkeit, ehe die Polizisten und Soldaten reagieren konnten. Roland sah noch, wie Menschen mit schwarzen Säcken über den Köpfen hinter einen Lastwagen geführt wurden. Dahinter lagen schon Dutzende von ihnen in einer Reihe reglos am Boden. Und hinter einem anderen schossen Soldaten auf Kommando auf Gefesselte und mit Säcken Vermummte, die zu einem leblosen Knäuel zusammenklappten.

Und dann, ganz plötzlich, war es vorbei. Sie waren jetzt in eine andere Straße eingebogen.

»Das ist keine Razzia. Das ist eine Räumung!«, schrie Mark, der sich immer noch den blutenden Schädel hielt. Seine Worte waren im flatternden Fahrtwind kaum zu verstehen. Dhaki fuhr mit dem Buggy durch eine kleine

Unterführung, krachte seitlich gegen eine Hausmauer und lenkte durch einen Hinterhof, dessen Tor sie mit vollem Tempo rammte. Dahinter ging es bergauf. Die Häuser verschwanden und wurden wieder abgelöst von einem blechernen Meer aus abgewrackten Containern. Die Baracken verteilten sich auf der Flanke des Hügels, der das Dorf im Osten bewachte.

»Wohin fahren wir?«, schrie Roland und musste sich mit aller Kraft festhalten, als die Straße steiler wurde.

»Auf der Hügelspitze ist eine Höhle. Das ist die letzte Station, die wir erreichen können!«, schrie Mark und nickte den Hang hinauf.

VIERTES BUCH

Heute

Die Frau wusste, dass sie im Sterben lag. Sie schaute die Ärztin mit großen, müden Augen an, die genauso dunkelbraun waren wie die Farbe ihres Gesichts.

»Wie heißt du?«, fragte Maja, die sich über sie beugte und ihre Hand hielt. Sie trug noch denselben Arztkittel wie vor zwei Tagen. Denselben, den sie getragen hatte, als die Katastrophe über sie hereingebrochen war. Nur dass er jetzt nicht mehr weiß war, weil der getrocknete Schlamm ihn dunkelgrau und schwarz verfärbt hatte. Die Regenjacke hatte sie in den Fluten zurücklassen müssen.

»Mariam«, sagte die Frau. Sie lag auf dem Rücken im vierten Stock eines neoklassizistischen Gebäudes an der Via Regina Sancia. Es war das erste Mal, dass die Frau etwas sagte, nachdem sie sich am ersten Tag, von ihrem Sohn gestützt, hier heraufgeschleppt hatte und dann zusammengebrochen war.

»Dann haben wir etwas gemeinsam«, sagte die Ärztin freundlich. »Ich heiße eigentlich Maria. Aber man nennt mich Maja.«

Mariam lächelte höflich. Das Kind, ihr Sohn, der neben ihnen hockte, sagte etwas Unverständliches und packte Mariam fest am Handgelenk. Der Junge hatte, wie seine Mutter, kurzgeschorenes Haar. Und das gleiche spitze Kinn. Er war der Mutter wie aus dem Gesicht geschnitten. Er strahlte noch diese ungeschlechtliche Schönheit und Anmut aus, die er in der Pubertät schon bald verlieren würde.

Sie unterhielt sich mit der Frau in einer Mischung

aus gebrochenem Englisch, Arabisch und Italienisch. Die Sprache, die der Junge benutzte, kannte Maja nicht.

»Woher kommst du?«, fragte sie und hob den provisorischen Druckverband etwas an. Es war nicht viel mehr als ein abgerissener Stofffetzen, den sie vor zwei Tagen um Mariams Oberschenkel gewickelt hatte. Die Frau zuckte vor Schmerz zusammen. Sofort stieg Maja ein eitriger, fauler Geruch in die Nase. Zwei Tage zuvor, nachdem die Dammmauer gesprengt worden war und die Flutwelle die Stadt verwüstete, hatte sich ein abgebrochenes Stahlrohr in Mariams Oberschenkel gebohrt. Es war ein Wunder, dass sie noch lebte.

»Wir kommen aus Eritrea«, antwortete Mariam und versuchte, sich den Schmerz nicht anmerken zu lassen, als sie den ängstlichen Blick ihres Sohnes wahrnahm.

»Wie heißt du denn?«, fragte Maja den Jungen freundlich. Er war nervös, ängstlich und störrisch zugleich. Er zog sich zurück und lehnte sich mit dem Rücken an die Wand. Die Hand seiner Mutter ließ er dabei aber nicht los.

»Er heißt Luam«, antwortete Mariam für ihn.

»Ein schöner Name.«

Mariam lächelte.

»Hast du noch andere Kinder?«, fragte Maja weiter.

Mariam sah sie an. Ihre freie Hand strich behutsam über ihren Bauch. Maja verstand, dass sie schwanger war. Aber noch nicht sehr lange, denn erst auf den zweiten Blick war das kleine Bäuchlein unter dem schwarzen Kleid auszumachen. Das Ungeborene würde mit der Frau zusammen sterben.

Mariam schluckte, wendete den Blick ab, fasste sich. Maja war es ein Rätsel, woher diese Frau ihre Kräfte nahm.

Luam murmelte etwas und neigte sich seitlich zu seiner Mutter. Seine Stirn berührte ihre Wange.

»Ich lasse euch jetzt kurz allein«, flüsterte Maja, wartete auf ein zustimmendes Nicken ihrer Patientin und stand dann auf.

Ihre Glieder waren steif und schmerzten. Sie sah sich kurz in dem dunklen Zimmer um. Durch die Ritzen der hölzernen Fensterläden, die geschlossen waren, fiel heißes Tageslicht. Es gab keinen Strom. Den hatte es in dem Haus wahrscheinlich auch vor der Überschwemmung nicht gegeben. Wie fast überall in der Flüchtlingsstadt, die von den Behörden schon vor Jahren aufgegeben worden war.

Maja war einer der wenigen Menschen, die sich nach der Flut hier herauf retten konnten und seitdem auf Hilfe warteten. Aber niemand war gekommen.

Das Stockwerk bestand aus zwei kleinen Wohnungen in denen feuchte Matratzen und Teppiche lagen. Manche der Überlebenden schliefen, manche kauerten in den Ecken. Drei Verstorbene hatte man im Treppenhaus nur notdürftig mit schmutzigen Leintüchern bedeckt. Nicht, weil man keine sauberen verschwenden wollte, sondern weil es nichts anderes mehr gab. Die Leute, die es bis heraufgeschafft hatten, besaßen bloß das, was sie am Leib trugen und die Wohnungen waren schon davor, wie alle Unterkünfte in dem Viertel, ziemlich heruntergekommen gewesen.

Aber in den vergangenen Stunden war es unerträglich geworden. In jedem Raum, in jeder Ritze, in den Wänden, den Matratzen, den Türen, den Möbeln, überall war die stinkende, saure Feuchtigkeit des Meeres zu spüren. Das Wasser stand meterhoch in den Straßen, den Kellern und ebenerdigen Räumen in diesem Viertel. Wenn man auf einen der kleinen Balkone trat oder aus dem Fenster sah, konnte man es kaum mehr erkennen, so sehr war es von waberndem Unrat und umhertreibenden Möbeltrümmern bedeckt und unter Müllbergen begraben. Dazwischen trieben leblose Körper. Es stank fürchterlich. Und das Wasser würde auch nicht mehr zurückweichen. Zumindest hier, im Hafenviertel würde es auf dem Niveau des Meeresspiegels bleiben. Und der lag bei Flut fast einen Meter höher als die Straße.

Maja musste sich an der Wand abstützen, als sie einen Schwindel bekam, weil sie seit dem Vortag nichts mehr getrunken hatte. Es gab kaum noch Trinkwasser. Zwei Frauen hatten gestern die unteren Stockwerke nach Wasserkanister oder Flaschen durchsucht und nur noch ein paar gefunden. Die Wohnungen direkt unter ihnen konnte man nicht mehr betreten. Die Flutwelle hatte bis zum zweiten Stock alles zerstört und das ganze Viertel war bis unter die Decke des Erdgeschosses vom brackigen Meerwasser unterspült. Heute Morgen waren zwei Männer aufgebrochen, um in einem Nachbarhaus nach Wasser und Essen zu suchen. Sie waren nicht zurückgekehrt. Zu Mittag hatten es drei weitere Leute versucht. Nicht, um nach Wasser oder Medikamenten zu suchen. Sie wollten probieren, hinauszukommen. An den Rand des Viertels, wo das Niveau des Bodens anstieg und die Überflutung sich inzwischen zurückgezogen haben dürfte. Es war nicht vielmehr als einen Steinwurf entfernt. Aber kurz danach war einer von ihnen schon wieder zurückgekommen. Er war leichenblass, sprach kaum mehr, hockte sich im Stiegenhaus hin und starrte geistesabwesend in eine Ecke. Seine Beine waren blutig und aufgeschürft.

Als man ihn fragte, wo denn die beiden anderen abgeblieben waren, erzählte er, dass einer ertrunken sei, nachdem er sich im Wasser ein Bein gebrochen hatte und der andere versucht hätte, sich allein durchzuschlagen.

Maja strich ihm jetzt beruhigend über die Schulter, als sie an ihm vorbeikam, in die andere Wohnung wechselte, und ihre Brille aus der Hosentasche zog. Sie hatte sie ausgeschalten, um Akku zu sparen. Als sie sie aktivierte, und nach wie vor das Empfangssignal durchgestrichen blieb, seufzte sie.

Sie verstaute die Brille wieder, sah sich kurz um und öffnete schließlich einen Schrank, als sie sicher war, allein zu sein. Hier hatte sie gestern eine halbe Flasche Wasser in einem alten Stiefel versteckt. Sie war noch da. Hastig nahm sie einen kleinen Schluck und zwang sich, nicht sofort alles auszutrinken. Dann schob sie die Flasche unter ihren Kittel, ehe sie in die andere Wohnung zurückging.

Mariam und ihr Junge lagen noch genau so da, wie sie sie verlassen hatte. Sie hockte sich zu ihnen, zog die Flasche hervor, griff unter Mariams Kopf, um sie zu stützen und führte die Flaschenöffnung an ihren Mund. Die Frau trank. Sie musste wie alle wahnsinnigen Durst haben. Doch sie gönnte sich nur zwei, drei kleine Schlucke. Dann schüttelte sie abwehrend den Kopf.

»Luam. Bitte«, flüsterte sie. Maja nickte und reichte dem Jungen die Flasche. Er trank hastig und verschluckte sich dabei. Das dünne Plastik der Flasche knackte, als er es mit seinen kleinen Händen zusammendrückte. Jemand sah zu ihnen herüber.

»Ah!«, rief ein Mann. Er hatte die Augen aufgerissen und deutete auf den Jungen. Ein Zweiter sah an ihm vorbei. Er stürzte durch den Raum auf ihn zu und packte die Flasche. Aber Luam ließ nicht los. Er wurde hochgezogen. Maja ging dazwischen, wurde aber von einer Frau grob zur Seite gestoßen. Sie fluchte irgendetwas auf Griechisch. Noch jemand mischte sich ein. Und dann noch jemand. Sie schrien in unterschiedlichen Sprachen. Es war ein wirres Gezeter aus Arabisch, Italienisch, Griechisch und Spanisch. Überall waren Hände. Die Menschen schlugen aufeinander ein, jemand stürzte über Mariam. Luam wurde geohrfeigt. Maja zog den Jungen auf den Boden und hockte sich über ihn. Sie hielt eine Hand schützend über Mariam, die sich schwerfällig zu ihnen gedreht hatte. Sie rollten sich zusammen, während das Handgemenge über ihnen eskalierte.

Jemand schlug einem der Männer ins Gesicht. Ein Bursche in zerschlissenen Jeans und mit schlammverklebten Haaren hatte die Flasche inzwischen zu fassen gekriegt, setzte sie hastig an, wurde aber am Nacken gepackt und von einem großen Kerl hinaus in den Flur geschleift. Es war derselbe Mann, der tags zuvor noch seine letzte Dose Pepsi mit Maja geteilt hatte. Er war freiwillig nach Neapel gekommen, um ehrenamtlich Englisch für Geflüchtete zu unterrichten. Das hatte er ihr erzählt und dabei herzlich mit der Achsel gezuckt.

Jetzt, keine vierundzwanzig Stunden später, nach nur einem Tag ohne Wasser, presste er den Teenager auf den Boden, kniete auf seinem Rücken und schlug mit der Faust auf die Hand ein, die die Flasche umklammert hielt. Es knackte. Der Bursche schrie auf. Jemand stürzte sich auf die beiden. Weitere kamen dazu. Sie schlugen sich, fielen auf den Boden, sie brüllten, fluchten, spuckten, traten. Ein Kopf wurde gegen eine Kommode geknallt. Ein Stiefel in ein Gesicht getreten. Möbel krachten. Die ganze Wohnung erzitterte. Stöhnen. Verzweifelte, schmerzerfüllte Schreie. Flehen. Fluchen. Husten. Das Brechen von Holz. Es wollte gar nicht aufhören …

Und dann mit einem Mal: Stille. Maja starrte zum Flur, wo kurz zuvor noch Menschen wie Verrückte aufeinander eingedroschen hatten und jetzt alles wieder war, wie zuvor. Sie schloss für einen Moment die Augen und schluckte den Knoten hinunter, der sich in ihrem Hals gebildet hatte. Sie zitterte. Luam zitterte nicht. Er wischte sich beiläufig ein paar Tränen aus dem Gesicht, hockte sich dann wieder neben seine Mutter. Maja fragte ihn, ob er in Ordnung sei. Sie wollte ihn festhalten, streicheln. Aber es kümmerte ihn nicht.

Mariam drehte sich mit einem leisen Stöhnen zurück auf den Rücken. Sie blickte Maja kurz an und atmete aus.

»Schon gut«, sagte sie. Ein rasselndes Pfeifen begleitete jeden ihrer Atemzüge. Ihre Augen fielen immer wieder zu, und jedes Mal musste sie darum kämpfen, sie wieder öffnen zu können. »Es geht ihm gut. So etwas ist leider nicht … Wir haben viel erleben müssen, auf unserer Flucht. Und danach. Und auch davor, in der Heimat … Das ist nichts Neues für Luam. Wir haben schon weit Schlimmeres durchgemacht.«

»Das tut mir … leid«, flüsterte Maja.

»Und du? Hast du einen Sohn?«, fragte Mariam, drehte den Kopf mit letzter Kraft herum und lächelte Luam matt zu, der seine Knie umfasst hatte und an der Wand lehnte.

»Ja«, sagte Maja und musste sich räuspern. »Ich, ähm. Ja. Einen Jungen. Er ist fünfzehn.«

»Wie heißt er?«, fragte sie und wollte sich Maja zuwenden, schaffte es aber nicht. Vorsichtig griff Maja nach dem Kinn der Frau und drehte den Kopf in eine gerade Position.

»Er heißt Roland.«

»Auch ein schöner Name«, antwortete sie leise. Sie konnte die Augen kaum mehr offenhalten.

»Ich werde nicht mehr aufwachen, richtig?«

Maja sah sie einige Sekunden an. Dann nickte sie. Ganz langsam.

Mariam schloss die Augen.

»Es wird keine Hilfe kommen … Es kommt nie Hilfe. Nicht für uns.« Eine einzelne Träne kämpfte sich aus ihrem Augenwinkel.

Maja wusste nicht, was sie sagen sollte. Denn Mariam hatte recht.

»Wird Luam … Roland … irgendwann einmal kennenlernen?«, flüsterte sie. Jedes Wort zehrte an ihr. Sie musste lange Pausen machen.

Maja schluckte. Sie merkte, wie Mariam versuchte, die freie Hand zu heben. Sie umfasste sie. Sie fühlte sich kalt an. »Ich …«

»Wirst du meinen Sohn hier rausbringen? Wirst du ihn retten?«

Maja spürte so etwas wie den Versuch, ihre Hand zu drücken. Ganz schwach, kaum wahrnehmbar.

»Ich werde es versuchen … Ich verspreche es.«

»Dan…ke«, hauchte sie. Sie bewegte sich nicht mehr. Nach einer Pause, in der sie noch einmal Kraft schöpfte, sagte sie: »Ich möchte ihn jetzt ansehen. Bitte.«

»Ja«, sagte Maja und half ihr dabei, den Kopf noch einmal zu wenden. Luam legte sich wieder zu ihr, berührte ihre Stirn mit der seinen. Sie flüsterte ihm etwas in ihrer

Sprache zu. Maja legte Mariams Hand auf die Brust ihres Sohnes. Luam ergriff sie, presste sie ganz fest an sich.

Maja richtete sich auf, rutschte ein paar Meter zurück und lehnte sich erschöpft an die Wand. Mutter und Sohn sprachen jetzt nicht mehr. Mariam hielt die Augen geschlossen. Ein paar Minuten später starb sie.

Damals

Lara lenkte ihre Schritte in Richtung Stadtpalais, einem Gebäude aus dem 18. Jahrhundert. Einige Leute in Abendgarderobe standen davor und unterhielten sich. Die meisten aber steuerten, so wie sie jetzt, gezielt auf den Eingang zu, um der Kälte zu entkommen. Sie tippte sich noch einmal an den Bluetooth-Kopfhörer, der in ihrem Ohr steckte und der mit dem Telefon in ihrer kleinen Handtasche verbunden war. Sie fröstelte in dem Abendkleid und verfluchte die Schuhe mit den hohen Absätzen. Es war Jahre her, dass sie Kleider und High Heels getragen hatte. Damals, als ihre Eltern sie noch dazu gezwungen hatten, wenn sie an den Wochenenden gut essen gingen.

»Hört ihr mich?«, fragte sie leise.

»Ja, alles gut«, antwortete ihr alter Freund Sven vom anderen Ende des Landes aus. »Schön, wieder eure Stimmen zu hören.«

»Das hast du dir selbst zu verdanken. Du hast damals dichtgehalten, das ist alles, was zählt«, antwortete Fin kühl an Laras Stelle. Er saß in ihrem Wohnmobil, hatte sein Telefon auf Lautsprecher gestellt und vor den aufgeklappten Laptop gelegt. Er weigerte sich, seinem ehemaligen Freund herzlich zu begegnen. Er war noch immer eifersüchtig auf ihn, dagegen war kein Kraut gewachsen. Als Lara ihn ins Spiel gebracht hatte, war Fin ausgerastet. Aber sie hatte natürlich recht gehabt. Wie immer. Sie würden einen Dritten brauchen, der im Hintergrund die Koordination übernahm, wenn am nächsten Tag alles reibungslos funktionieren sollte.

»Also gut ...«, sagte Sven, während Fin Laras Absätze über das Kopfsteinpflaster klackern hörte. »...schau als Erstes darauf, ob die Kellner Krawatte oder Fliege tragen, damit ihr für morgen Bescheid wisst. Wenn du durch die Tür gehst, sollte auf der rechten Seite die Kassenstelle sein, wo du dir dein Ticket für die Generalprobe abholst.«

»Ich weiß wie das Foyer aussieht, danke«, murmelte Lara.

»OK, OK, Ich habe übrigens recherchiert«, sprach Sven in seiner lässigen Art weiter, »wer alles filmen wird. Und soweit ich es mitbekommen habe, dürfte der Stadtsender live vom Empfang und der Gala nach dem Theaterstück übertragen. Die Social-Media-Profile einiger Schauspieler und der umtriebigsten B-Prominenz lassen darauf schließen, dass RTL II und ProSieben für ihre Promi-Magazine auch da sind, aber sicher kann ich das nicht sagen. Auf jeden Fall wird es Material geben, auf das die Nachrichtensender später zurückgreifen werden können ... Aber ich begreife noch immer nicht, wie der Vorstand eines der größten deutschen Erdölkonzerne dazu kommt, ein Theaterstück in einer alten Stadtvilla auszurichten? Und das für nur *eine* offizielle Vorführung?«

»Weil im Anschluss daran die Präsentation des Schmucks stattfindet, den seine Frau fabriziert«, entgegnete Fin, als

Lara nicht antwortete. Sie war den Geräuschen nach mit dem Ticketkauf beschäftigt.

»Ja, das weiß ich. Aber warum macht man so was?«

»Ich denke, das Wort, das sie bevorzugen würde, ist: »designed«, mischte sich Lara nun ein. »Ich bin jetzt am Weg zur Garderobe. Die Ticketpreise sind wirklich unglaublich niedrig. Selbst für eine Generalprobe. Fin, sie tragen Fliege …«

»Alles klar«, antwortete Fin und sah auf die Uhr. Er streifte ein dunkles Hemd über und zog das Sakko an, während er sein Telefon mit einem eigenen, kleinen Bluetooth-Knopf verband. »So günstig die Tickets für die Probe heute sind … Die Karten für morgen sind für kein Geld auf der Welt zu haben. Die kann man nur geschenkt bekommen.«

»Irre. Was das alles kosten muss. Warum macht er das?«, fragte Sven abermals.

»Wenn du meine Vermutung hören willst«, meinte Fin und prüfte die Verbindung: »Er macht es, weil ihn seine Frau dazu zwingt.« Mit einem kritischen Blick überprüfte er sein Outfit im Spiegel, auf Krawatte oder Fliege verzichtete er – heute Abend sollte er den Besucher spielen, keinen Angestellten. Dann öffnete er die Tür des Wohnmobils, das auf dem Platz gegenüber dem Palais geparkt war.

»Hast du das Zeug gesehen, das seine Frau … *designed*? Das sieht aus wie vergoldete Hamsterscheiße«, lachte Sven.

»Oder er macht es einfach, weil er seine Frau liebt und ihr damit einen großen Gefallen tun will«, murmelte Lara in ihr Mikrofon. Sie musste mittlerweile tiefer ins Gebäude vorgedrungen sein, um es für den nächsten Tag auszukundschaften.

»Oh, das sind ja ganz neue Töne. Klingt ja fast nach Sympathie für den Kerl«, versuchte Fin seine wachsende Nervosität zu überspielen und sperrte den Wagen ab. Er merkte selbst, dass seine Stimme hell und brüchig klang. Seine Hände zitterten, er spürte, wie sich kalter Schweiß zwischen den Fingern bildete.

»Du musst wissen, Sven, Laras Eltern haben für den Kerl früher gearbeitet. Sie hat ihn schon gekannt, als sie noch ein Kind war. Ihr Vater war sogar auf den Geburtstagsfeiern seiner Töchter.«

Schweigen. Sven antwortete nicht. Lara sagte nichts. Nach einer kurzen Pause wollte sich Fin entschuldigen, er wusste, dass sie ihm das wieder übelnehmen würde. Sie schämte sich für ihre Eltern und absurderweise irgendwie wohl auch für ihre eigene Kindheit.

»Sie verwenden …«, flüsterte Lara nach einer Weile, brach aber aus irgendeinem Grund ab. Sie ging mit keinem Wort auf seinen Kommentar ein. Das konnte gut oder schlecht sein, aber darüber wollte Fin sich jetzt nicht den Kopf zerbrechen.

Denn er war inzwischen eingetreten und sah sich im Foyer um. Rechts lag die Kassenstelle und direkt vor ihm, genau zwischen zwei breiten Flügeltüren, war eine Theke mit drei Seiten aufgebaut, an der Getränke von zwei Cateringmitarbeitern, sie waren nicht viel älter als er selbst, an einige Gäste ausgeschenkt wurden.

»Sie verwenden«, wiederholte Lara den Satz, den sie hatte unterbrechen müssen, »durchsichtige Bierflaschen.«

»So eine Scheiße«, entfuhr es Fin. Er wurde von einer hübschen Frau in einem blauen Cocktailkleid schräg angesehen. Sie musste den Eindruck haben, dass er mit sich selbst sprach. Er fluchte still und sah zu, dass er weiterkam. Er musste leiser und vor allem unauffälliger sein. Unbedingt. Nachdem er sich eine Eintrittskarte geholt hatte, ging er auf die Flügeltüren zu, die in das Innere des Palais führten. Da sah er, wie eine Kiste mit Mineralwasser-Flaschen von einem Bediensteten über die Theke gehoben wurde.

»Aber dunkelgrüne Mineralflaschen«, murmelte er leise und ging weiter. Vor ihm stand eine Servicekraft, die den Leuten den Weg zu ihren Plätzen wies.

Der Innenhof des alten Gebäudes war überdacht worden. Darunter waren bestuhlte Sitzplatzstufen aufgebaut und dahinter, am Ende des Innenhofs eine leicht überschaubare Bühne. Auf ihr sollte, heute zur Probe und am nächsten Tag vor einem handverlesenen Publikum, eine kleine Gruppe von Schauspielern, darunter eine Burgschauspielerin aus Wien und ein bekannter Filmstar, eine Komödie aufführen. Exklusiv und nur an diesem Wochenende.

Fin bog wie besprochen rechts ab und schlenderte auf eine elegante Treppe mit goldenem Geländer zu. Im ersten Stock lag ein breiter Korridor zwischen der Galerie, die sich zum Innenhof und zur Bühne öffnete, und einer Garderobe, wo zwei Angestellte den Gästen die Mäntel und Jacken abnahmen. Dahinter waren zwei weiße Türen, die in Zimmer führten, die auf der Straßenseite lagen. Die Türen waren angelehnt.

Rechts von Fin befand sich der Durchgang zu den Sitzplätzen für die wichtigsten Gäste, die in der mit Heizpilzen gewärmten Galerie Platz nehmen sollten. Heute drängten sich hier, vor den Eingängen zur Galerie, mittlere

Jahrgänge und alte Ehepaare neben Kunststudenten und Theaterfreunden, die noch Karten bekommen hatten. Hier sollte am nächsten Tag nach der Aufführung die Schmuckausstellung präsentiert werden. Damit die betuchtesten Gäste sofort nach der Vorstellung die ausgestellten Stücke begutachten konnten. Die Tische waren bereits aufgestellt und die Ausstellungsvitrinen, die darauf standen, waren nicht beleuchtet und noch leer.

Fin wurde mulmig, als er daran dachte, was sie vorhatten. Er spürte plötzlich deutlich, dass er auf die Toilette musste, sah sich um, drohte zu stolpern. Eine Platzanweiserin, die nur wenige Meter weit entfernt bei den Ausgängen zur Galerie stand, sah stirnrunzelnd zu ihm herüber, was seinen ohnehin schon schnellen Herzschlag noch weiter beschleunigte. Er durfte um keinen Preis auffallen. Morgen sollte er hier als Mitarbeiter auftreten. Oder würde er …? Sollten sie das nicht alles am besten sofort abblasen?

Es war doch im Grunde eine völlig verrückte Idee. Eine gefährliche Idee. Eine haarsträubend dumme Idee, davon war er jetzt überzeugt, obwohl er den Plan mitentwickelt hatte. Er machte einige Schritte in die andere Richtung, dorthin, wo eine zweite Treppe aus dem Erdgeschoss heraufführte, als plötzlich alles um ihn herum zu verschwimmen begann. Beinahe wäre er über seine eigenen Beine gestolpert, konnte sich aber noch rechtzeitig an einem Tisch abstützen.

»Alles in Ordnung?«, fragte eine Garderobenfrau in einem Bleistiftrock mit besorgter Miene und musterte ihn aufmerksam. Er spürte, wie sein Kragen immer enger wurde und meinte, gleich kotzen zu müssen.

Heute

Roland spürte seine Oberschenkel gar nicht mehr, als er am Ziel angekommen, mit Dhaki ausstieg. Das Rattern des Schrott-Buggys hatte seinen Hintern ertauben lassen.

Knapp unter der Hügelspitze mit dem hohen Stacheldrahtzaun, der die ganze Region umzingelte, wurde der Eingang zu einer Höhle sichtbar. Davor herrschte emsiges Treiben. Barrikaden aus Fässern und Kisten und Stahlteilen wurden herausgeschafft und aufgestellt. Munition wurde ausgeteilt, Gräben ausgehoben und Stacheldraht ausgerollt. Auf einem Autowrack wurde eine schwere Kanone auf eine Lafette montiert.

Es waren mindestens zwanzig Menschen, die zwischen abgestorbenen Baumstämmen und niedrigen Containern, Zelten und zusammengezimmerten Barrikaden den Höhleneingang befestigten. Und neben Dhaki, Roland, Fin, Mark und Abdel kamen nach und nach noch weitere an, die offensichtlich in irgendeiner Form auch zum Widerstand gehörten.

»Wir wussten, dass du es schaffen würdest«, sagte ein Mann, der bloß einen Arm hatte, als er Dhaki entgegentrat. Er trug eine alte, olivfarbene Kampfweste und einen Pistolenholster. In seinem besorgten Gesicht stand so etwas wie der Anflug grimmiger Zuneigung. Er umarmte Dhaki, die es untypischerweise widerspruchslos hinnahm.

»Ich habe dir geschrieben, dass Delta es nicht schafft. Ihr hättet gleich kommen sollen.«

»Ich weiß … Halten wir bis sechs Uhr durch?«

»Wir werden es müssen«, sagte er und sah auf die

Rückbank. Mark und Abdel waren ausgestiegen. Mark wankte ein paar Schritte, seine Platzwunde noch immer mit der flachen Hand abdrückend, und bat einen der Rebellen um Wasser. Abdel packte irgendwo mit an.

»Du bist also Roland«, nickte er ihnen zu. »Und Fin… Ich habe schon viel von dir gehört.«

»Von wem?«, fragte Fin erschöpft.

»Lara Catsby.«

Fin senkte den Blick. Der Einarmige ebenso. Er seufzte.

»Seht zu, dass ihr reinkommt«, sagte er schließlich. »Hier draußen wird es bald ungemütlich.«

Damals

»Mist verfluchter!«, schimpfte Lara, als sie die Tür des Wohnmobils hinter sich zuwarf. Sie zog sich den Stöpsel aus dem Ohr und befreite ihre strapazierten Füße von den Stöckelschuhen. Fin ließ sich auf das Bett fallen und vergrub das Gesicht in den Händen.

»Was an »nicht auffallen«, war denn so schwierig?«, fragte sie aufgebracht. Er antwortete nicht. Das brauchte er gar nicht. Lara musste erst ihren Ärger loswerden.

»Wenn die Garderobenfrau uns morgen erkennt, wird sie sich fragen, wie es sein kann, dass ein Gast des Vortags plötzlich bei der Cateringfirma angestellt ist. Wenn ich dich da nicht sofort weggezogen hätte, würdest du jetzt noch dort stehen wie angewurzelt. Verdammt noch mal …«

»Aber deswegen haben wir uns doch heute als Gäste

ausgegeben«, widersprach Fin. »Um sagen zu können, dass wir heute freihatten und uns das Stück ansehen wollten. Genau das war der Plan, Lara!«

»Ja, aber nur der Notfallplan. Das heißt nicht, dass man ihn erzwingen muss.«

»Von Erzwingen kann doch keine Rede sein. Mir ist ja nicht absichtlich schlecht geworden.«

»Eine verfluchte Scheiße ist das!«, schimpfte Lara und schlug mit der Faust gegen ein offenstehendes Schranktürchen auf Kopfhöhe, sodass es knallend ins Magnetschloss fiel. Sie drehte sich um, presste vor Wut die Faust an den Mund und schloss die Augen. Dann drehte sie sich wieder zu Fin.

Er bemühte sich, die Kränkung nicht ernst zu nehmen, wich ihrem Blick aus, schniefte leise. Er tat Lara leid. Und allmählich spürte sie selbst, wie die Angst in ihr aufstieg. Sie ließ sich auf den Platz vor dem kleinen Esstisch fallen.

»Ich habe so etwas ja auch noch nie gemacht … Das ist für mich auch neu … Verdammt, ich habe auch Angst, Fin. Ich habe Angst, dass wir richtig Scheiße bauen. Aber ich bin auch überzeugt, dass das eine gute Aktion ist. Eine, die echt etwas anstößt. Und außerdem: Das Schwein hat es wirklich verdient!«

Fin nickte stumm. Er schluckte und murmelte ein gewürgtes »Ja … eh!«

»Niemand hat behauptet, dass es leicht wird.«

Heute

Das geht jetzt schon seit Stunden so, dachte Roland. Er stand zwischen zwei Barrikaden und sah auf das Lager hinunter, wo inzwischen die Hölle los war. Verzerrte Schreie aus hunderten Kehlen wurden von einem aufkommenden Wind zu ihnen heraufgetragen. Er sah Gebäude, die lichterloh brannten und von niemandem gelöscht wurden. Ganze Straßenzüge, in denen blankes Chaos herrschte, lagen in Trümmern. Gewehrsalven und das Klirren von Glas waren zu hören. Drohnen unterschiedlicher Größe schwirrten über das Gebiet, Lkws mit Lagerbewohnern fuhren in langen Kolonnen Richtung Norden. Mark war eben neben ihn getreten. Er trug einen Verband auf dem Kopf.

»Ist es das alles wert? All das, für ein paar Daten?«

Mark antwortete nicht. Ihm fiel ein, dass seine Eltern irgendwo dort unten sein mussten. Er hatte sie für den Widerstand zurückgelassen.

»Und warum hat die Polizei das Lager nicht schon vor Jahren geräumt?«, fragte er schließlich.

»Das Lager war ursprünglich für sechzigtausend Personen ausgelegt«, antwortete Mark ruhig. »Heute leben hier weit über zweihunderttausend Menschen, die gegen ihren Willen interniert werden. Essen wird für sie aus der Luft abgeworfen. Wir mussten jahrelang Eintopf fressen wie die Schweine. Hier hat sich schon ewig kein Polizist mehr hereingetraut. Aber jetzt schon. Sie benützen euch als … Ihr seid nicht der Grund, ihr seid nur ein willkommener Vorwand, das Lager aufzulösen. Es auszulöschen.

Das stand schon lange auf der Agenda dieser Regierung … Es war bloß eine Frage der Zeit. Das hier ist eine der letzten Sammelstellen im Land. Die anderen sind längst schon draußen, vor den Toren Mitteleuropas. Vor der Grenze, an der die Mauer hochgezogen werden soll. Und der Vorwand ist ein guter Plan. Ihr gehört schließlich zu den meistgesuchten Terroristen des Landes. Aber das hier ist keine Razzia mehr. Das ist ein Massaker. Von der Suche nach der Datenbombe wissen die einfachen Soldaten und Bullen da unten bestimmt nichts. Die führen nur Befehle aus. Unter ihnen sind sicher auch Geheimdienstleute, die nach euch fahnden, denn die Stationen des Widerstands wurden gezielt angegriffen …«

»Wir haben aber doch gar nichts gemacht«, wendete Roland ein. Er konnte den Blick von dem Krieg, der dort unten tobte, nicht abwenden.

»Die Regierung behauptet das Gegenteil. Und das ist alles, was zählt. Was die Regierung sagt, ist die Wahrheit. Wer das bestreitet, hat ein Problem. Aber wem erzähl ich das?«

Eine Zeit lang schwiegen sie.

»Außerdem«, fuhr Mark bitter fort, »habt ihr zwei Teile der Datenbombe … Dafür gehen die über Leichen.«

»Was passiert mit diesen Menschen?«, fragte Roland und nickte in Richtung der Lkw-Kolonnen.

»Sie kommen in eines der Lager vor den Mauern … Aber nur die, die keinen Widerstand leisten. Die, die sich wehren allerdings … du hast es unten gesehen …«

Roland musste an die Straße denken. An die Menschen, die wie Vieh aus ihren Häusern getrieben wurden. Deren Koffer samt ihren Habseligkeiten achtlos auf Haufen geworfen wurden. Die gefesselt auf Lkws verladen wurden. Er dachte an die aufgereihten Toten. Die Erschossenen. Die, die Widerstand geleistet hatten. Oder denen man das zumindest unterstellte. Er schluckte schwer.

»Das ist so ungerecht … Wir … das haben wir alles nicht gewusst«, sagte er mit dünner Stimme. »Das sagt einem doch keiner. Das konnten wir nicht wissen«, setzte er nach. Aber es klang so hohl und leer, dass es sich wie eine Lüge anhörte.

»Konntet ihr nicht? Oder wolltet ihr nicht?«

Um Rolands Lippen zuckte es. Er hielt kurz die Luft an und blickte grimmig auf das blutige Gemetzel dort unten, während ihm Tränen über die Wangen liefen.

»Warum leisten nicht mehr Menschen Widerstand?«, fragte er irgendwann.

»Tun wir doch. Sonst wären sie schon längst hier. Oder glaubst du, dass die Schüsse nur aus den Gewehren der Soldaten kommen?«

»Aber woher hat der Widerstand die ganze Ausrüstung?«

»Na ja, wir bereiten uns seit Jahren auf das hier …«

In diesem Moment schlugen mehrere Granaten in einem Mehrparteienhaus ein, das am Rand des Dorfes stand. Sie sahen die Detonationen grell aufblitzen und erst Sekunden später hörten sie das Krachen. Gefolgt von einer Druckwelle, die sich anfühlte, als hätte jemand gerade einen riesigen Backofen vor ihnen geöffnet.

»Das war Gamma«, sagte Mark. »Eine der letzten Stationen, abgesehen von uns, die noch eine Verbindung nach draußen hatte.«

»Wie spät ist es jetzt eigentlich?«

»Schon fünf … Eine Stunde noch.«

Roland antwortete nicht. Mark sah ihn von der Seite an.

»Fragst du noch immer, ob es das wert ist?«, fragte er.

Roland schüttelte bloß den Kopf.

»Das ist es bestimmt«, antwortete Fin für ihn. Er stand plötzlich hinter ihnen. Sein gebrochener Arm hing in einer frischen Schlinge.

»Das muss endlich aufhören. Wir haben schon viel zu lange weggesehen.« Er stützte sich auf seinen Enkel. Roland nickte. Er brachte kein Wort heraus. Er dachte an seine Mutter. Dachte an die Soldaten dort unten. Ihm wurde bewusst, dass sein Leben an einem seidenen Faden hing, und dass sie hier womöglich alle sterben würden.

»Die Datenbombe wird einen breiten Widerstand der Bevölkerung auslösen und vielleicht sogar … eine echte Revolution. Das ist alles, was wir noch tun können«, sagte Fin. Roland hörte das Bedauern in seiner Stimme.

Damals

»Also gut, ihr steckt die Ohrknöpfe in die Taschen, damit sie keiner sieht. Aber sobald ihr unter euch seid, klemmt ihr mich wieder ins Ohr, alles klar?«, sagte Sven und wartete auf eine Antwort. Er saß vor seinem Rechner in dem Studentenzimmer, in das er vor ein paar Monaten gezogen war, nachdem er sein Studium begonnen hatte. An der Wand hinter den zwei Bildschirmen, die er sonst vor allem zum Zocken nutzte, klebten einige ausgedruckte Fotos. Darunter schräg, an einem einzelnen Tesa-Streifen hängend, ein ausgedrucktes Bild von Fin, Lara und ihm selbst aus der Zeit der Aktion mit dem Bus. Fins Gesicht war zur Hälfte von einem anderen Foto verhängt. Es war keine Absicht, trotzdem hatte Sven auch nichts unternommen, um es gerade zu rücken.

Er konzentrierte sich wieder auf die Bildschirme, wo verschiedene Fenster geöffnet waren. Der Live-Stream des Regionalfernsehens sollte bald starten. In einem anderen Fenster hatte er den Twitter-Account der Polizei von der Stadt, in der die Aktion ablief, geöffnet.

»Aber abgesehen davon«, setzte er nach, nachdem niemand geantwortet hatte, »hättet ihr nicht ein paar Euro in dezentere Kopfhörer investieren können?«

Wieder Schweigen. Dann endlich ein Räuspern und Fins Stimme. »Unser letztes Geld haben wir für den Anzug ausgegeben. Wir sind völlig abgebrannt, Sven. Ich weiß, das kannst du dir nicht vorstellen, aber wir haben null Kohle. Würden wir nicht ohnehin containern, wären wir schon längst verhungert.«

»Das verstehe ich sowieso nicht, Mann. Wie kann man bloß Müll essen? Da leide ich lieber Hunger.«

»Nur weil es die Supermärkte wegwerfen, ist es noch lange kein … Vergiss es. Wir hören uns später.«

»Viel Glück«, hörte Fin noch, als er den Ohrstöpsel herauszog und in seiner Tasche verschwinden ließ. Er saß Lara im matten Schein der Herdbeleuchtung ihres Wohnmobils gegenüber. Sie hatte ihr Haar hochgesteckt und ihre rote Strähne schwarz gefärbt. Ihre weiße Bluse betonte ihr Dekolleté.

Fin trug das Sakko über dem hellen Hemd, dazu die Fliege. Er hatte sich glattrasiert und seine Narben hatte

Lara so gut es ging mit Make-up überschminkt. Vielleicht bestand die Chance, dass die Garderobenfrau ihn nicht erkennen würde.

Sein Magen knurrte, weil er seit Stunden nicht imstande gewesen war, etwas zu essen. Er hatte schon seit geraumer Zeit einen schalen Geschmack im Mund. Er wollte gar nicht wissen, was für einen erbärmlichen Eindruck er heute machte. Und es ging nicht nur ihm so. Auch in Laras Augen las er Angst, Aufregung und Unsicherheit. So hatte er sie noch nie erlebt. Aber er wusste auch, dass sie niemals einen Rückzieher machen würde. Und er auch nicht. Es fühlte sich an, als hätten sie die letzten beiden Jahre ausschließlich für diesen einen Moment gelebt.

»Ich liebe dich«, sagte er.

»Ich dich auch«, sagte sie. Mehr gab es nicht zu sagen.

Sie nahmen die zwei Mineralwasser-Kisten, die sie vorbereitet hatten, und stiegen aus dem Wohnmobil. Es parkte in einiger Entfernung vom Stadtpalais. Keiner der beiden sprach ein Wort, sie waren zu nervös.

Vor dem Eingang hatten sich bereits zwei, drei Kamerateams versammelt. Einige Fans warteten auf die wenigen wirklich berühmten Leute, die kommen sollten, wurden aber von dicken, roten Seilen zurückgehalten, die als Absperrung auf beiden Seiten dienten. Vor dem Haupteingang war ein langer roter Teppich ausgerollt.

»Es ist so grotesk, irgendwie …«, sagte Lara leise und wendete sich im Gehen zu Fin, während sie nebenbei freundlich dem Türsteher zunickte. Er trug Kleidung wie alle, die heute Nacht im Service arbeiteten. Die gleiche Kleidung, wie sie selbst. Für einen Moment irritiert, spielte er ihnen gleich darauf vor, sie beide zu erkennen, um die

Peinlichkeit zu verbergen, nicht zu wissen, wer mit ihm zusammenarbeitete.

Als sie ins Foyer traten, murmelte Fin: »Wie kannst du so cool bleiben? Du hast den Typen doch noch nie im Leben gesehen.«

»Ja, er uns aber auch nicht. Ich habe nur gemacht, was *sein* Job ist: Freundlichkeit vortäuschen und so tun, als würde man sich um alles kümmern.«

Die wenigen Leute, die bereits da waren, trugen, ebenso wie jene am Vortag, Abendgarderobe. Aber sie sahen dennoch entschieden anders aus. Auch wenn kaum jemand etwas übertrieben Extravagantes anhatte: Die Eleganz der Garderobe war heute beim Publikum nicht zu übersehen.

»Der feine Zwirn macht sie aber noch lange nicht zu besseren Menschen«, flüsterte Lara, als hätte sie Fins Gedanken gelesen und nickte freundlich einem älteren Herrn zu, der sich an ihr vorbeidrückte. »Im Gegenteil.« Ihre Stimme klang ungewohnt fahrig. Sie musste wirklich aufgeregt sein, schaffte es aber irgendwie, es sich nicht anmerken zu lassen.

Auf der Treppe spürte Fin eine leichte Berührung an der Schulter.

»Verzeihung, wo finde ich hier die Toiletten?«, fragte ein Kerl, der nicht viel älter als er selbst zu sein schien. Er hatte einen strengen Undercut und trug enge, schwarze Jeans zu einem Frackrock. Fin brachte nur ein Krächzen hervor als er stolperte. Er konnte sich gerade noch rechtzeitig fangen und verhinderte im letzten Moment mit dem Flaschengebinde, das seine Arme schwer nach unten zog, auf den Teppichboden zu stürzen.

Er richtete sich auf, warf einen Blick zurück und

fluchte, während er weiter die Treppe hinauflief und den jungen Mann ratlos zurückließ. Im ersten Stock wendete er sich sofort nach rechts, als er die Garderobenfrau von gestern erblickte. Er drückte die Kiste mit den Flaschen enger gegen seinen Bauch und ging einige Meter an den Vitrinen vorbei, welche jetzt unter weißen Brokatstoffen warm leuchteten. An jeder Ecke hier oben standen Männer in schwarzen Anzügen und sahen sich um. Die waren am Vortag noch nicht da gewesen.

Klar, dachte Fin, da gab es ja auch noch keinen teuren Modeschmuck zu bewachen … Fuck!

Das hatten sie bei ihrer Planung nicht bedacht. Er sah sich nach Lara um, konnte sie aber nicht finden. Der Blick eines glatzköpfigen Securitys fiel auf ihn und er reagierte, indem er so tat, als wäre er in die falsche Richtung gelaufen. Er rollte mit den Augen, schimpfte sich selbst einen Trottel, drehte um und ging zurück zur Garderobe. Ihm war derart heiß geworden, dass er glaubte, Fieber zu bekommen. Unsicher marschierte er an der Galerie vorbei und in Richtung der Garderoben zurück.

»Hey, kommst du?«, rief Lara, sodass sich zwei, drei Angestellte zu ihr umdrehten. Sie stand hinter den Garderoben in der weißen Tür und winkte verärgert nach ihm. Die Garderobenfrau vom Vortag, jene, die Fin irritiert beobachtet hatte, warf Lara einen bösen Blick zu. Sie legte ermahnend den Zeigefinger auf den Mund.

Fin schluckte. Er wollte jetzt am liebsten die Kiste stehen lassen und links über die Treppe davonlaufen. Einfach weg von alledem. Bloß weg. Weg aus dem Palais. Weg von der Angst, der Panik. Aber das hieß auch weg von Lara.

Beherzt umfasste er die Kiste und folgte ihr.

»Ich habe keine Lust wegen dir wieder Ärger zu bekommen. Komm jetzt!«, blaffte sie ihn an, während er hinter die Garderobe trat und Lara der Garderobenfrau ein Kopfschütteln zuwarf. »Neuling«, sagte sie mit gespieltem Achselzucken.

Er schlüpfte durch die Tür und kam in einen hohen Raum mit altem Parkett, in dem überflüssige Sessel, ein paar abgehängte Gemälde, zusammengerollte Teppiche und weiterer Hausrat, der weggeräumt worden war, herumstanden. Es schüttelte ihn, so sehr kämpfte er mit der aufsteigenden Übelkeit. Wie ferngesteuert schlurfte er Lara durch eine zweite Tür hinterher. Sie betraten den mittleren Raum der provisorischen Abstellkammern, die zur Straße hin führten.

»Was, wenn sie nachsieht, wo wir bleiben?«

»Wird sie nicht. Es sind drei Räume, die das Gebäude in ganzer Breite durchmessen. Und jeder Raum, außer der mittlere, hat zwei Ausgänge. Sie hat uns schon längst wieder vergessen. Außerdem kommen jetzt die Leute, die in der Galerie sitzen, da wird sie in der Garderobe beschäftigt sein.«

»Und wenn doch?«, fragte Fin und stellte mit einem lauten Ächzen die Kiste ab.

Sie antwortete nicht, sondern schnappte sich einen Barhocker, den man neben leeren Getränkekisten, Topfpflanzen, Tischtüchern, Vitrinen und allerhand anderem Zeug hier abgestellt hatte. Sie klemmte ihn unter die Klinke der Tür, durch die sie gekommen waren.

»OK«, nickte Fin. »Für die Einlage von vorhin hast du übrigens eine Oscarnominierung verdient.«

»Ich danke der Academy«, antworte sie und lächelte ihn

einen Augenblick lang aufgeregt an. »Einstöpseln«, sagte sie schließlich und tippte sich auf das Ohr.

»Hallo?«

»Na endlich«, hörte er Svens Stimme im nächsten Moment. »Mann macht ihr das spannend. Hört zu, es geht los. Der Stream hat angefangen. Die ersten Promis sind schon über den Teppich und drin. Keine Spur von der Zielperson. Die kommt sicher erst ganz zum Schluss.«

»Das hier ist kein Agententhriller. Er heißt Alfred Dunst«, warf Lara ein. Durch das Fenster drang ab und zu grelles Blitzlicht zu ihnen herauf. Gemeinsam mit den Straßenlaternen war es die einzige Lichtquelle, die sie hatten.

»Machen wir uns an die Arbeit«, sagte Lara, nachdem sie die Tür auf der anderen Seite, und jene, die an der Stirnseite wieder ins obere Foyer führte, ebenfalls mit Sesseln blockiert hatte. Sie hatte den Raum am Tag zuvor genau inspiziert. Alles lief nach Plan. Trotzdem hatte Fin ein ungutes Gefühl. Und es wurde schlimmer.

Heute

»Dhaki hat den Stick. Es hat funktioniert, auch wenn es ein wenig gedauert hat«, sagte sein Großvater mit diesem typischen Grinsen, das er in Rolands Kindheit immer aufgesetzt hatte, wenn sie über Körperfunktionen und Ausscheidungen gewitzelt hatten.

Hinter ihm tauchte Abdel auf. Über den Latz seiner blauen Hose trug er jetzt eine grüne Jacke aus grobem Leinen.

»Sieh zu, dass du dich verabschiedest, Junge. Abdel hier bringt uns raus.«

»Raus? Du meinst, aus dem Lager?« Roland war überrascht.

»Wir werden es zumindest versuchen«, sagte Abdel ohne eine Miene zu verziehen.

»Aber ... du meinst, wir kommen hier raus?«

»Wir werden es zumindest versuchen«, wiederholte Fin Abdels Worte und legte ihm die gesunde Hand auf die Schulter.

»Aber wie? Ich meine ... Wie? Es gibt kein ...« Roland konnte seine Gedanken nicht in Worte fassen.

»Wir nutzen das Chaos und schauen ...«, entgegnete Abdel und verschränkte die Arme vor der Brust, »...ob wir im Süden rauskommen. Da herrscht momentan am meisten Durcheinander. Aber diese Idee haben sicher nicht nur wir. Trotzdem, der Widerstand ist es euch schuldig.«

»Das heißt, wir können nach Mama suchen?«

Roland sah den anderen ungläubig in die Augen. Es war ihm egal, dass er sich wie ein kleines Kind anhörte. In seinem Gesicht zuckte es, als sein Großvater nickte.

»Aber was ist mit all den ... Was ist mit den Leuten hier?«

»Die werden zusehen, dass sie bis sechs Uhr durchhalten«, sagte Dhaki. Sie war soeben zu ihnen getreten und nickte bestätigend. Ihre natürliche Härte, ihre typische Anspannung war noch immer da. Aber da war noch etwas anderes. So etwas wie eine traurige Herzlichkeit, die sich in ihren Augen spiegelte.

»Was ist, wenn sie früher kommen?«

»Dann werden wir versuchen, sie aufzuhalten.«

»Kannst du nicht …«, setzte Roland an, wusste aber, dass jeder Versuch, sie zum Mitkommen zu überreden, vergeblich sein würde.

»Und nachdem ihr es hochgeladen …?«

Dhaki schüttelte den Kopf. Sie sahen sich einen Augenblick lang an, dann nickte Dhaki wieder und sagte: »Sieh zu, dass du verschwindest. Und grüß mir Italien, wenn du es bis runter schaffst.« Sie lächelte matt, drehte sich um und lief auf die Höhle zu.

»Mark?«, meinte Roland schließlich.

»Ja?«

»Kommst du mit?«

»Was glaubt du denn? Dass ich mich hier grillen lasse? Klar komm' ich mit, Mann. Außerdem sollte einer ja den Wagen steuern.« Er grinste. Als er seinen Blick über die Stadt und die grauenhaften Kämpfe dort unten schweifen ließ, wurde er aber schnell wieder ernst. »Wir sollten uns beeilen.«

Aus dem Lager dröhnte eine alles übertönende Explosion herauf. Einen Moment hielten sie inne, ehe Fin weitersprach. »Komm Junge, sehen wir zu, dass wir deine Mutter finden.«

Minuten später saßen sie in dem Buggy. Fin sah noch einmal zurück zum Höhleneingang. Er hätte Dhaki gerne noch einmal zugewinkt. Aber sie war schon zwischen den Barrikaden und den umherrennenden Männern und Frauen des Widerstands verschwunden.

»Ich hoffe, ihr habt nichts gegessen«, rief Mark, der das Fahrzeug startete und die unebene Piste hinunterblickte, die vor vielen Jahren einmal ein Weg gewesen war. Hatte

Roland sich vorhin noch gefragt, warum der obere Teil des Hangs nicht bebaut wurde, nachdem auf der Ebene die Behausungen aus allen Nähten platzten, wunderte ihn jetzt nichts mehr. Der Hügel war im Grunde eine einzige Steilwand. »Denn die Straße, die wir jetzt nehmen, hat diese Bezeichnung weiß Gott nicht verdient.«

Er fuhr los. Doch schon nach ein paar Metern ließ sie ein Windstoß aufsehen. Ein Hovercraft war um den Hügel herumgeflogen und hielt sechs, sieben Meter über dem Boden direkt vor ihnen. Mark bremste. Einen Augenblick warteten alle gespannt auf die Lautsprecherdurchsage. Aber es kam keine. Stattdessen bewegten sich die Geschütze auf der Unterseite des fliegenden Fahrzeugs, direkt neben den Turbinen, die es vom Boden abdrückten, und richteten sich auf sie aus.

Mark schrie etwas, das von den dröhnenden Rotorblättern übertönt wurde. Trotzdem verstanden es alle. Sie sprangen aus dem Fahrzeug, ehe es im nächsten Augenblick von einer Salve regelrecht zerfetzt wurde. Roland wälzte sich neben Mark im vertrockneten Gras des Hügels herum, sah nach seinem Großvater und erkannte, dass die Geschütze auf ihn umschwenkten. Er sah bereits in die Mündung der Kanonen, sah den Tod auf sich zurasen und wusste, dass jetzt alles vorbei war.

Doch da ertönte ein Rattern. Funken von der Oberseite des Hovercrafts spritzten durch die Luft. Vom Höhleneingang feuerte das schwere Maschinengewehr, das auf einem alten Autowrack montiert worden war. Das Hovercraft drehte ab, schwirrte irgendwo über ihnen herum und schoss zurück. Derweil drängten sich am Fuß des Hügels zwei gepanzerte Fahrzeuge in ihre Richtung.

»Zurück!«, brüllte Abdel. Roland kroch hinter den Resten des Buggys hervor, Mark half Fin beim Aufstehen und zu viert, sich gegenseitig stützend, kämpften sie sich die wenigen Meter zurück zum Plateau vor dem Höhleneingang. Über ihnen tobte das ohrenbetäubende Surren und Knattern des Kanonenfeuers. Funken und Scherben regneten auf sie, als es dröhnend krachte und ein Flammenstoß die Luft verbrannte. Es stank nach verschmortem Plastik und Metall und ein Blick nach oben verriet Roland, dass eine Turbine explodiert war.

Das Hovercraft schmierte rauchend ab und wurde wie von einem unsichtbaren Anker nach unten gezogen. Es rammte mit einer Kante den Boden, sodass ganze Baggerladungen Erde durch die Luft flogen. Die Gruppe ging zu Boden, für einen Augenblick verstummten die Schüsse und wurden abgelöst vom Jubel der Rebellen.

Zwei Frauen mit Sturmgewehren kamen auf sie zu, halfen ihnen mit Fin, der kaum mehr auf den Beinen zu halten war und gaben ihnen Deckung. Sie hasteten an den Barrikaden vorbei, an den Leuten in den Gräben, an dem MG und dem Schützen, der ihnen die Faust als Zeichen des Sieges entgegenreckte.

Sie waren gerade auf Höhe des Eingangs, als eine Rakete in das Autowrack einschlug und den Schützen mitsamt dem MG in einem Feuerball zerriss. Das Gefecht hob wieder an und das Surren von Hovercraft-Turbinen kehrte zurück. Explosionen, Erschütterungen, die den Boden erbeben ließen und hektische Schreie trieben die Gruppe tiefer in die Höhle, die unter den Einschlägen von draußen regelrecht erzitterte.

Damals

Lara und Fin sahen sich an, wechselten aber kein Wort. Beide atmeten schnell. Sie hatten die venezianischen Halbgesichtsmasken aufgesetzt, die Lara im Secondhand-Laden gekauft hatte. Seine war blau mit silbernen Pailletten, ihre war violett mit roten Pailletten besetzt. Es wirkte absurd. Alles wirkte für Fin gerade irgendwie absurd. Sie warteten.

»Bist du bereit?«, fragte Lara. Fin nickte, obwohl es nicht ganz der Wahrheit entsprach. Er musste es ihr nicht sagen, sie wusste ohnedies, dass er gegen die Panik ankämpfte. Sie kannte ihn zu gut, um es nicht zu merken.

»Geht mir auch so«, sagte sie und lächelte verhalten. Ihre Mundwinkel zuckten nervös, ihre Augen glitzerten. Aus dem Foyer hörten sie das Läuten, das den baldigen Beginn der Vorstellung ankündigte.

Lara wollte noch etwas sagen, es wirkte, als würde es wichtig sein. Sie kam aber nicht mehr dazu.

»Er ist da«, meldete Sven trocken. Sonst sagte er nichts.

Wie elektrisiert zuckten beide zusammen. Zitternd öffnete Lara die hohen Fenster, die zur Straße führten, und schaute hinunter. Dort bildeten jetzt die Leute hinter der Absperrung ein breites Spalier. Sie sah zwei Fernsehkameras und mehrere Fotografen zwischen den Schaulustigen, die den Stars und Sternchen zuwinkten und sie um Autogramme baten. Die kalte Winterluft drückte sich unbarmherzig in den Raum, als sie den Mann aussteigen sah.

Ein Angestellter öffnete der Frau die Wagentür und sie hängte sich bei Alfred Dunst, ihrem Gatten, ein. Das Ehepaar setzte synchron ein freundliches Lächeln auf.

Bescheiden, höflich und jemand Bekannten dezent grüßend. Sie machten sich auf den Weg zum Eingang, der direkt unter dem Fenster lag.

»Es ist perfekt«, murmelte Lara, während Fin sein Smartphone schnappte und wie besprochen alles filmte. Sie schob mit dem Fuß die beiden leeren Kisten beiseite und ergriff den ersten Eimer voll Motoröl, den sie dafür bereitgestellt hatten.

Der ganze Raum stank impertinent nach der Flüssigkeit, die sie am Vormittag in Mineralwasserflaschen gefüllt, und so hier hereingeschmuggelt hatten. Sie hievte den zweiten, rund zehn Liter fassenden Eimer auf die Fensterbank und sah nach unten. Dann nickte sie.

Fin versuchte, möglichst wenig Bewegung im Bild zu haben. Er drückte seine Ellbogen gegen den Bauch, um weniger zu zittern.

Lara sah einen Augenblick in die Kamera. Dann sprach sie fest und bestimmt: »Dort unten steht Alfred Dunst, der zu den reichsten Menschen im Land gehört, weil er mit Erdöl sein Geld verdient. Erdöl, das uns alle umbringt. Im letzten Jahr hat sein Unternehmen 14 Milliarden Euro Umsatz gemacht. Und zwar auf dem Rücken der Natur, der Pflanzen und Tiere und vor allem der Bevölkerung. Er leugnet den durch Menschen verursachten Klimawandel. Deswegen geben wir ihm jetzt seine eigene Medizin zu kosten. Unser Name ist Catsby. Wir lassen uns das nicht mehr länger gefallen. Wir haben die Schnauze voll!«

Sie warf noch einen Blick nach unten, packte den ersten Eimer, während Fin das Nebenfenster aufriss und hinunterfilmte. In diesem Moment wurde heftig an der Tür gerüttelt, das Licht im Raum ging an. Lara fuhr erschrocken herum.

Heute

Einzelne Steinsplitter lösten sich von der niedrigen Decke der Höhle, während sie weiter in sie vordrangen. Sie war nicht viel breiter als zwei, drei Meter und immer wieder mussten sie Platz machen für Widerstandskämpfer, die ihnen auf dem Weg nach draußen entgegenkamen. Die Gesichter dieser Menschen waren wie erstarrt, wie in Wachs gegossen, mit rot geäderten Augen und zusammengepressten Mündern, während sie mit Gewehren und Pistolen bewaffnet dem Dröhnen der Schlacht, die draußen tobte, entgegenliefen.

Die Gruppe gelangte in einen größeren Abschnitt, wo die Wände auseinanderstrebten und die Decke einige Meter anhoben. Hier war eine Kommandozentrale aufgebaut worden. Es befanden sich noch fünf oder sechs Leute in dem hallenartigen Raum und hinter einem großen Tisch stand der einarmige Mann, der sie bei ihrer Ankunft draußen empfangen hatte. Er besprach sich mit zwei Rebellen, die schließlich nickten und ebenfalls hinausliefen. An den Wänden standen neben Kisten und Regalen und Lageplänen ein paar Rechner, auf denen Videoübertragungen zu sehen waren. Und vor einem saß Dhaki.

Über großen Bildschirmen an der Wand lief ein Countdown ab. Er lag bei knapp fünfzehn Minuten. Es musste Viertel vor sechs sein.

»Ihr habt es nicht geschafft …«, sagte der Einarmige und seufzte. »Tut mir leid für euch«, fügte er noch hinzu und sah die abgerissene Gruppe einen Augenblick lang an, die mit vereinten Kräften Fin auf einer Pritsche neben dem Eingang absetzte, wo er sich mit schmerzverzerrtem Gesicht zurücklehnte. Dann wendete sich der Einarmige ab und redete mit einer blonden Rebellin.

»Kann ich dich kurz … Alles o.k., Opa?«, fragte Roland und sah dabei zu Dhaki. Fin nickte.

»Ich pass schon auf ihn auf«, sagte Mark mit dünner Stimme.

Abdel klopfte Roland auf die Schulter, zog seine Pistole und verschwand in dem Durchgang, aus dem sie gekommen waren. Obwohl sie dreißig oder vierzig Meter vom Ausgang entfernt waren, dröhnte der Lärm von draußen dumpf und unheilvoll in ihren Ohren. Roland lief zu Dhaki, die sich nicht umdrehte, während sie an dem Rechner arbeitete.

»Tut mir leid«, sagte sie.

»Was?«

»Dass ihr nicht davon gekommen seid … ich hätte es euch gewünscht.«

»Ja …« Er sah zwei Slots neben ihrem Platz, auf denen ihre rechte Hand immer wieder ruhte, wenn sie sie nicht zum Schreiben brauchte. Daneben lagen die zwei Datensticks. Ihre Finger zitterten, wenn sie darüber fuhr.

»Sind sie das?«

»Ja.«

Roland räusperte sich. »Kannst du mir einen Gefallen tun und eine Nachricht für meine Mutter rausschicken?«, fragte er und fasste sie bei der Schulter. Sie hielt kurz inne, als würde sie gleich seine Hand wegschlagen wollen. Zumindest rechnete er irgendwie damit. Aber sie tat es nicht, sondern nickte bloß.

»Ich mache dir einen Zugang auf, setz dich auf den Platz da.« Sie deutete auf eine Konsole zu ihrer Rechten.

Roland vergaß zu antworten. Er wurde von den Bildern abgelenkt, die auf den Schirmen vor ihr übertragen wurden. Da waren Nachrichten zu sehen, Live-Streams und vieles andere mehr. Aber einer der Bildschirme war aufgeteilt in vier Kamera-Ansichten. Sie übertrugen Aufnahmen von draußen vor der Höhle. Eine der Kameras musste eben ausgefallen sein, aber die anderen drei zeigten noch, was dort geschah, wo sie vor wenigen Minuten vorbeigelaufen waren. Nur, dass es dort nicht einmal mehr ansatzweise so aussah, wie sie es gesehen hatten.

Die Container und Zelte waren zerrissen. Der Boden war übersät von Metallsplittern und brennenden Trümmern, war aufgerissen und in den frischen Granattrichtern schossen vielleicht noch ein halbes Dutzend Rebellen auf die Übermacht der Soldaten, die das Gelände umstellt hatten.

Zwei Hovercrafts hielten das Gelände unter Dauerfeuer und die Truppen stießen immer weiter vor. Die Schlacht stand kurz vor dem Ende. Die Widerstandskämpfer mussten sich zurückziehen. Sie rannten nach und nach auf den Höhleneingang zu, versuchten dabei, sich gegenseitig Deckung zu geben.

»Verriegeln«, sagte der Einarmige mit fester Stimme. Er war neben Dhaki getreten. Sie reagierte nicht.

»Mach die Schleuse dicht. Jetzt«, befahl er, während man sah, wie zwei ihrer Männer von hinten erschossen wurden. Inzwischen war Abdel aus dem Korridor zurückgekommen und schüttelte den Kopf.

Auf dem Bildschirm waren die ersten beiden Rebellen in der Höhle verschwunden. Eine dritte, die Blonde von vorhin, rannte ebenfalls darauf zu, war aber noch im Freien.

Zwei weitere folgten ihr. Die Soldaten rückten nach. Ein Geländewagen fuhr auf dem Plateau vor und hielt an.

»Jetzt«, sagte der Einarmige noch einmal. Die blonde Kämpferin stürzte in den Höhleneingang. Dhaki tippte ein Kommando ein und sofort knallte es dumpf im Korridor. Der Lärm von draußen war ausgesperrt worden. Nur die Schritte und das Husten und Röcheln der Drei, die es zurückgeschafft hatten und die jetzt zu ihnen liefen, waren zu hören.

»Hält die Schleuse lang genug stand?«, fragte Roland und wunderte sich über seinen kühlen Ton, nachdem er zugesehen hatte, wie die zwei ausgesperrten Rebellen draußen erschossen wurden.

Dhaki schwieg. Stattdessen antwortete der Einarmige.

»Es ist keine Spezialanfertigung … Aber es bleibt uns nichts anderes übrig. Wir haben aber noch das eine oder andere Ass im Ärmel. Wenn sie durch sind, müssen wir so lang wie möglich kämpfen.« Er drehte sich weg und bellte den Dreien, die eben in die Höhle zurückgekehrt waren, Befehle entgegen. Zwei bluteten, mussten sich gegenseitig stützen. Die blonde Frau humpelte.

Roland sah zu seinem Großvater zurück, er hatte die Augen geöffnet, bewegte sich sonst aber nicht. Stattdessen erwiderte er den Blick seines Enkels. In ihm spiegelte sich Sorge und Trauer, aber auf eigentümliche Weise auch etwas Tröstliches.

»Was machen sie mit uns, wenn wir überleben?«, fragte er leise, ohne sich zu Dhaki zu drehen.

»… du solltest es nicht darauf ankommen lassen …«, antwortete sie.

Roland nickte, drehte sich um und ging auf seinen

Opa zu, wendete sich aber noch einmal kurz zurück und sah plötzlich etwas Ungewöhnliches auf einem der Bildschirme. Er konnte es nicht glauben. Aus dem Geländewagen, der angehalten hatte, stiegen Leute aus, die nicht so aussahen wie die anderen. Sie trugen leichtere Ausrüstung. Es waren vier, die sich unter die Soldaten mischten und mit ihnen gemeinsam im Laufschritt auf den Eingang zusteuerten.

Roland hatte einen von ihnen sofort erkannt. Er hatte ihn noch nicht oft gesehen, aber sich sein Aussehen genau gemerkt.

Sein nasses, grau meliertes Haar hing ihm wirr in das bärtige Gesicht. Über seiner braunen Lederjacke trug er eine Splitterschutzweste. Es war unverkennbar: Joe. Dhaki beobachtete die Bilder ebenso. Ihre Hände hatten sich zu Fäusten geballt.

Damals

Es machte dumpf »Platsch«, als das Öl die linke Schulter von Alfred Dunst streifte und zum Großteil nur den roten Teppich versaute. Die fetten Spritzer flogen meterweit. Augenblicklich erstarrte das Ehepaar, alle verstummten. Aber als sie ein paar Sekunden später der Inhalt des zweiten Eimers voll traf, schrie jemand hysterisch auf. Es war nicht der einzige Schrei. Andere schlossen sich an. Fin stolperte vom Fenster weg und starrte Lara mit schreckgeweiteten Augen an.

An der Tür wurde noch immer heftig gerüttelt. Eine Frauenstimme war zu hören. Sie wollte Klappsessel und

Tischtücher holen und hatte das Licht von außen angemacht.

»Hast du es?«

Er nickte.

»Hochladen!«, sagte sie und trat auf ihn zu. Er sah zur Tür, an der unverdrossen weiter gerüttelt wurde, und wo der zur Blockade aufgestellte Hocker unter der Klinke schon bedenklich hin und her rutschte.

»Los!«

Er bewegte sich nicht. Sie riss ihm das Telefon aus der Hand. Ihre Finger zitterten, als hätten sie in Eiswasser gebadet. Fin nahm ihr das Telefon wieder ab und lud das Video über den vorbereiteten, anonymen Youtube-Account hoch.

Sie folgten der Anzeige, die von zwölf auf fünfzehn Prozent sprang. Dann auf vierzig, siebenundsechzig und schließlich auf neunundneunzig. Der Versuch, die Tür zu öffnen, war aufgegeben worden. Als die »Fertig«-Anzeige nach nicht einmal zwanzig Sekunden erschien, stieß Lara einen leisen Freudenschrei aus. Ihre Augen waren riesig. Sie wollte Fin umarmen, ihm vor Freude an den Hals springen. Und ihm ging es ebenso. Aber nur für den Bruchteil einer Sekunde. Dann wurde ihnen bewusst, dass sie sofort verschwinden mussten.

»Sven, du kannst beginnen, es zu teilen. Leg los«, sagte sie in einer Mischung aus Freude, Angst und Nervosität in den Ohrknopf und steckte ihn wieder in die Tasche. Von der Straße drang jetzt aufgeregtes Stimmengewirr herauf. Sie atmete durch und zog den Sessel von der Tür weg, die zu dem Raum zu ihrer Linken führte. Sie würden den ersten Stock über die andere Seite verlassen.

»Ruhig bleiben«, sagte Fin, als sie durch den Raum liefen. »Ruhig bleiben«, wiederholte er für sie beide.

»Hier!«, sagte sie, nahm einen Stapel weiße Tischtücher und drückte sie Fin vor die Brust. Sie selbst griff sich ein paar Klappsessel.

»Wir arbeiten hier«, sagte Lara, ebenfalls für sie beide, und öffnete die Tür ins obere Foyer. Hier sah alles ganz normal aus. Es waren nur wenige Minuten vergangen, seitdem Alfred Dunst und seine Frau von Umweltaktivisten mit zwanzig Litern Motoröl seiner eigenen Firma übergossen worden waren.

Aber hier oben hatte noch keiner davon Wind bekommen. So gut das eigentlich war, so sehr war Fin davon überrascht. Er war nämlich überzeugt gewesen, dass die Polizei vor der Tür auf sie warten würde.

Sie gingen zielstrebig zur Treppe. Am Absatz warf er noch einen Blick zurück und begegnete ausgerechnet dem Blick der Garderobenfrau, hinter der eine Service-Angestellte aus eben jenem Raum trat, den sie gerade verlassen hatten. Diese hatte wohl auch an der Tür gerüttelt. Fin erschrak und um ein Haar wäre er gegen Lara geprallt und die Treppe hinuntergestürzt.

Sie verließen das Palais durch eine Seitentür, passierten eine Gebäudeecke und rannten so schnell sie konnten zu ihrem Wohnmobil. Lara jubelte laut. Fin wusste nicht, ob er lachen oder weinen sollte, während ihm bewusst wurde, dass er noch immer die verdammte Karnevalsmaske trug.

Heute

Abdel und die drei anderen Widerstandskämpfer schoben Kisten zu Barrikaden zusammen, die den Durchgang zum Korridor schützen sollten. Sie verschanzten sich dahinter und luden ihre Waffen.

Mark saß neben Fin und flüsterte etwas, vielleicht war es ein Stoßgebet. Roland ging auf sie zu. Er wollte die letzten Minuten seines Lebens bei seinem Großvater sein. In seiner Brust rumorte eine Schwerelosigkeit, die ihm wahnsinnige Angst machte.

»Opa, ich …«, setzte er an, während er den großen Tisch in der Mitte der Höhle umrundete.

»Ich weiß, mein Junge, ich weiß«, sagte Fin beruhigend, als es einen furchtbaren Knall gab und eine Druckwelle aus der Richtung des Höhleneingangs Roland erfasste. Er krachte gegen eine Konsole, zwei Plätze neben Dhaki und stürzte seitlich auf den Boden, während die Höhle sich mit dichtem Staub füllte.

Roland schmeckte den warmen Geschmack von Rost und Eisen und brauchte einen Moment, um zu begreifen, dass es nur Blut sein konnte. Seine Augen brannten von dem sich schnell absenkenden Staub und sein Körper war nur noch eine Quelle des Schmerzes. An der Wand neben dem Durchgang zum Korridor saß Fin noch immer angelehnt auf der Pritsche. Er hatte sich die Ohren zugehalten und schien keinen Schaden genommen zu haben. Mark war zu nahe am Eingang gesessen und lag jetzt benommen am Boden, während Abdel und die zwei anderen sich bereits aufrafften.

Dhaki wischte mit dem Ärmel ihres Sweaters über die Bildschirme, blies Staub aus der Tastatur und hämmerte wieder drauflos. Draußen waren alle Kameras, außer einer, zerstört. Sie zeigte dort, wo der Höhleneingang war, ein Loch, durch das jetzt Soldaten und Einsatzkräfte hereinströmten.

»Dhaki, spreng den Korridor«, schrie der Einarmige, der noch immer am Boden lag und aus einer Kopfwunde blutete. Ein Fuß stand in einem unnatürlichen Winkel vom Oberschenkel ab. Er musste husten und krümmte sich vor Schmerzen.

Dhaki tippte noch weitere Befehle in den Computer, als Schüsse knallten. Aus dem Gang wurde gefeuert. Abdel und die anderen erwiderten es. Aber das half Dhaki nicht mehr, denn sie rutschte von ihrem Sessel und griff sich erschrocken an die Schulter. Sie war getroffen worden. Blut sickerte zwischen ihren Fingern hervor. Sie schwankte, sah einen Augenblick auf den Countdown, der sechs Minuten anzeigte, und krallte sich unter großer Anstrengung an der Konsole fest.

Ein heller Aufschrei zwischen den Schüssen ließ Roland herumfahren. Auch Abdel war angeschossen worden und fiel stöhnend auf den Boden. Die Truppen stürmten durch den Gang, sie trugen durchsichtige Schilder, an denen die Kugeln abprallten und Roland glaubte, hinter einem davon, Joe zu erkennen, so nah waren sie ihnen schon gekommen. Im nächsten Moment würden sie in der Halle sein.

»Jetzt!«, schrie der Einarmige. Dhaki zog sich hoch, schrie vor Schmerz laut auf und tippte den Befehl mit einer Hand ein. Ihr ganzer Körper zitterte. Ein Surren ertönte, dann ein Piepsen und Roland krümmte sich zusammen.

Er presste sich die Hände auf die Ohren und spürte, wie die Druckwelle der Sprengung über ihn hinwegdonnerte, von den Wänden zurückgeworfen wurde und ihm in den Rücken fuhr, sodass er über den Boden rutschte.

Damals

Lara und Fin hatten die Stadt verlassen und standen am nächsten Abend an einer Autobahnraststätte. Sie hatten es sich gemütlich gemacht, einige Zeit lang die Reaktionen auf Social-Media verfolgt, sich schließlich geliebt und danach lange geschlafen, nachdem sie die ganze Nacht durchgefahren waren.

»Sven hat gute Arbeit geleistet«, sagte Fin und lächelte. Er hatte eben ihren neuen, anonymen YouTube-Account aufgerufen, der mit einem frischen Paypal-Konto verknüpft war. Die Views gingen bereits in die Tausende. Bis zum Ende der Woche würden sie wahrscheinlich vierhunderttausend erreichen. Das war ein guter Start für den neuen Kanal. Sie lagen auf dem Bett und scrollten durch ihre Telefone. Lara lächelte ihn an, legte das Handy beiseite und stand auf. Sie machte das Tablet an, das neben der Dusch- und Klo-Kabine an der Wand klebte und ging auf die Toilette. Fin erhielt eine Nachricht, öffnete sie und las laut vor: »Gratuliere, ihr habt es in die Abendnachrichten geschafft. Gerade angekündigt. Einschalten! Sven.«

Fin beugte sich vor, bediente das Tablet und wartete auf seine Freundin. Gemeinsam überstanden sie die Beiträge zu irgendwelchen belanglosen Themen. Dann war die Rede von irgendeinem neuartigen gefährlichen Virus, das sich gerade in China ausbreitete. Und schließlich kam ihr Thema an die Reihe. Sie jubelten beide, sodass sie die ersten Sätze gar nicht hören konnten.

Der Nachrichtensprecher blickte ernst in die Kamera:

»...haben sich erstem Vernehmen nach unbekannte Aktivisten in die Privatvorstellung eines Theaterstücks des Industriellen Alfred Dunst geschmuggelt. Aus dem ersten Stockwerk haben sie zwei Eimer Motoröl über das Ehepaar Dunst gekippt, das eben dabei war, das Gebäude zu betreten. In den sozialen Medien hat ein anonymes Video der Tat für einen Shit-Storm und zu zahlreichen Kontroversen geführt. Das Anliegen der Täter scheint es gewesen zu sein, mit der Aktion auf die Umweltverschmutzung durch fossile Brennstoffe hinzuweisen. Dies und Weiteres geht aus Erklärungen in einem Text, der gemeinsam mit dem Video veröffentlicht wurde, hervor.«

Fin lachte laut auf, Lara ließ sich aufs Bett fallen und strampelte vor Freude mit den Füßen wie ein kleines Kind.

»Dabei handelt es sich, so der Sprecher des Umweltministers, um Vandalismus und einen Angriff auf die Menschenwürde. Und keineswegs um ein Kavaliersdelikt. Dunst und seine Gattin wurden noch am Abend ins Krankenhaus eingeliefert. Nachdem bei der Frau der Verdacht einer Vergiftung der Atemwege diagnostiziert worden war, wurde sie auf die Intensivstation verlegt. Ölprodukte in die Lungen zu bekommen, kann laut dem deutschen Vergiftungsnotdienst lebensgefährlich sein. Der Zustand von Lisbeth Dunst war Meldungen von heute Mittag zufolge zwischenzeitlich kritisch, ist momentan aber wieder stabil. Allerdings wird sie das Krankenhaus noch mehrere Tage lang nicht verlassen können. Ihr wurde vor zwei Jahren im Kampf gegen Krebs ein Lungenflügel entfernt.«

Ungläubig stammelte Fin zusammenhangslose Worte, während der Moderator weitersprach. Lara starrte bloß konzentriert auf den Bildschirm.

»Umweltorganisationen und NGOs wie Greenpeace und der WWF distanzieren sich von dieser Aktion und verurteilen sie aufs Schärfste. Solche Attentate würden der Debatte um den Klimawandel nur schaden, weil sie zu Polarisierung führen, erklärte Greenpeace heute Morgen. Laut einer Aussendung des Bundeskriminalamts handelt es sich um einen ernst zu nehmenden Fall von Öko-Terrorismus. Erste Zeugen wurden noch gestern Abend befragt und nach den Tätern wird bereits bundesweit gefahndet. Über den Stand der Ermittlungen können die Behörden zum gegenwärtigen Zeitpunkt aus ermittlungstechnischen Gründen keine Auskunft geben.«

Heute

Diesmal dauerte es länger, bis man wieder etwas sehen konnte. Der Staub würde stundenlang in der Luft hängen bleiben, aber so viel konnte Roland in dem sich langsam lichtenden Staubnebel bereits erkennen: Sie waren nicht mehr allein in der Höhle. Der gewaltige Tisch in der Raummitte war an einem Ende zusammengebrochen und bildete eine Art Rampe, hinter der Dhaki vor der Konsole lag. Der Korridor war von Gesteinstrümmern versperrt, aber davor lagen drei Gestalten auf dem Boden. Sie rappelten sich soeben auf, ebenso zwei der Widerstandskämpfer.

Beide Gruppen richteten ihre Waffen aufeinander. Fünf einzelne Schüsse knallten. Die Rebellen wurden sofort niedergestreckt und blieben regungslos liegen. Einer der Fremden, ein schwergerüsteter Soldat, brach zusammen. Zwei der Eindringlinge standen noch. Abdel, der seitlich neben dem umgekippten Tisch lag, feuerte seine Pistole ab, wurde aber im selben Moment von einem der beiden Soldaten getroffen. Der zweite Soldat taumelte rückwärts, hielt sich den Hals mit einer Hand, wo Abdels Kugel eingedrungen war, und sackte an der Wand zu Boden. Jetzt stand nur mehr einer.

Er hielt sich die Brust, war über und über von Staub bedeckt, aber sein Gesicht war gut zu erkennen. Es war Joe. Auf seiner gebrochenen Nase klebte ein schmutziges Pflaster. Er hob seine Pistole und schoss auf die blonde Rebellin, die sich vor Schmerz stöhnend herumgedreht hatte. Sie war sofort tot. Dann feuerte er auf den Einarmigen, der sich soeben halb an der zerrissenen Barrikade hochgezogen hatte und sofort wieder dahinter zusammensackte. Anschließend sah er sich um.

Er machte ein paar Schritte in den Raum, rieb sich die Augen, drehte sich im Kreis. Roland verlor ihn aus dem Blickfeld. Ein leises Wimmern hatte ihn abgelenkt. Dhaki! Sie lag zitternd und blutend neben der Konsole und konnte sich nicht mehr bewegen. Ihre Augen flehten Roland an. Sie wanderten von der Konsole hin zu ihm. Und dann, schließlich, zum Countdown, der auf knapp drei Minuten stand.

Roland schluckte Staub und Blut, schloss für einen Moment die Augen und versuchte sich aufzustützen. Vergeblich. Er robbte auf Dhaki zu, folgte ihrem Blick und sah die Sticks im Staub liegen. Daneben hing, an einem einzelnen Kabel baumelnd, die Buchse, in die sie gesteckt werden sollten. Seine Hände zitterten so sehr, als er nach den Sticks griff, dass sich Zickzackmuster in dem zentimeterhohen Staub abzeichneten. Er hielt mit einem Röcheln die Luft an, um sie zu fassen und die Buchse zu sich heranziehen zu können. Dann, endlich, konnte er sich auf den Rücken sinken lassen, jede andere Position war zu schmerzhaft für ihn. Er nickte Dhaki entschlossen zu, deren Augen zufielen, während einzelne Tränen über ihre schmutzigen Schläfen rollten.

Der Countdown zeigte etwas weniger als zwei Minuten. Roland beugte sich zur Seite, am Tisch vorbei und sah unter der eingeknickten Tischplatte hindurch Joes Füße, die den Raum durchmaßen. Joe murmelte etwas in sein Mikrofon.

»Bisher keine Überlebenden. Sieht gut aus. Setze Suche fort«, sagte er und drehte mit der Stiefelspitze angewidert die Leiche eines Widerständlers um. Dann wendete er sich Mark zu, der vor der Pritsche seines Großvaters lag. Erst jetzt bemerkte Roland, dass Fin ihn anstarrte. Er lag seitlich auf der Pritsche, reglos, wie tot. Aber seine Augenlider zuckten. Ein unmerkliches, kaum zu erkennendes Nicken folgte. Sie sahen sich lange an.

»Der hier hat noch Puls«, sagte Joe in ein Funkgerät und ließ Mark liegen. Der Countdown lief weiter. Roland umfasste Buchse und Sticks fester. Dann blieben Joes Beine stehen. Er stand direkt vor Fin. Er schien seine Waffe neu zu laden, denn etwas klickte. Doch er hielt inne, folgte Fins Blick. Er entdeckte Roland, noch ehe dieser hinter den Tisch zurückrutschen konnte.

Roland hörte Joes Stiefel. Er starrte auf den Countdown. Er stand bei über einer Minute. Es war nutzlos, die Sticks jetzt schon einzustöpseln. Verzweifelt presste er die Augen zusammen. Er konnte nichts tun.

»Wenn du auf diese Seite des Raums kommst, verspreche ich dir, dass ich dir eine Kugel in den Kopf jage, du Bastard«, hallte eine trockene Stimme durch den Raum. Es war der Einarmige, der hinter der Barrikade lehnte. Roland konnte ihn von seiner Position aus gut sehen. Er blutete stark und wirkte mehr tot als lebendig. Aber in seiner Hand hielt er eine Pistole und schien wild entschlossen, sie auch zu benützen.

»Ich gebe dir Deckung, Junge«, murmelte er in Rolands Richtung und spuckte blutigen Speichel aus.

Joe war stehen geblieben. Dann waren wieder Schritte zu hören.

Der Countdown stand bei achtundfünfzig Sekunden.

»Roland, dein Großvater hier atmet noch«, bellte Joes Stimme durch die Halle.

»Nein!«, entfuhr es Roland. Er lugte hinter dem umgekippten Tisch hervor. Nur einen Augenblick. Auf ihn wurde nicht gezielt. Dann sah er noch einmal nach. Joe drückte die Mündung seiner Pistole auf Fins Schläfe.

»Wenn du die Sticks nicht einstöpselst, lasse ich euch leben. Alle beide. Euch wird nichts geschehen.«

»Das ist eine Lüge!«, wollte Roland schreien, aber er gab nur ein trockenes Krächzen von sich. Er schluchzte auf. Er wollte toben, aber seine Gliedmaßen gehorchten ihm nicht mehr richtig.

Der Countdown stand bei neunundvierzig Sekunden.

»Roland«, erschallte Joes unerträgliche Stimme erneut.

Siebenundvierzig Sekunden.

»Du willst doch nicht für den Tod deines Großvaters verantwortlich sein.«

»Du solltest tot sein!«, kreischte Roland.

»Meine Jacke sieht nicht nur gut aus«, antwortete Joe mit einem diabolischen Lachen. »Alles, was kein Granatsplitter ist, hält die problemlos ab.«

Fin sagte etwas, aber es war zu schwach und zu leise, dass Roland es verstehen konnte.

»Hör nicht auf ihn, Junge«, rief der Einarmige. Sein Gesicht war verzerrt von Schmerz und Zorn. »Hör bloß nicht auf ihn!«

Vierunddreißig Sekunden.

»Dein Opa würde das nicht wollen!«

»Nein!«, schrie Roland. Seine Brust erbebte.

Dreißig Sekunden.

»Junge, ich mache ernst, ich erschieße deinen Großvater, wenn du das tust, was du vorhast. Ich kann dich auf den Bildschirmen gut sehen.«

Roland schaute hoch, und tatsächlich konnte er in den zersplitterten, toten Bildschirmen, die schräg von der Wand hingen, die gespiegelten Umrisse von Joe und seinem Großvater sehen. Also konnte umgekehrt auch er ihn sehen.

Einen Moment lang herrschte Schweigen.

Ein Schuss löste sich und wurde von der massiven Tischplatte aufgefangen. Roland erschrak so sehr, dass er die Sticks auf seinen Bauch fallen ließ. Joe fluchte. Wieder Schweigen.

Zwanzig Sekunden.

»Denkst du ernsthaft, dass ihr damit irgendetwas

verändert? Wir haben nämlich die anderen Datensticks schon längst aus dem Verkehr gezogen. Eure sogenannte Datenbombe ist nur noch ein kleiner Furz in der Medienlandschaft. Mehr nicht.«

Elf Sekunden.

»Roland, hör mir gut zu. Wir wissen, wo deine Mutter ist. Sie ist am Leben und wir haben sie aufgegriffen. Wir haben deine Mutter, verstehst du. Wir können dich zu ihr bringen. Euch beiden wird nichts geschehen!«

Alles in Roland sackte zusammen. Er warf den Kopf hin und her und spuckte Blut und Speichel in die Luft.

»Nein!«, brüllte er so laut er konnte.

Sechs Sekunden.

»Du wirst es dein Leben lang bereuen!«, schrie Joe.

Roland hielt die Sticks in seiner Faust. Sein ganzer Körper zitterte, als er nach der Buchse griff.

Er schüttelte verzweifelt den Kopf.

Er schrie laut auf. Er brach in Tränen aus.

Drei Sekunden.

Er schloss die Augen vor dem Unvermeidlichen.

Eine Sekunde.

Er ließ den Kopf erschöpft nach hinten fallen.

Ein Schuss knallte. Er änderte alles.

EPILOG

Neapel war ein Schlachtfeld. Das Wasser hatte das ganze Hafenviertel überschwemmt, meterhoch klebte stinkender Schlamm an den Fassaden der Häuser. Im fauligen Salzwasser schwammen zertrümmerte Möbel, Lebensmittel, Geschirr, Fahrräder und langsam verwesende Leichen.

Luam umklammerte schwach Majas Hals, er hatte seine Beine um ihre Taille geschlungen und starrte apathisch ins Leere. Sie konnte sich nicht erinnern, wann sie beide das letzte Mal etwas getrunken hatten. Ihr war klar, dass sie sehr bald das Bewusstsein verlieren würde.

Irgendwie hatten sie es in den letzten Stunden geschafft, sich ein paar Straßenzüge weit in Richtung Anhöhe zu kämpfen. Das Wasser war hier schon zu einem matschigen Brei geworden, der nur mehr bis zu den Unterschenkeln reichte.

Maja atmete tief durch, zog ihr Bein aus dem Schlamm und stapfte weiter. Immer einen Fuß vor den anderen. Das war alles, woran sie noch denken konnte.

Luam wimmerte leise.

»Morgen ist ein neuer Tag, Lu«, versuchte Maja ihn zu beruhigen. Als sie eine ferne Stimme in einer fremden Sprache reden hörte, schüttelte sie ungläubig den Kopf. Sie musste sich getäuscht haben.

Sie stieg über eine schräg im Schlamm steckende Eingangstür. Wieder war da diese Stimme. Aber Maja dachte nur daran, weiterzukommen. Sie wusste, sie würde den Jungen solange tragen, bis sie umfallen würde.

Es war Luam, der sie schließlich aus ihrer Trance riss. Er patschte ihr mit der flachen Hand auf den Kopf. Sie sah sich verwirrt um, folgte seiner Hand, die nach oben zeigte.

Auf einem kleinen Balkon stand ein ausgezehrter Mann mit einer VR-Brille. Er beachtete sie nicht, schien sie überhaupt nicht wahrzunehmen, sondern mit sich selbst zu sprechen.

Maja seufzte, drückte Luam mit schmerzenden Armen an sich und stieg über eine nasse Couch. Sie stöhnte bei jedem Schritt und wartete nur darauf, dass ihre Beine versagen würden. Doch jedes Mal schaffte sie noch einen weiteren Schritt. Und dann noch einen.

Als sie einen zertrümmerten Esstisch umrundete, hielt sie plötzlich inne, blickte zurück, musste dem gleißenden Abendrot entgegenblinzeln und ihre Augen beschatten. Sie suchte den Mann auf dem Balkon. Er redete noch immer. Doch er sprach nicht mit sich selbst.

Entgeistert ließ sie Luam auf den Boden sinken.

Sie zog ihre Brille aus der Tasche, aktivierte sie und wartete. Das System fuhr hoch, der Ladebalken brauchte unendlich lange. Und dann, plötzlich, war da ein Signal. Unmengen an Nachrichten fluteten ihren Feed. Das leise Vibrieren der Brille wollte gar nicht mehr aufhören, während ihre Augen die Anrufe und Nachrichten und Schlagzeilen überflogen.

Luam sah fragend zu ihr hoch, zog an ihrem verschmutzten Arztkittel. Er wollte wissen, was da vor sich ging. Aber Maja reagierte nicht. In ihre geröteten Augen trat ein feuchter Schimmer. Diesmal zog der Junge fester. Sie zögerte, während ihre Augen über die Nachrichten flogen und hastig lasen. Dann sah sie ihn an.

»Lu«, sagte sie leise, »vielleicht …«